Gloria Murphy wird nicht zu Unrecht als Erbin von Mary Higgins Clark bezeichnet. Die Autorin zahlloser Romane lebt heute in Oakland, New Jersey.

Von Gloria Murphy sind außerdem erschienen:

Verlassene Väter (Band 60545)
Dachbodengeflüster (Band 60546)
Sommeralptraum (Band 60547)
Stimme des Blutes (60548)
Ein perfektes Opfer (Band 60550)

Dieses Buch wurde auf chlor- und säurefreiem Papier gedruckt.

Vollständige Taschenbuchausgabe April 1996

Dieses Buch erschien im Knaur Verlag als deutsche Erstausgabe
bereits 1989 unter der Bandnummer 1773

Titel der Originalausgabe »Nightmare«

Umschlaggestaltung Angela Dobrick, Hamburg
Satz MPM, Wasserburg
Druck und Bindung Elsnerdruck, Berlin
Printed in Germany
ISBN 3-426-60549-X

2 4 5 3 1

GLORIA MURPHY

Das Tunnellabyrinth

Roman

Aus dem Amerikanischen von
Gabriele Schönberger-Klar
und Barbara Reitz

Knaur

In Liebe für Joe
und die Kinder
Bill, Laurie, Dan
und für Julie Gitelman
und Kate Murphy

Mein besonderer Dank
gilt Betty Arnold und
Judith Stern

1

Während die Kinder die Stoßstangen der Autos nach Aufklebern mit den originellsten Sprüchen absuchten, beobachtete ich die Leute im Wagen. Normalerweise genügte ein schneller Blick, meine Phantasie in Gang zu setzen und mir eine dazu passende Geschichte auszudenken. Im Moment war ich mit dem etwas eigenartigen Duo im vorbeifahrenden Lieferwagen beschäftigt: ein nicht mehr ganz junger CB-Funker, der ein geblümtes Tuch um die Stirn geschlungen hatte, und ein hübsches, blondes, junges Mädchen, das bestimmt nicht älter als vierzehn sein konnte und einen Beutel umgehängt hatte. Das Mädchen war von zu Hause durchgebrannt, entschied ich mich. Sie hat einfach ein paar Klamotten eingepackt, ist weggerannt und hat ihr Leben in die Hände eines Fremden gelegt ... Wie konnte ein so junges Mädchen nur so verzweifelt sein und von zu Hause weglaufen?

Offensichtlich war es jetzt mit dem Spielen auf dem Rücksitz vorbei, denn Buddy lehnte sich jetzt über den Beifahrersitz und setzte damit meinen Gedankenspielen ein Ende. Er zerrte an Richs Ärmel. »Haben die da oben Geschäfte mit Pacman-Spielen, Daddy?« fragte er.

»Die heißen Spielhallen«, antwortete Jill.

Ich drehte mich in meinem Sitz um und löste Buddys rundliche Finger von Richs Hemd. »Komm, setz dich wieder hin, Schätzchen. Du weißt doch noch, was ich dir darüber gesagt habe, daß man den Fahrer nicht belästigen darf.«

»Du willst wohl, daß Daddy unseren Wagen in einen Graben fährt und wir alle sterben müssen?« sagte Jill

sachlich und in einer Art und Weise, wie es Zehnjährige so an sich haben.
Buddy schaute aus dem Fenster und beobachtete die hügelige Landschaft mit den tiefen Schluchten dazwischen. Er hatte dieselben großen, dunklen Augen wie seine Schwester, wie auch Rich und ich – aber dann war es auch schon mit der Ähnlichkeit vorbei. Er hatte ganz glattes, rostrotes Haar, das immer ungekämmt aussah, eine helle Haut und ein paar Sommersprossen, die ordentlich um seine kleine, rundliche Nase verteilt waren.
»In Maine gibt's Braunbären und Luchse«, erzählte Buddy Jill.
Jill hörte auf, an ihrer Stoffpuppe herumzuspielen, die neben ihr saß, und beugte sich vor. »Stimmt das, Mom?«
»In den Wäldern bestimmt, aber dort werden wir nicht leben. Wir haben nicht die Absicht, unser Haus mit wilden Tieren zu teilen – höchstens mit Waschbären.«
Jill setzte sich darauf erleichtert zurück. Buddy griff nach ihrer Puppe und studierte ihr flaches, blasses Gesicht, als ob er versuchte, seinen Ausdruck zu verstehen – der übrigens genau meinen Gefühlen entsprach –, und ließ sie dann in Jills Schoß fallen. Er beugte sich zu Rich vor, vorsichtig darauf bedacht, seine Hände auf der Rücklehne zu lassen.
»Und, Daddy, haben sie welche?«
»Haben sie was?« sagte Rich.
Nachdem er endlich Richs Aufmerksamkeit hatte, bohrte Buddy weiter: »Haben sie Spielhallen, wo wir dann hingehen und Pacman spielen können?«
Rich lachte, dieses tiefe, angenehme Lachen, das mir damals Schauer über den Rücken laufen ließ. »Ich sag' dir was, Kleiner«, sagte er, »wenn es dort keine Spielhallen gibt, dann kaufe ich dir ein eigenes Pacman-Spiel zu deinem Geburtstag.«

Buddy bekam vor Aufregung feuerrote Backen. »Mensch!« schrie er. »Hast du gehört, was Daddy gerade gesagt hat, Jill? Er hat versprochen, mir mein eigenes Pacman-Spiel zu kaufen!«

»Mußt du deswegen so brüllen?« beklagte sich Jill. »Ich bin doch nicht taub – jedenfalls war ich es vorher noch nicht. Du hast mir wahrscheinlich gerade mein linkes Trommelfell kaputtgemacht!«

»Du kannst ganz beruhigt sein – Trommelfelle können nicht kaputtgehen. Das sagen die Leute nur so, wahrscheinlich, um anderen Leuten damit angst zu machen.«

»So? Und woher weißt du das so genau?«

»Ich hab' mal im Wartezimmer beim Doktor was über Ohren gelesen. Ich könnte dir sogar eins zeichnen. Soll ich's dir zeigen?«

»Wirklich nicht«, sagte Jill, als Buddy aus der Ablage unter der Heckscheibe einen Block und einen lila Leuchtstift hervorzog.

Das Gerangel auf den Rücksitzen hörte nicht auf. Rich legte seine Hand auf meinen Arm. »Ich denke, wir sollten ihn in Grads Village in der Schule anmelden!«

»Nein.«

»Einfach so, ein bloßes Nein? Ohne Diskussion?«

Ich seufzte. »Bitte, fang nicht schon wieder damit an, Rich. Das haben wir doch alles schon hinter uns, und ich habe meine Meinung nicht geändert. Was ich nicht verstehe, ist, warum du so darauf bestehst, Buddy ist erst vier. Sogar du mußt zugeben, daß das noch zu früh ist für die Schule.«

»Das kann schon sein, aber wir sprechen ja auch nicht von irgendeinem Kind. Du weißt doch, Jessie, er kann bereits lesen. Nicht viele Kinder in seinem Alter können das.«

»Er kann daheim genausogut lesen wie in der Schule. Die

Möbelpacker haben fast vier Kartons mit Büchern eingepackt, die ihm gehören.«
»Kinderbücher.«
»Ach komm, *Penrod, Tom Sawyer,* sogar *Animal Farm.* Das ist doch nicht gerade Kinderkram.«
Diesmal seufzte Rich. »Ich behaupte immer noch, intellektuell ist er viel weiter. Und was ist mit Mathe und Naturwissenschaften? Denk doch nur an sein Interesse für Computer!«
»Ich möchte nicht, daß wir ihn zu sehr fordern«, erklärte ich. »Gefühlsmäßig ist er noch ein kleiner Junge mit allen seinen Ängsten und Unsicherheiten, die in dem Alter nun mal dazugehören. Es vergeht keine Woche, ohne daß er nicht zu Tode erschrocken von einem seiner Alpträume aufwacht. Das vergangene Jahr hat seine Spuren bei ihm hinterlassen.«
Rich zog seine Hand von meinem Arm zurück, sein Körper verkrampfte sich. Ich drehte mich schnell um, um zu sehen, ob Buddy zuhörte, aber glücklicherweise war er damit beschäftigt, Jills Aufmerksamkeit auf sich zu ziehen, indem er ihr seine grobe Skizze vom Inneren des Ohrs erklärte.
Ich schaute zu Rich hinüber. »Ich wollte nicht wieder damit anfangen. Aber wir können das vergangene Jahr nicht einfach so beiseite schieben und so tun, als ob es nicht gewesen wäre. Im Gegenteil, ich finde, wir sollten mal darüber nachdenken, für Buddy in Maine wieder einen Therapeuten zu suchen.«
Schweigen.
»Was hältst du davon, Rich?«
»Ich denke, wenn wir erst mal im Institut sind und ich mich in meinem Job zurechtgefunden habe, dann wird alles wieder wie früher werden. Buddy wird's gutgehen. Du wirst schon sehen.«

Ich beschloß, das Thema fallenzulassen – das mußte nicht unbedingt jetzt entschieden werden. Ich drückte auf den Knopf vom Handschuhfach, öffnete es und zog die Broschüren über Grads Village heraus, die schon voller Eselsohren waren. Ich breitete eine davon auf meinen Knien aus, studierte zum hundertsten Male den ausführlichen Plan unserer Wohnsiedlung und las dann die Beschreibung von einigen der Einrichtungen: Sporthallen, Hallenbäder, Clubs, Tennisplätze. Die Liste war umfangreich. »Die haben wirklich alles, was man sich vorstellen kann«, sagte ich zu Rich.

»Sogar Schneestürme, meterhohe Schneeverwehungen und Temperaturen unter null Grad.«

Ich hatte schon an den Klimawechsel gedacht, aber durch Richs Bemerkung erschien die Sache in einem ganz neuen Licht. »Ist es wirklich so schlimm?« fragte ich.

»Nicht unbedingt schlimm, nur eben anders. Du kannst es dir vielleicht jetzt schlecht vorstellen, aber denk daran, unser neues Domizil liegt in Maine, wo der Winter härter ist als anderswo.« Richs Stimme wurde etwas lauter, damit die Kinder auch etwas mitbekamen. »Die Frage ist, Ladys und Gentlemen, kann ein verfrorener Haufen sonnenhungriger Strandläufer aus Orlando in Florida es mit einem grimmigen New-England-Winter überhaupt aufnehmen?«

Jill und Buddy waren die ersten, die lautstark ihre zuversichtliche Meinung zum Ausdruck brachten. Ich mußte lachen; ihre Aufregung war so ansteckend, daß ich einfach mitmachen mußte. Schließlich wurde mir das schwache Knurren in meinem Magen bewußt, ich sah auf die Uhr und sagte: »Ich möchte nur ungern eure fröhliche Stimmung stören, aber ich bin am Verhungern. Was haltet ihr davon, wenn wir Mittagspause machen?«

Mein Vorschlag kam genau im richtigen Moment. Jill entschloß sich, auf der Stelle zu sterben, wenn sie nicht schnellstens auf eine Toilette käme, und Buddy war schon so hungrig, daß er an seinem lila Stift herumkaute. Innerhalb von zehn Minuten war Rich vom Highway 95 zu einer Howard-Johnson-Raststätte abgebogen und rief: »Hinaus mit euch!«

Er öffnete seine Wagentür, stieg aus und dehnte und streckte seine langen Arme und Beine, um sie wieder geradezubiegen. Ich machte dasselbe, und dann stieg Jill aus, ihre Puppe hinter sich herschleifend. Nur Buddy blieb im Wagen; er hing über der Rücklehne und starrte aus dem Heckfenster.

»Na los, Kleiner«, sagte Rich. »Du bist doch vor ein paar Minuten noch so hungrig gewesen, daß du sogar deinen Leuchtstift aufgegessen hättest!«

»Ja, das stimmt!«

»Na, dann setz dich mal in Bewegung, du hältst den ganzen Verkehr auf.«

Endlich hüpfte er auf die Straße. »Gib mir deine Hand«, sagte ich und griff nach ihr.

Er versteckte schnell seine Hände hinter seinem Rücken und lief davon, um Jill einzuholen. »Ich will aber nicht. Ich kann alleine gehen!«

»In Ordnung, aber bleib bei deiner Schwester. Wir wollen dich doch nicht verlieren, bevor wir dir was zum Essen besorgt haben.«

Er drehte sich um, schnitt mir eine Grimasse und drehte sich wieder weg. Jill legte ihre Hand auf Buddys Schulter, um ihn zu beruhigen. »Was hast du denn da so angestarrt?« fragte sie.

»Wann?«

»Vorhin, im Wagen. Aus dem Rückfenster.«

»Ach, das. Ich hab' den Mann angeschaut.«
»Welchen Mann?«
»Du weißt doch, ich habe dir schon von ihm erzählt. Der Mann in dem großen, schwarzen Auto. Der, der hinter uns herfuhr.«
»Das war ein Cadillac, weißt du.«
»Oh, ist das was Besonderes?«
»Sicher ist das was Besonderes. Es ist sogar etwas ganz Besonderes. Cadillacs kosten einen Haufen Geld. Ich hatte mal eine Freundin, deren Vater hatte einen Cadillac, genauso einen wie den. Meine Freundin hatte auch ihr eigenes Badezimmer, gleich neben ihrem Schlafzimmer. Die waren superreich.«
Buddy nickte, als ob er tief beeindruckt wäre.
»Und, hast du dem Mann nachgewunken?«
»Na ja, ich wollt's, aber ich konnt's dann nicht. Als er sah, daß wir hier anhalten, da hat er auch hier angehalten.«

Als Jill und ich aus dem Waschraum kamen, saßen Buddy und Rich schon an der Theke und studierten die Speisekarte. »Einen Riesen-Hot-Dog mit Ketchup, Pommes frites und eine Dr. Pepper's Limonade«, verkündete Buddy. Er wollte immer Dr. Pepper's Limonade, aber diesmal bestellte ich ihm zusätzlich noch ein Glas Milch.
Jill bestellte ihr Lieblingsessen: Weißbrot, Erdnußbutter und Marmelade. Rich seufzte. »Ich bin froh, daß die im Institut nicht wissen, wie billig wir diese Kinder durchfüttern, sonst hätten sie uns bestimmt die Spesen gekürzt.«
Das Institut hatte für die anfallenden Kosten während unserer viertägigen Reise einen Scheck geschickt. Fahrt und Unterkunft waren gratis, solange wir eine ganz bestimmte Firma mit dem Umzug beauftragten und uns strikt an die vorgegebene Route hielten. Natürlich hatten wir das

vor. Wir waren sogar tatsächlich mit dem Motel, das sie für uns ausgesucht hatten, zufrieden – nichts Besonderes, einfach bequeme, familiengerechte Unterkünfte. Wenn wir in Maine ankamen, würde ein fertig eingerichtetes Haus mit sechs Zimmern auf uns warten, das Ganze mietfrei und inklusive aller Nebenkosten.

»Jessie!« hörte ich Richs Stimme. Ich schaute zu ihm hin, dann zu einer Bedienung, genauer gesagt, auf eine Hand, die einen weißen Lappen hielt und in eine Hüfte gestemmt war. Sie balancierte auf einem Fuß und rollte mit ihren schwarzumrandeten blauen Augen.

»Tut mir leid«, sagte ich und schlug die Speisekarte auf. »Geben Sie mir zwei Sekunden, damit ich mir etwas aussuchen kann.«

Ein lauter Seufzer.

»Ich nehme das Muschelsandwich«, erklärte ich schließlich.

Die Bedienung nickte, sammelte die Speisekarten ein und rauschte unter dem lauten Geraschel ihrer orangefarben karierten Schürze davon.

Ich beugte mich zu Rich und flüsterte: »Die sah aber nicht allzu freundlich aus. Die sah so aus, als ob sie gerade Krach mit ihrem Boß gehabt hätte. Nein, wenn ich's mir recht überlege ... wahrscheinlich mit ihrem Freund. Glaubst du, daß sie ihren Ärger an mir ausläßt und mir mein Muschelsandwich vermiest oder sonst irgend etwas in der Richtung macht?«

Rich nickte mit todernstem Gesicht. »Du hast wahrscheinlich recht, Jess, sie hatte ein ganz gemeines Glitzern in den Augen, besonders, als sie dich angesehen hat. Ich verspreche dir, ich werde die erste Muschel probieren. Aber sag mal, worüber hast du gerade nachgedacht?«

»Wann?«

»Als du die Bedienung nicht bemerkt hast.«

»Oh, in erster Linie über das Institut ... die Fahrt, die Kosten, das Haus. Ganz zu schweigen natürlich von den vierzig Riesen im Jahr. Der Großzügigkeit des Instituts scheinen keine Grenzen gesetzt zu sein.«

»Glaubst du nicht, daß ich das alles wert bin?«

Ich legte meine Hand auf die seine. »Komm, du weißt, daß ich es nicht so gemeint habe. Für mich bist du der beste Sicherheitsfachmann in dem Geschäft ...«

»Aber?«

»Ich vermute, es klingt einfach zu gut, um wahr zu sein – du kennst doch meine mißtrauische Art. Als du damals das Angebot bekommen hast, da war ich zu glücklich, um Fragen zu stellen, aber je mehr ich darüber nachdenke – ich kann's nicht ändern –, desto mehr wundere ich mich. Stell dir doch mal vor, wie oft bekommt man denn eine Stelle nur aufgrund eines guten Rufes, ohne Lebenslauf, ohne Vorstellungsgespräch? Und die haben dich ausgesucht. Wahr ist doch, daß sie dich für weitaus weniger hätten bekommen können. Sicher wußten sie, daß dein Unternehmen dabei war, Pleite zu machen ...«

»Nicht unbedingt; die konnten es eigentlich nicht wissen, und ich – ich schwör's dir –, ich habe es ihnen bestimmt nicht gesagt.«

»Ihr Angebot kam gerade im richtigen Moment, wie erklärst du dir das?«

Er runzelte die Stirn. »Ich weiß es nicht, Jessie. Aber ich bitte dich, versuche wenigstens einmal etwas so hinzunehmen, wie es kommt, ohne irgend etwas dahinter zu vermuten. Nenn es von mir aus Glück, wenn du dich dann besser fühlst.«

Bevor ich überhaupt auf seine Verärgerung reagieren konnte, sah ich, wie ein faltiges Gesicht mich über den Rand einer Drahtbrille hinweg musterte, die tief auf einer Stups-

nase saß. »Meine Liebe, könnten Sie vielleicht ...« Die Augen der Frau glitten zu Buddy hinüber, und meine folgten ihrem Blick.
»Buddy, dreh dich um, und setz dich wieder auf deinen Platz«, sagte ich.
»Ich schaue doch nur, Mom.«
»Rich, hol ihn her.« Rich streckte den Arm aus und drehte ihn herum, so daß er mit dem Gesicht zum Tisch saß. Ich wendete mich zu unserer Nachbarin um. »Es tut mir leid, aber ich hatte nicht bemerkt ...«
Sie schmunzelte und drehte sich wieder um, so daß ich nur noch ein Knäuel dicker, grauer Locken sah. Ich wandte mich zu Buddy. »Das war sehr unhöflich. Würde es dir vielleicht gefallen, wenn jemand über deinem Kopf herumturnt, während du gerade ißt?«
»Ich glaube nicht, daß mich das sehr stören würde, jedenfalls würde es mich nicht vom Essen abhalten. Das weiß ich genau. Außerdem ist es wichtig, ich suche nämlich *ihn.*«
»Wen?«
»Seinen reichen Freund, Mom«, sagte Jill. »Der, von dem er glaubt, daß er uns nachfährt.«
»Niemand fährt uns nach, Buddy. Das ist ein Highway, der mehrere Staaten verbindet und nicht uns allein gehört. Hier fahren jeden Tag Tausende von Leuten.«
»Auch Leute in großen, schwarzen Cadillacs?«
»Ja, auch solche.«
»Ja, und warum hat der Mann dann hier angehalten?«
»Vielleicht, um zu essen. Ich hoffe, du glaubst nicht, daß du der einzige bist, der mal Hunger bekommt.«
Buddy preßte die Lippen aufeinander und schüttelte den Kopf. »Mmh, er hat aber nicht angehalten, weil er hungrig war.«

»Was soll das heißen?«
»Er hat erst dann geblinkt, als Daddy auch geblinkt hat.«
»Wenn er hier angehalten hat, wo ist er dann?« fragte Jill.
»Ich seh' ihn nicht mehr.«
»Er ist wahrscheinlich auch gar nicht hier. Es existiert wahrscheinlich alles nur in deiner komischen Phantasie.«
»Ich hab' keine komische Phantasie.«
»Natürlich hast du eine«, sagte Jill. »Denk doch nur daran, wie du mal erzählt hast, daß du glaubst, Dr. Silver habe dir dein Gehirn mit einem großen, dreckigen Löffel herauszukratzen versucht?«
»Ich kann mich schon erinnern.«
»Und, das war doch Schwachsinn, das mußt sogar du zugeben?«
Buddy zog einen Schmollmund. »Vielleicht, aber es war trotzdem wahr.«
Genau in dem Moment kam unsere Bedienung, und angesichts der Wendung, die unsere Unterhaltung genommen hatte, war sogar ich froh, daß sie kam. Sie streckte den Teller mit den Frankfurter Würstchen über den Tisch. »Hot dog?« fragte sie in die Runde.
»Das ist meiner«, meldete sich Buddy.
Sie verteilte die Teller, meinen als letzten. Als sie wieder ging, warf ich erst einen Blick auf mein Muschelsandwich, dann auf Rich. Er nickte, nahm eine Muschel, steckte sie in den Mund und kaute sie langsam. »Und?« sagte ich.
»Du hattest recht, Jessie, sie hat dir diese Muscheln vermiest; sie hat die Perlen rausgenommen.«
Nachdem wir noch mal auf der Toilette gewesen waren und eine Riesenpackung Karamelbonbons erstanden hatten, steuerten wir den Wagen an und stiegen ein. Rich schaute sich die Reiseroute an und blickte dann auf die Uhr. »Ich würde gern gegen sechs an der Grenze zu

Nordcarolina sein. Die haben im Holiday Inn Zimmer für uns vorbestellt. Mit ein bißchen Glück, wenig Verkehr und ohne weitere Zwischenstopps müßten wir es eigentlich schaffen.«

Er fuhr an die Seite zu den Zapfsäulen, tankte voll und scherte dann in den Highway ein. Jill saß friedlich hinten im Wagen und hatte sich ihre Puppe unter den Arm geklemmt. Buddy turnte herum, die Ellbogen auf der Ablage vom Rückfenster, und beobachtete den Verkehr.

»Schhht, hör mal«, sagte ich zu Rich.

Er lauschte angestrengt. »Ich kann nichts hören.«

»Die Stille, hörst du's jetzt?«

Er lauschte noch mal und lächelte dann. »Sie müssen müde sein, vielleicht schlafen sie ein bißchen.«

Ich ließ mich in meinen Sitz zurückfallen. »Vielleicht sollte ich das auch tun.«

»Mach nur, Jessie. Es wird dir guttun. Außerdem möchte ich, daß du hellwach bist heute abend.«

»Oh, tatsächlich? Was gibt's denn heute abend so Besonderes?«

»Ich habe mir gedacht, wir schauen, daß die Kinder erst mal was zu essen bekommen, und dann gönnen wir uns ein schönes Abendessen bei Kerzenlicht – wir beide ganz allein. Ein bißchen Tanzen, gedämpftes Licht, Musik.«

Ich schloß meine Augen. »Hmm, das klingt ja sehr vielversprechend. Sonst steckt nichts dahinter?«

»Ich könnte mir ganz gut vorstellen, wir warten einfach ab, was dann passiert.«

»Erscheint mir annehmbar.«

»Mom«, ließ sich Buddys Stimme vernehmen.

»Was ist denn, Liebling? Mom macht ein Nickerchen.«

»Der Mann.«

»Was ist mit dem Mann?«

»Er ist wieder da.«

Rich schaute in den Rückspiegel. Ich machte die Augen auf und drehte mich um, Jill ebenso. Ein großer, schwarzer Cadillac fuhr hinter uns her …

2

Wir machten zweimal Rast und überzogen unseren Zeitplan nur um zwanzig Minuten. Nach unserem letzten Halt hatten wir offensichtlich auch Buddys Freund hinter uns gelassen. Es gab nicht sehr viele Rastplätze auf der Schnellstraße, nur ungefähr alle dreißig bis vierzig Meilen. Das bedeutete, daß zwei Autos, die die gleiche Strecke fuhren und sich dabei an die Geschwindigkeitsbegrenzungen hielten, mit ziemlich großer Wahrscheinlichkeit aufeinandertreffen mußten.

Weder Buddy noch Jill hatten vorher schon einmal in einem Motel übernachtet, und so machten wir, noch bevor wir auf unsere Zimmer gingen, einen Rundgang durch das Hauptgebäude. Dort befanden sich das Foyer, ein Restaurant, der Nightclub, eine Bar, ein Geschenk-Shop, Warenautomaten (es gab zwar nicht Dr. Pepper's Limonade, aber statt dessen in Zellophan verpackte Erdnußbutterkekse) und – zu Buddys großer Freude – eine kleine Spielhalle, die unter anderem auch einen Pacman-Automaten hatte.

»Darf ich jetzt spielen, Daddy?« wollte er wissen.

Als ich sah, daß Rich sofort in seine Taschen griff, meinte ich: »Warte bis nach dem Abendessen.«

»Ich möchte gerne unsere Zimmer sehen«, sagte Jill. »Und ich darf mir mein Bett aussuchen, weil ich älter bin.«

Buddy widersprach nicht. Rich musterte die Nummern auf den Zimmerschlüsseln, und wir gingen den Korridor entlang. Wir hatten große, nebeneinanderliegende Zimmer. Nachdem die Kinder gewaschen und versorgt waren, bestellte Rich beim Zimmerservice das Abendessen für sie. Als es gebracht wurde, stellte ich die Tabletts auf den Tisch vor dem Fernseher, schaltete den MTV-Kanal ein, da Jill unbedingt dieses Programm sehen wollte, und verschwand dann ins Nachbarzimmer, um mir den Luxus eines heißen Bades zu gönnen.

Ich lag sicher schon über eine Viertelstunde in der Badewanne, als ich ein Klopfen an der Tür hörte. Ich richtete mich auf. »Wer ist da?«

»Zimmerservice.« Es war Richs Stimme.

»Bitte überprüfen Sie noch einmal die Zimmernummer. Ich kann mich nicht erinnern, etwas bestellt zu haben.«

Rich kam herein und brachte zu meiner Überraschung eine bereits geöffnete Flasche Chablis und zwei Gläser mit. »Zu Ihren Diensten«, sagte er und plazierte sein langes Gestell auf dem Toilettendeckel.

»Du machst Witze.«

»Sieht das etwa wie ein Witz aus?« Er goß Wein in beide Gläser und gab mir eins. »Auf unseren Neuanfang«, sagte er und stieß mit mir an.

Ich zögerte, und Rich seufzte. »Um Himmels willen, Jessie, es ist nur ein Glas Wein. Sei doch nicht dauernd so verkrampft! Wir sind doch nicht in einem schlechten Film! Durch das bißchen Wein werde ich doch nicht gleich wieder zum Säufer!«

»Das habe ich auch gar nicht gesagt.«

Sein Kopf fiel nach vorne, und man sah die kleine, schüttere Stelle in seinem dunklen Haar, die er immer zu verbergen suchte. Er starrte auf das Glas Wein, das er noch immer in der Hand hielt. »Daß ich angefangen habe zu trinken, war die Folge und nicht die Ursache der ganzen Geschichte. Ich versuche nicht, mein Verhalten zu entschuldigen, Jessie, ich habe dich im Stich gelassen, und das weiß ich auch. Aber als ich erst das Haus aufgeben mußte und dann meinen Job verlor, war das mehr, als ich ertragen konnte. Das Schlimmste daran war, daß es für beides keine Erklärung gab. Die Buchführung war in Ordnung, ich hatte alles korrekt gemacht ...«

»Es war nicht deine Schuld, Rich. Glaubst du nicht, du solltest aufhören, dich damit zu quälen? So etwas passiert ständig. Jeden Tag gehen Geschäfte daneben.«

»Bitte ... halt mir jetzt bloß keine aufbauenden Reden.«

»Ich hatte eigentlich nicht die Absicht.«

»Gut.« Er hob seinen Kopf und sah mich an. Unter seinen Augen lagen dunkle Tränensäcke, die vor einem Jahr noch nicht da waren. »Glaub mir, Jessie, ich verspreche dir, daß ich diese Chance, die sich uns jetzt bietet, nicht verpatzen werde. Dazu ist sie einfach zu gut.«

Ich streckte meine Hand, die durch das Wasser ganz aufgeweicht war, aus und legte sie auf sein Knie. »Das glaube ich dir. Wirklich.«

»Also, ab sofort keine bösen Vorahnungen mehr, was meinen neuen Job betrifft?«

»Ich wollte wirklich nicht pessimistisch sein – ehrlich. Ich bin einfach richtig aufgeregt deswegen. Und dann noch der Umzug und alles. Das verstehst du doch sicher?«

»Ja, aber da waren immer diese Vorbehalte: warum, wie, wo, wann? Du siehst anscheinend schon bei der kleinsten Kleinigkeit immer gleich Gespenster.«

»Das habe ich mein ganzes Leben lang getan. Wenn du jetzt auf einmal anfängst, es persönlich zu nehmen, ist das ein verdammt schlechter Zeitpunkt.«

Er lächelte. »Diesmal ist es eben anders. Vielleicht liegt es ja auch an mir; vielleicht streust du nur ständig Salz in eine offene Wunde. Ich weiß nur, daß ich mich wahnsinnig über meinen neuen Job freue und daß du es mit deiner ewigen

Skepsis heute nachmittag geschafft hast, diese Begeisterung zu dämpfen.«
»Bin ich wirklich so schlimm, mmh?«
Er machte eine entsprechende Geste mit seiner Hand. »Na ja, ist schon möglich, daß ich etwas übertreibe.«
»Was du mir eigentlich sagen willst, ist, daß ich das Wort ›aber‹ aus meinem Vokabular streichen soll.« Ich seufzte tief. »Du weißt genau, was du damit von mir verlangst.«
»Benutz es wenigstens nicht mehr so oft. Was ich mir am meisten von dir wünsche, ist ein bißchen Vertrauen. Ich möchte, daß du es etwas leichter hast. Von jetzt an werde ich mir die Sorgen machen.«
Ich legte den Kopf in den Nacken, so daß meine nassen Locken auf den Rücken herabfielen. »Eigentlich hört sich das gar nicht so schlecht an. Ich glaube, wenn ich mich wirklich anstrenge, könnte es mir sogar gefallen.«
Rich nahm mein Glas vom Rand der Badewanne und gab es mir. »Zuallererst möchte ich, daß wir auf unseren Neuanfang trinken. Was meinst du?«
Ich nahm das Glas Wein und stieß mit ihm an.

Während ich mich zum Abendessen umzog, ging Rich mit den Kindern in die Spielhalle. Ich spürte noch immer die wohlige Wirkung der beiden Gläser Wein und fühlte mich, als ob ich auf Wolken schwebte. Anstatt mich lange mit dem Fön aufzuhalten, schüttelte ich mein dunkles Haar nur durch und ließ es offen an der Luft trocknen, so daß es in Locken um mein Gesicht fiel. Meine Haut war leicht gerötet und glatt. Man nannte dies einen »Revlon-Teint«, wie ich aus meinem High-School-Jahrbuch von damals wußte. Auch mit vierunddreißig sah sie noch gut aus. Ich nahm nur noch einen Hauch von Mascara und Eyeliner.
Es war schon sehr lange her, daß wir ohne die Kinder

ausgegangen waren. Zu lange her. Aber andererseits hatte das letzte Jahr auch kaum Anlässe geboten, um auszugehen. Es hatte vor allem erbitterte Auseinandersetzungen und stumme Verwünschungen gegeben. Schon möglich, daß ich wirklich nicht alles richtig gemacht hatte. Hatte ich nicht den Hang, zuviel zu erwarten? »So jemanden gibt es überhaupt nicht«, pflegte meine Mutter zu sagen, wenn ich ihr erzählte, was für einen Ehemann ich mir wünschte. Doch dann lernte ich Rich kennen.

Nachdem er seinen Abschluß als Ingenieur gemacht hatte, suchte er Arbeit bei der Benning Security Systems, wo ich in der Personalabteilung arbeitete. Richs Größe und sein gutes Aussehen beeindruckten mich nicht sonderlich. Was mich beeindruckte, war die Entschlossenheit, mit der er versuchte, eine Anstellung zu bekommen. Obwohl Macolm Benning wirklich keinen Bedarf an Hochschulabsolventen hatte und er einer der starrköpfigsten Menschen war, die es je gegeben hat, konnte Rich Benning überzeugen, ihn einzustellen. »Ich glaube, ich habe meinen Traummann gefunden«, sagte ich, als Rich gerade eine Woche bei uns arbeitete, zu meiner Mutter. Meine Mutter, eine der lebhaftesten, klügsten und wundervollsten Frauen, die ich je kennengelernt habe, zog mich allein auf. Sie starb in dem Jahr vor Jills Geburt. Rich wuchs mit einem ganzen Haufen Brüder und Schwestern auf, die alle älter waren und denen er nicht besonders nahestand. Obwohl sein Vater immer genug verdient hatte, war Rich als Jüngster wie üblich derjenige, der die getragenen Kleidungsstücke der anderen bekam. »Bis ich sechzehn war und arbeitete, hatte ich nie ein neugekauftes Hemd«, erzählte er mir einmal. Rich war der einzige unter seinen Geschwistern, der aufs College ging; und mit Hilfe von Studentendarlehen und »finanziel-

lem Herumlavieren«, wie er es nannte, schaffte er es, sich allein durchzuschlagen.
Ich hatte nie an meinem Entschluß, Rich zu heiraten, gezweifelt – bis er anfing, zu trinken. Ich dachte an die Streitereien und an die eine schreckliche Nacht zurück, als Buddy sagte: »Ich hasse dich, Daddy.« Das hätte er natürlich nie sagen dürfen ...
»Fertig, Jessie?«
Ich zuckte zusammen.
»Ich wollte dich nicht erschrecken.«
Ich stand auf. »Du hast mich nicht erschreckt. Ich meine, es ist schon in Ordnung.« Ich ging zu ihm und umarmte ihn.
»Was soll das denn werden?«
»Nichts. Halt mich nur fest.« Er legte seine Arme um meinen Rücken und vergrub sein Gesicht in meinem Haar.
»Weißt du«, sagte ich und hob meinen Kopf, »man könnte mich, glaube ich, dazu überreden, unsere Pläne für heute abend umzuwerfen. Wir könnten ein gemütliches Abendessen im Bett genießen.«
Er berührte mit seinen Lippen leicht meine Nasenspitze. »Nein, laß uns wie geplant weitermachen – ich habe mich schon so darauf gefreut. Ich habe mir das Programm im Foyer angesehen, und es ist gar nicht so schlecht.«
Ich brachte ein Lächeln zustande. »Oh? Laß mich raten. Bauchtänzerinnen?«
»Heiß. Ein Schlangenbeschwörer.«
»Du machst doch Witze, oder?«
Er lehnte am Türpfosten, die Arme auf der Brust verschränkt. Er lächelte, antwortete aber nicht. Ich nahm meine Handtasche und ging dann auf das Nachbarzimmer zu. »Ich bin fertig. Laß mich nur kurz den Kindern gute Nacht sagen.«

»Mach dir keine Sorgen, sie sind nicht in ihrem Zimmer.«
»Wo sind sie?«
»In der Spielhalle. Sie hatten einen solchen Spaß, daß ich es nicht übers Herz bringen konnte, sie von dort wegzubringen. Ich habe sie mit einer Handvoll Kleingeld dortgelassen.«
»Ich bin nicht so begeistert darüber, sie dort allein zu lassen. Ich würde mich wesentlich besser fühlen, wenn ich sie wohlbehalten in ihrem Zimmer wüßte.«
»Jill ist fast elf, Jessie. Sie ist alt genug, um auf Buddy aufzupassen. Sie hat mir fest versprochen, daß sie um neun Uhr in ihr Zimmer zurückgehen.«
Ich schaute auf meine Uhr. Es war halb neun. »Trotzdem ...« Doch an dieser Stelle brach ich ab; ich war ja schon wieder dabei, Skepsis zu verbreiten. Ich ging zu ihm und hakte meinen Arm bei ihm unter. »Komm«, sagte ich und machte eine Grimasse. »Wie war das doch gleich, ein Schlangenbeschwörer?«

Im Restaurant lag der gleiche blaue Teppich mit Blumenmuster wie im Flur und im Foyer. Auf jedem Tisch stand eine dicke Kerze, die mit weißen Plastikgänseblümchen dekoriert war. »Nicht gerade das Ritz«, sagte Rich.
»Es wird schon gehen.«
»Oh, Mist.«
»Was?«
Rich stand auf. »Bestell uns etwas zu trinken, Jessie. Ich bin gleich wieder da.« Ich beschloß, beim Wein zu bleiben, so daß die Gläser schon auf dem Tisch standen, als Rich zurückkam.
»Was gab es denn so Dringendes?« fragte ich.
»Nichts Besonderes. Mußte mich nur bei Royce melden, mehr nicht.«

Gene Royce arbeitete am Institut; er war der Mann, mit dem Rich immer verhandelt hatte.
»Was meinst du mit melden?«
»Ich wollte ihn nur wissen lassen, daß wir den Zeitplan einhalten und daß wir wahrscheinlich, wie geplant, am späten Montagabend eintreffen werden.«
»Ich verstehe nicht.«
Rich zuckte mit den Achseln. »Er bat mich darum, ihm Bescheid zu sagen. Und außerdem wollte ich wissen, ob die Möbel angekommen sind.«
»Und, sind sie angekommen?«
Er nickte. »Heute nachmittag. Die Umzugsleute haben alles mitgenommen und aufgebaut. Wenn du da bist, brauchst du keinen Finger zu rühren.«
»Sie haben alles ausgepackt? Sogar die Kisten?«
»Selbstverständlich. Das nennt man Umzug im großen Stil. Du brauchst nur hineinzugehen, dich hinzusetzen und zu entspannen.«
»Mir gefällt es einfach nicht, daß fremde Leute in unseren Sachen kramen.«
»Du tust ja gerade so, als ob wir geheime Dokumente oder ähnliches bei uns hätten. Was ist denn daran so schlimm?«
»Es gibt immerhin so ctwas wic cinc Privatsphäre. Und außerdem ist es unser Heim; ich möchte es nach unseren Vorstellungen einrichten und nicht von Umzugsleuten eingerichtet haben.«
»Schau, Jessie, wenn es dir nicht gefällt, können wir es wieder umstellen. Das ist doch ganz einfach, oder?«
Ich merkte, wie sich meine Wangen röteten. »Sicherlich.«
»Also dann, Themawechsel.«
Ich hob mein Glas. »Also gut, was hat Royce sonst noch gesagt?«

»Nicht viel. Er freut sich auf unsere Ankunft, will, daß ich mich eingewöhne, daß ich mit den anderen zusammenarbeite usw. usw.«
»Wirst du eines der Sicherheitssysteme installieren?«
»Es ist bereits alles vorhanden. Immerhin sind sie seit fast einem Jahr in Betrieb. Mein Job wird hauptsächlich darin bestehen, das System zu überwachen und Fehler zu beseitigen, falls welche anfallen. Offensichtlich hatte mein Vorgänger keinerlei Computer-Erfahrung. Hawkins, der Mann von der Bostoner Firma, die die Anlage installiert hat, wird mich anlernen und mit der Bedienung vertraut machen.«
»Das wird nicht lange dauern. Immerhin bist du mit jedem auf dem Markt erhältlichen System vertraut.«
»Normalerweise würde ich dir zustimmen, aber alles, was Royce sagt, deutet darauf hin, daß es sich um eine ziemlich ausgeklügelte Anlage handelt. Einige dieser Sicherheitssysteme sind eigens vom Institut neu entwickelt worden, Systeme, die ich nie zuvor gesehen habe.«
Ich lachte. »Wenn das so ist, wird es doppelt spannend. Aber ich verstehe nicht ganz, warum sie diesen Aufwand treiben.«
»Was meinst du damit?«
»Also, aus allem, was du mir erzählt hast, schließe ich, daß es sich bei dem größten Teil ihrer Arbeit um medizinische Forschung handelt, die mit Hilfe von staatlichen Geldern zur Erforschung von Krankheiten finanziert wird. Doch sie sind ja nicht die einzigen im Land, die solche Laboratorien haben und diese Art von Forschungen betreiben. Warum dann dieses ausgeklügelte Sicherheitssystem?«
»Die meisten Leute drehen durch, wenn sie von Forschungsinstituten hören, aber laut Royce ist es wie mit den Müllhalden: Wir wollen sie und brauchen sie, aber es wäre

uns lieber, wenn sie woanders wären. Manche Gemeinden beschwören regelrechte Krawalle herauf. Die Leute fühlen sich bedroht, sie haben Angst davor, daß tödliche Gifte und Viren verbreitet werden. Himmel, denk doch nur an Aids. Du brauchst nur dieses Wort zu erwähnen, und die Leute ergreifen panikartig die Flucht.«

»Du glaubst nicht, daß es irgendeinen Grund zur Besorgnis gibt, oder? Ich meine, irgendeine echte Gefahr.«

»Absolut nicht. Ich bin kein Arzt, also weiß ich auch nicht, mit was sie sich, verdammt noch mal, befassen; was ich weiß, ist, wenn ihre Sicherheitssysteme nur halb soviel wert sind, wie sie sagen, kann unmöglich irgend etwas entweichen.«

Um halb zehn ließ ich Rich im Zimmer der Kinder anrufen. Sie waren da, wie versprochen. Rich hatte recht – ich machte mir zuviel Sorgen. Und auch, was die Show betraf, hatte er recht gehabt: Der Imitator mit dem beweglichen Gummigesicht faszinierte uns fast den ganzen Abend. Als wir um Mitternacht in unser Zimmer zurückkamen, war Rich so erschöpft, daß das, was hätte sein können – und was ich mir bereits am frühen Abend gewünscht hatte –, nicht mehr zustande kam. Rich rollte sich auf seiner Seite des riesengroßen Bettes zufrieden wie eine Katze zusammen und schlief sofort ein.

Ich betrachtete ihn eine Zeitlang und erinnerte mich dabei an unser Gespräch. Rich strengte sich wirklich an, da gab es keinen Zweifel. Ich mußte mehr darauf achten, was ich sagte. Nichts Negatives, vor allem nicht über seinen Job. Ich beugte mich zu ihm hinüber, küßte ihn auf die Wange und legte mich wieder auf mein Kissen. Schließlich schlief auch ich ein.

Ich erinnerte mich später dunkel daran, daß ich wach

geworden war, weil Buddy schrie. Ich lief in sein Zimmer und kniete mich neben sein Bett. Rote, verschwitzte Locken kringelten sich auf seinem Kopfkissenbezug, und zwei Finger hatte er fest in seinen Mund gesteckt – aber sein Atem ging tief und regelmäßig. Es mußte ein Alptraum gewesen sein.

Aber diesmal war es meiner.

3

Ich riß den angebrochenen Deckel vom Kaffeebehälter ab, warf ihn auf die Ablage und zündete mir dann eine Zigarette an. »Mußt du unbedingt rauchen, Jessie?« sagte Rich.

Ich schaute ihn überrascht an. Obwohl ich seit Monaten versucht hatte, mit dem Rauchen aufzuhören, hatte Rich vorher nie irgend etwas dagegen gesagt. »Was soll das denn werden, eine neue Gesundheitskampagne?«

»Ich fände es einfach gut, wenn du damit aufhören würdest. Diese dumme Angewohnheit hast du doch nicht nötig.«

»Kann schon sein, aber ich bin jetzt noch nicht so weit, um damit aufzuhören. Ich bin immerhin schon auf sechs oder sieben Zigaretten am Tag runter. Gönn mir doch meine Entspannung und vermies mir nicht meine paar Zigaretten.«

»Ich habe mal in der Schule – im Biologieunterricht – einen Film übers Rauchen gesehen«, sagte Jill. »Da war eine ganz alte Dame mit vielen Falten, die keine Luft mehr bekam, weil sie soviel geraucht hatte.«

»Wenn sie keine Luft mehr bekam, wie konnte sie dann überhaupt noch leben?« fragte Buddy.

»Das war ja das Gruselige daran, die Ärzte hatten ihr nämlich ein Loch in den Hals gebohrt.« Jill legte einen Finger auf ihren Hals, um Buddy die genaue Stelle zu zeigen. »Sie konnte auch durch das Loch sprechen, aber ihre Stimme war ganz leise und heiser. Es klang irgendwie unecht, fast wie eine Puppenstimme, nur schlimmer.«

»Sie mußte dann bestimmt mit dem Rauchen aufhören«, sagte Buddy.
»Nein, das ist das Allergruseligste. Sie rauchte trotzdem immer noch. Aber sie hat's nicht durch den Mund gemacht. Sie hat die Zigarette einfach in das Loch gesteckt!«
Buddy holte tief Luft – und ich auch. »Meinst du, wir könnten das Thema wechseln?« sagte ich mit einem Blick zu Rich. »Zufrieden?« Ich drehte mich zu den Kindern um. »In Ordnung, ihr Quälgeister. Daddy und ich haben euch von dem Imitator erzählt, den wir gestern abend gesehen haben. Jetzt seid ihr dran. Erzählt uns mal, wie euer Abend war.«
»Ich hab' Pacman gespielt und kam bis zu zehn«, sagte Buddy.
»Ich bin beeindruckt«, sagte Rich. »Ich komme immer noch nicht über drei hinaus.«
Jill seufzte. »Eigentlich müßte es ihm ja langweilig dabei werden, immer wieder ein und dasselbe zu machen. Das einzige, das du da tust, ist doch, den bösen Jungs davonzulaufen. Früher oder später erwischen sie dich sowieso.«
Ich schmunzelte. »Na ja, es spricht sicherlich einiges dafür, daß du dich dabei anstrengst. Du würdest doch sicher nicht einfach dastehen und die bösen Jungs einfach so gewinnen lassen wollen, oder?« Ich streichelte ihr Knie. »Erzähl mir, was hast du gemacht?«
Sie zuckte mit den Schultern, und ihre glänzenden, braunen Pferdeschwänzchen wippten über den Ohren auf und ab. »Nichts Besonderes. Ich habe zugeschaut, wie Buddy sein ganzes Kleingeld ausgegeben hat.«
»Das ist nicht wahr«, sagte Buddy. »Du hast die ganze Zeit über dem Jungen zugeschaut.«
»Welchem Jungen, Jill?«
»Ach, nur irgendeinem Kind in der Spielhalle. Er ist aus der

Gegend hier, er schleicht sich jeden Abend ins Motel, um mit den Computern zu spielen.«

»Sie hat ihm die ganze Zeit zugeschaut, wie er Munchman gespielt hat, und der kam nicht einmal über zwei hinaus.« Buddy schüttelte den Kopf. »Kannst du dir das vorstellen?«

»Aber er war viel interessanter als du, du Blödmann. Viel schlauer. Wenn du mal groß bist – das heißt, falls du überhaupt mal groß wirst –, dann wirst du schon dahinterkommen, daß Computer im Leben nicht alles sind.«

»Wie alt war denn der Junge, der dich so interessiert hat?« sagte ich.

»Sehr alt«, sagte Buddy. »Viel älter als Jill.«

»Wie alt, Jill?«

»Oh, vielleicht zwölf oder dreizehn«, sagte sie.

Rich lachte. »Bist du jetzt beruhigt, Jessie?«

Ich gab ihm einen Klaps auf den Arm.

»Es ist verboten, den Fahrer zu berühren, Mom«, sagte Buddy. »Sonst landen wir alle im Graben.«

»Ich kann mir nicht helfen, aber warum habe ich heute dauernd das Gefühl, in dieser Familie auf verlorenem Posten zu stehen?«

»Vielleicht solltest du anfangen, Pacman zu spielen, Mom. Ich kann mir vorstellen, daß du das gut kannst. Wenn du willst, bringe ich es dir bei, so wie ich es meinem Freund beigebracht habe.«

»So? Wem hast du's beigebracht?« fragte Rich.

»Oh, wir haben ganz vergessen, euch davon zu erzählen«, sagte Jill. »Gestern abend hat Buddy endlich den Mann getroffen.«

Ich drehte mich zu Buddy. »Welchen Mann denn?«

»Der, der uns nachgefahren ist, Mom. Du erinnerst dich doch an ihn.«

Zwei Stunden später hielten wir endlich an. Buddy und Jill steuerten den Erfrischungsraum an, und Rich und ich warteten im Wagen. »Ich fange allmählich an, Buddy ernst zu nehmen«, sagte ich, sobald die Kinder außer Hörweite waren. »Vielleicht hat er recht – vielleicht fährt uns dieser Mann wirklich nach.«

»Das ist doch Unsinn. Du bist genauso albern wie die Kinder. Warum, in Gottes Namen, sollte uns jemand folgen?«

»Ich habe keine Ahnung, aber erkläre mir bitte, warum sehen ihn die Kinder dann die ganze Zeit?«

»Ich denke, du hast es ihnen gestern ganz plausibel gemacht. Diese Strecke ist nun einmal stark befahren. Schau, Jessie, die Menschen neigen nun mal dazu, gegen Mittag hungrig zu werden, und der Rhythmus dieses Herrn stimmt offensichtlich mit unserem überein. Was ist denn daran so schwer zu verstehen?«

»Aber warum war er dann im gleichen Motel wie wir?«

Rich zuckte mit den Achseln. »Zufall. Und wenn du genau darüber nachdenkst, dann ist es eigentlich gar kein so großer. Wir haben uns schließlich kein abgelegenes Quartier irgendwo in der Wildnis ausgesucht. Das Holiday Inn in Rowland lag genau auf unserem Weg, direkt am Highway 95. Ich kann mir vorstellen, daß die einen ganz guten Schnitt machen, bei dem vielen Verkehr hier.«

»Gut, und warum hat er seine Zeit damit verbracht, sich mit einem Vierjährigen zu unterhalten? Ich weiß nicht, wie du darüber denkst, aber mir paßt das ganz und gar nicht.«

»Buddy ist nicht unbedingt das, was man sich unter einem Vierjährigen vorstellt. Da stimmst du doch mit mir überein, oder?«

»Natürlich, aber er ist immer noch ein Kind.«

»Der Typ war eben allein und ist in die Spielhalle gegangen, um sich die Zeit zu vertreiben. Das ist nicht unbedingt ein Verbrechen und bestimmt viel schlauer, als die Zeit allein an der Bar totzuschlagen.«

Rich wartete einen Moment auf meine Antwort; als ich nichts sagte, fuhr er fort: »Und im Grunde genommen ist doch nichts Besonderes passiert. Er hat sich eben mit unserem Sohn unterhalten, na und? Wenn er irgend etwas Finsteres vorgehabt hätte, dann wäre das der richtige Zeitpunkt gewesen zuzuschlagen, die Kinder waren allein und schutzlos.«

»Rich!«

»Nimm's doch nicht so schwer, ich versuche doch nur, dich davon zu überzeugen, daß mir die ganze Sache an den Haaren herbeigezogen erscheint. Du machst dir umsonst Sorgen.«

Die Wagentür ging auf, und die beiden Kinder kletterten herein. »Gehen wir jetzt zum Essen?« fragte Buddy.

»Du kannst doch unmöglich Hunger haben«, sagte ich. »Wir haben doch erst vor ein paar Stunden gegessen.«

»Warum knurrt dann mein Magen?«

»Weil du ein verfressenes Schweinchen bist«, sagte Jill. »Du siehst auch schon fast so aus.« Sie beugte sich hinüber und tätschelte Buddys runden Bauch.

Ich bekam seine Faust nach dem ersten Schlag auf ihre Schulter zu fassen. »Halt!« Mit einem Blick auf Jill fügte ich hinzu: »Das gilt auch für dich!«

Jill zog ein Gesicht. »Es war doch nur Spaß, Mom.«

»Ich hab' auch nur aus Spaß geschlagen«, sagte Buddy.

»Ich werde euch bald auch nur aus Spaß den Hintern versohlen«, sagte ich, um der Sache ein Ende zu machen. »Buddy, Jill, habt ihr ihn eigentlich noch einmal gesehen? Ich meine, jetzt in der Raststätte.«

Rich gab ein entnervtes Stöhnen von sich, und Buddy fragte: »Wen gesehen, Mom?«

»Den Mann. Den, den du gestern abend getroffen hast.«
»Nein. Er hat hier nicht angehalten. Warum sollte er?«
»Nein, warum auch!« fuhr ich Rich an. Ich räusperte mich, als er in den Highway einbog. »Na dann, fahren wir weiter«, sagte ich und versuchte dabei, meine Stimme etwas fröhlicher klingen zu lassen. »Richtung Grads Village.« Ich schaute schuldbewußt in ihre trübsinnigen Gesichter und hatte dabei das Gefühl, daß ich ganz allein an ihrer gedrückten Stimmung schuld war. »Na kommt, ihr kleinen Miesepeter«, sagte ich schließlich, »wo bleibt eure gute Laune? Stellt euch doch bloß vor, wir sind mittendrin in einem richtigen Abenteuer, wie im Märchen. Schneller, als ihr glaubt, sind Mr. und Mrs. Platt und ihre beiden kleinen Mause-Platts in einer ganz neuen Stadt, an einem ganz neuen Ort ... Wenn sie dort ankommen, haut es sie vor Überraschung um ... Das erste, was sie dort sehen, ist ...« Ich unterbrach meine Geschichte und fuhr dann fort: »Okay, Leute, ich hab' die Geschichte angefangen, wer von euch erzählt weiter?«
Zuerst erzählte Buddy weiter, dann Jill und dann Rich. Was mich betraf, ich lehnte mich in meinen Sitz zurück und versuchte zuzuhören. Die Vorstellung war lächerlich ... Oder nicht? Warum, um alles in der Welt, sollte irgend jemand einen Grund haben, uns nachzufahren?
In dieser Nacht kamen wir bis Baltimore; am Sonntagabend schrieben wir uns – wie verabredet – in Lexington in einem Howard-Johnson-Motel ein, das ungefähr vierzig Minuten von Boston entfernt lag. Nur noch einmal sahen die Kinder den geheimnisvollen Mann: an der Grenze zwischen New York und Connecticut. Offensichtlich war seine Reise dort zu Ende; ich wünschte ihm noch alles Gute und viel Erfolg und bat ihn – tief in meinem Inneren selbstverständlich – um Vergebung für mein schreckliches Mißtrauen.

Am Montag erwachten wir an einem jener klaren, spätherbstlichen Oktobertage, wie sie typisch sind für New-England. Obwohl das Thermometer um die zehn Grad anzeigte, wurde uns doch sehr deutlich bewußt, daß wir andere Temperaturen gewohnt waren. Ich packte die Koffer zu Ende, während Rich zur Rezeption ging, um die Rechnung zu bezahlen.
Buddy riß eines der verpackten Flanellhemden heraus, das ich ihm vor unserer Abreise in Florida gekauft hatte, zog es an und bewunderte sich damit im Spiegel, als ob er einen Preis gewonnen hätte. »Solche Klamotten trägt man da, wo sich Fuchs und Hase gute Nacht sagen«, sagte er.
»Wo hast du denn diesen dummen Spruch her?« fragte Jill. »Aus dem Fernsehen?«
Er ignorierte die Frage; er war viel zu sehr damit beschäftigt, seinen Skalp mit einem Kamm zu bändigen, wobei er ohne Erfolg versuchte, ein Haarbüschel unter Kontrolle zu bringen, das senkrecht vom Kopf abstand.
»Das erste, was wir morgen gleich in der Frühe machen werden«, sagte ich, während ich die Nachthemden der Kinder in der Reisetasche verstaute, »wir gehen alle einkaufen. Wir brauchen unbedingt wärmere Sachen. Das Wichtigste sind dicke Winterjacken.«
»Toll«, sagte Jill. »Bekomme ich einen Maxi-Mantel, so einen, der fast bis zu den Knöcheln geht? Die sieht man jetzt in allen Zeitschriften.«
»So ein Mantel ist aber nicht sehr praktisch, um damit im Schnee zu spielen.«
»Das macht doch nichts. Außerdem werde ich allmählich zu alt, um überhaupt noch zu spielen.«
Ich schmunzelte und mußte dabei an die Stoffpuppe denken, die im Wagen wartete. Ich fuhr ihr durch den Pferdeschwanz. »Ich würde sagen, wir warten, bis wir da sind, und entscheiden uns dann.«

»Sind wir wirklich heute abend schon da?«
»Am späten Nachmittag, wenn wir Glück haben.«
»Ach du meine Güte, mir wird ganz anders. Ich habe Angst, so viele neue Leute zu treffen. Glaubst du, daß es da, wo wir wohnen werden, Kinder in meinem Alter gibt?«
»Sicher, eine ganze Menge.«
»Und du glaubst nicht, daß sie denken werden, daß ich komisch bin oder sonst was?«
»Warum sollten sie so was denken?«
»Ach, ich weiß nicht, vielleicht, weil ich aus Florida bin, und so. Vielleicht denken die, ich bin irgend so ein Hinterwäldler oder so was in der Richtung.«
»Mensch, bist du dumm«, sagte Buddy. »Ein Hinterwäldler ist jemand, der im Wald lebt. Wenn überhaupt, dann sind das die Hinterwäldler. Stimmt doch, Mom?«
Ich lachte. »Wenn ich an eurer Stelle wäre, dann würde ich das keinem erzählen. Niemand läßt sich gern als Hinterwäldler bezeichnen. Und wenn ihr Freundschaften schließen wollt, dann ist das bestimmt nicht die richtige Methode.«
»Kindern macht es nichts aus, wenn man ihnen die Wahrheit sagt«, meinte Buddy. »Nur Erwachsene können sich über solche Sachen aufregen.«
Ich dachte über seinen Kommentar nach, während ich den Koffer schloß. »Damit hast du wahrscheinlich recht. Woher, um Himmels willen, hast du so gescheite Sachen?«
Buddy zuckte mit den Schultern. »Das war einfach immer schon in mir drin, wahrscheinlich schon, als ich noch ganz klein war. Ich denke, vielleicht hab' ich's von Daddy ...«
»Oh, vielen Dank. So gefällt's mir: keinen Punkt für mich.«
Jill kicherte. »Jemand, der so gescheit ist wie du, du Blödmann, der sollte mal unter dem Wort ›Takt‹ nachschlagen. Das ist das Gegenteil von Wahrheit, und das ist genau das, was du bei Erwachsenen brauchst.«

Kittery, die erste Stadt in Maine nach der Grenze, zeigte sich uns zur Begrüßung und zur hellen Freude der Kinder von ihrer schneebedeckten Seite. Da es unmöglich war, auf dem Rücksitz noch länger für Ruhe zu sorgen, hielt Rich schließlich bei einem Schnellrestaurant und wich damit zum ersten Mal von unserem Zeitplan ab. »Was sagst du dazu, wir leben ja geradezu riskant, wir schlagen einfach jede Vorsicht in den Wind. Wir halten jetzt hier, essen früh zu Mittag, dann haben die Kinder gleich Gelegenheit zu erleben, wie sich Schnee anfühlt.«
Kaum hatten wir angehalten, als Buddy und Jill schon draußen waren. Sie stürmten über den nahegelegenen, leeren Parkplatz. Obwohl ich im Süden aufgewachsen war, war Schnee für mich nichts Neues, denn ich hatte Richs Eltern im Norden mehrmals besucht, bevor sie nach Arizona gezogen waren. Aber diesmal mußte ich für mich feststellen, daß ich alles wieder wie zum ersten Mal sah: aus der Sicht eines Kindes. »Weißt du«, sagte ich zu Rich, »es ist vielleicht doch etwas an der Sache mit der ›weißen Weihnacht‹ dran, von der alle Welt redet. Ich habe allmählich das Gefühl, daß ich bis jetzt etwas versäumt habe.«
»Das hast du auch. Ich hatte schon fast ganz vergessen, welchen Spaß es machte, einen Haufen Schneebälle zu fabrizieren und damit nach meinen Kumpels zu werfen. Und dann gab es ja auch noch Schneeburgen, Schneemänner und Schneebretter zum Rutschen ...«
Ich schaute ihn fragend an.
»Schlitten«, erklärte er lachend. »Sieht so aus, als sei ich der einzige Experte in der Familie. Natürlich gab's in Brooklyn nie so viel Schnee, wie wir hier haben werden. Normalerweise liegt der Schnee hier in dieser Gegend so zwischen einem und zweieinhalb Meter hoch.«

»Das ist doch wohl nicht dein Ernst, oder? Wie soll ich denn da jemals mit dem Auto irgendwohin kommen?«
»Hier in der Gegend lautet das erste Gebot im Oktober: Schneeketten anlegen. Ich werde morgen welche besorgen.«
Buddy kam mit beiden Händen voller Schnee angelaufen und klatschte ihn Rich auf die Hand. »Zeig mir, wie man einen richtig schönen Schneeball macht, Daddy.«
»Erstens einmal ist dieser Schnee noch viel zu frisch und zu locker. Warte noch, bis er schwerer wird, dann mach' ich dir einen Schneeball, der so fest ist wie ein Eishockey-Puck.«
»Und zweitens?« sagte ich.
Er ließ den Schnee fallen, grinste verlegen und stopfte sich dann die Hände in die Jackentaschen. »Und zweitens sind meine Hände am Erfrieren.«
Ich beugte mich zu Buddy hinunter, zog ihm seine Kapuze über den Kopf und band sie fest. »Schreib Handschuhe und Fäustlinge auf die Einkaufsliste.« Ich winkte Jill heran, die auf dem vereisten Parkplatz herumschlitterte. »Komm, Liebling, wir gehen zum Essen. Daddy verspricht euch felsenfest, daß der Schnee hinterher auch noch da sein wird.«
Keiner von uns aß viel. Das, was wir uns ohne lange zu überlegen bestellten, entpuppte sich als Reinfall: das Essen war kalt und fettig. Nicht, daß es den Kindern sehr viel ausgemacht hätte, sie waren viel zu sehr damit beschäftigt, durch die Fenster den Schneeflocken zuzuschauen, als auf ihr Essen zu achten. Schnee war ja wirklich etwas sehr Schönes, aber gleich zweieinhalb Meter davon? Ich stellte mir vor, wie wir alle vor einem Kamin saßen; brennende Holzscheite, die knisterten und knackten, während draußen ein Schneesturm wütete; dabei rösteten wir Marshmallows ... nein, heißes, gebutter-

tes Popcorn wäre noch besser. Schneehaufen vor den Fenstern; alles schön warm und gemütlich ... und nur ein klitzekleines bißchen Platzangst.

Die Kinder schliefen bis Bangor. »Die letzte Etappe«, sagte Rich, als er von der Schnellstraße 95 herunterfuhr und in die 15 in nördlicher Richtung einbog. Die Straße wurde immer schmaler, sie wand sich in engen Schleifen und Kurven bergauf, fast so wie die sich drehenden Schneeflocken, die im Scheinwerferlicht auf- und niedertanzten. Wir ließen die Zivilisation hinter uns ... so kam es mir jedenfalls vor. Aber dann tauchten wieder die Broschüren vor mir auf, die ich doch so gut kannte. »Du mußt müde sein«, sagte ich zu Rich. Noch während ich die Worte formulierte, fragte ich mich, ob ich nicht nur deswegen redete, um damit die Nervosität zu bekämpfen, die fühlbar langsam in mir hochstieg. Rich gab mir keine Antwort, und so drehte ich mich um und schaute nach den Kindern.
»Wie lange noch, Mom?« fragte Jill.
Ich lächelte. »Nicht mehr lange. Vielleicht fünfzehn, höchstens zwanzig Minuten noch.«
Bald darauf bog Rich in eine noch engere Straße ein. »Falls ich alles richtig verstanden habe, dann müßte uns diese Straße direkt vor unsere Haustür bringen«, verkündete er. Ungefähr zehn Meilen weiter sahen wir sie dann: hohe Wände aus Stahl zogen sich wie bei einer Burganlage die Hügel entlang, soweit das Auge reichte. Ein vergittertes, schmiedeeisernes Tor und ein Schild mit der Aufschrift »Grads Village«. Rich lenkte den Wagen auf die kurze, betonierte Auffahrt, die zu dem verschlossenen Tor führte und voller Schnee war. Dort hielt er an. Er schaute erst auf das Tor und dann auf mich. »So, und jetzt?«
Ich hatte keine Ahnung, aber das war auch gar nicht

notwendig, denn Richs Frage wurde umgehend beantwortet. »Willkommen in Grads Village«, sagte eine Stimme. »Kennzeichen Florida VAW 6290. Richard Platt, Jessica Platt, Jillian Platt und Richard Platt junior.«
Wir sahen uns um. Nichts. Niemand.
»Woher weiß der das?« Buddy flüsterte, als ob er Angst davor hätte, die geheimnisvolle Stimme könne ihn hören.
»Ach du meine Güte«, sagte Rich, während seine Augen weiter suchend über das Gebiet streiften. »Wo ist die Kamera, und wo sind die Lautsprecher? Die sind so gut versteckt, daß nicht einmal *ich* sie entdecken kann.«
»Nun«, sagte ich, schluckte und versuchte, meine plötzlich auftauchende Unruhe zu überspielen, »die haben sicher nicht vergessen, daß wir kommen.« Die Kinder starrten mit offenem Mund nach vorne, als das Tor sich langsam öffnete. Rich lenkte den Wagen durch den Eingang, fuhr einen kleinen Hügel hoch und hielt dann an. Ich blickte auf etwas hinunter, das wie eine gigantische Schüssel mit einer Miniaturstadt in der Mitte aussah. Genau wie in den Broschüren. Nein, nicht ganz. Irgend etwas war anders, aber ich konnte nicht herausfinden, was es war.
Direkt vor uns waren zwei zweistöckige Gebäude; das Institut selbst hatte ungefähr die Größe von zwei Wohnblocks. In einiger Entfernung befand sich ein Gebäude aus Beton, das sich wie ein riesiger Iglu an den Boden schmiegte. Dieses Gebäude, das unübersehbar den Kern bildete, wurde ringförmig von sechs Straßen umgeben. Rechts und links von diesen Straßen standen kleine, einstöckige Backsteinhäuser in Rot, Weiß und Grau. Alles duckte sich dicht an den Boden. Die hügelige Landschaft im Hintergrund war jetzt schneeweiß. Vielleicht sah es deshalb so anders aus als in den Broschüren. So seltsam. Nicht ein Mensch war zu sehen. Na ja, das Wetter war schlecht ... und außerdem wurde es dunkel.

Da war die Stimme wieder. »Bitte, folgen Sie der Hauptstraße bis zur Außenzone. Halten Sie bei Gebäude I, Verwaltung.«
Rich fuhr den Hügel hinunter. Als wir näher herankamen, konnte ich auch die Häuser besser erkennen. Ich schaute sie mir genau an. Wo waren denn die Autos? Es gab keine Garagen, keine Straßen, keine Bürgersteige.
»Rich!«
»Später, Jessie, dieser Hügel ist ganz schön steil. Und er ist höllisch glatt. Ich würde uns da gerne heil hinunterbringen.«
Ich starrte wieder auf die Häuser. Sie sahen so seltsam aus. Was störte mich an ihnen? Ich dachte zurück an die kleine Szene, die ich mir ausgemalt hatte: die Familie gemütlich vor einem knisternden Kamin, draußen hohe Schneeverwehungen vor den Fenstern ... Mein Gott, das war's – da waren keine. Diese Häuser hatten keine Fenster!

4

So, da wären wir«, sagte Rich, als er auf den Besucherparkplatz von Gebäude I fuhr. Er stellte den Motor ab und öffnete die Tür. »Also los, jetzt schauen wir uns mal unsere neuen Nachbarn an.«
Die Kinder hüpften hinten aus dem Wagen. Ich zog an seinem Ärmel. »Rich, da ist etwas ...«
Er hob seine Hand. »Jetzt nicht, Jessie. Was es auch ist, du mußt damit noch etwas warten. Ich bin sicher, daß Royce dort drinnen gerade auf uns wartet, um uns zu begrüßen.«
Ich nickte, öffnete meine Tür und stieg aus. Während ich mich umschaute, blinzelte ich durch den Schnee. In der Ebene konnte ich noch weniger erkennen, nur die unmittelbare Umgebung und die hohen Stahlwände, die die Stadt umgaben.
Gene Royce trug sein Amt als Public-Relation-Mann mit stolzgeschwellter Brust zur Schau. Sein Lachen legte ein unglaublich weißes, regelmäßiges Gebiß und zwei Grübchen frei. Er wirkte eine Spur zu gepflegt und vielleicht sogar etwas zu freundlich, zumindest für meinen Geschmack. Nach einem festen Händedruck für Rich nahm er meine Hände in seine und nickte. »Ich freue mich so, Sie kennenzulernen, Mrs. Platt. Ihr Mann hat mir schon eine ganze Menge von Ihnen und Ihren Kindern erzählt – so viel, daß ich das Gefühl habe, Sie bereits zu kennen. Darf ich meine Begrüßung damit schließen und Sie Jessica nennen?«
Rich hatte sich nie zuvor mit ihm getroffen – und ich fragte mich, wieviel dieser Mann nur auf Grund ihrer mäßigen

Korrespondenz und einiger Telefongespräche hatte erfahren können. Aber ich nickte. »Nennen Sie mich doch bitte Jessie.«
»Und Sie sagen selbstverständlich Gene zu mir. Bitte, machen Sie es sich doch bequem.« Er zeigte auf eine Gruppe blau gepolsterter Stühle, und wir setzten uns alle hin. Dann wandte er sich den Kindern zu. »Scheint, als hättet ihr schon eine kleine Kostprobe vom Wetter in New England bekommen. Na, wie gefällt es euch?«
Buddy spielte nervös mit seinen Fingern auf dem Schoß herum und nickte. »Großartig«, sagte Jill.
Dann wandte sich Gene Royce zu mir. Wie bei einer Rettungsaktion bei einem Schiffsunglück, Frauen und Kinder zuerst, dachte ich, während ich versuchte, sein Lächeln zu erwidern. »Ich glaube, Sie werden merken, daß es sich in Grads Village wundervoll leben läßt«, sagte er. »Es ist genau die richtige Umgebung für eine Familie. Ich nehme an, daß Sie die Broschüren gelesen haben, aber selbst darin finden Sie nicht alle Freizeitmöglichkeiten und Einrichtungen aufgezählt, die wir anbieten. Unser Erziehungswesen zum Beispiel ist ganz hervorragend.«
»Soviel ich weiß, sind die Schulen innerhalb der Gemeinde privat.«
»Ja, und es gibt auch keine anderen. Um ehrlich zu sein, Jessica, Entschuldigung ... Jessie.« Er beugte sich vor, legte seine Hand auf meinen Arm und senkte die Stimme, als wenn er mir ein Geheimnis mitteilen wollte. »Wir sind hier in einer ziemlich ... tja, sagen wir mal rückständigen Gegend. Wir sitzen mitten in einem tiefreligiösen und konservativen Streifen Land. Das staatliche Schulsystem ist für die Ortsansässigen ausreichend, aber es wäre für unsere Einwohner nicht das Richtige. Sie müssen bedenken, daß wir eine ziemlich ausgewählte Gruppe von Leuten hier in

Grads Village versammelt haben. Das Institut beschäftigt Wissenschaftler, Physiker und andere Fachleute. Und diese Leute wollen nur die beste Erziehung für ihre Kinder. Und natürlich haben wir hier sehr viele intelligente Kinder.«

»Rich erwähnte, daß jeder Lehrer einen höheren akademischen Grad und in manchen Fällen sogar einen Doktortitel hat. Das ist beeindruckend.« Ich deutete auf Jill. »Jill war in der fünften Klasse in Orlando eine gute Schülerin.«

Gene Royce schlug mit den Händen auf seine Oberschenkel und beugte sich wieder vor, wobei er diesmal Jill anlächelte. »Meinen Glückwunsch, junge Dame. Ich bin sicher, daß du dich hier gut einleben wirst. Es gibt hier viele nette Kinder in deinem Alter. Und die vielen Freizeitmöglichkeiten, warte nur, bis du die gesehen hast.«

Jills Augen wurden ganz groß.

»Wie viele Familien leben hier?« fragte Rich.

»Ungefähr siebenhundert. Wir haben 2750 Einwohner – mehr als manche Kleinstadt.«

Rich nickte, und Gene schaute wieder zu mir herüber. »Natürlich werden wir Jill testen, um zu sehen, in welche Klasse sie kommt. Unsere Klassen sind in Gruppen aufgeteilt, die von den jeweiligen Fähigkeiten abhängen. Wir wollen sichergehen, daß die langsameren Schüler auch wirklich die Aufmerksamkeit und die Aufgaben erhalten, die sie brauchen, und daß die besseren nicht durch die anderen aufgehalten werden.«

Ich verzog das Gesicht. »Ich bin eher für eine gesunde Mischung. Einige Pädagogen sind der Ansicht, daß die Langsameren etwas von den Intelligenteren lernen können und daß die Intelligenteren dabei auf jeden Fall lernen.«

»Lernen, ja. Aber sie würden nicht einmal in etwa das

erreichen, wozu sie unter der entsprechenden Anleitung und der adäquaten Ausstattung in der Lage wären. Unser Engagement für die Kinder hatte zur Folge, daß wir die beste Computeranlage gekauft haben, die jetzt den Schülern zur Verfügung steht.«
Buddy, der bis jetzt ungewöhnlich still gewesen war, fragte: »Haben Sie auch Pacman?«
»Ein Computerspiel«, erläuterte Rich.
»Da kannst du aber sicher sein, kleiner Mann«, sagte Royce. »Direkt im Klassenzimmer; ein sehr beliebtes Spiel, wie ich höre.«
Buddy strahlte.
»In welcher Klasse bist du denn, Richard?«
»Ich heiße Buddy. Zumindest nennt mich jeder so.«
»Okay, Buddy, in welcher Klasse bist du?«
»Ich gehe noch nicht zur Schule.«
»Das kann ich gar nicht glauben. Ein intelligenter Junge wie du?«
»Er ist erst vier«, sagte ich. »Wir wollen noch ein Jahr damit warten.«
»Unsinn. Ich bin sicher, daß er in der Schule ganz gut aufgehoben ist.«
»Darum geht es nicht. Buddy hat dieses Jahr sehr viel durchgemacht.«
»So?«
Rich unterbrach. »Bloß Kinderkram, aber Jessie denkt, es wäre besser, noch ein bißchen mit der Schule zu warten.«
»Ich verstehe. Na, vielleicht ändern Sie ja noch Ihre Meinung.« Gene stand auf. »Auf alle Fälle möchte ich Ihnen jetzt die Möglichkeit geben, sich umzusehen.«
»Das hört sich großartig an«, sagte ich. »Wir sind alle schon ganz schön gespannt.«
Er ging zu seinem Schreibtisch, drückte auf einen Knopf

und schaute dann in meine Richtung. »Ich hoffe, Sie verzeihen mir, aber ich muß Ihnen leider Ihren Mann für eine Weile entführen. Geschäftlich. Währenddessen wird Carla Farrin von unserem Begrüßungskomitee Sie und Ihre Kinder etwas herumführen, bevor sie Sie nach Hause bringt.«

Meine Enttäuschung muß deutlich sichtbar gewesen sein, denn Gene hob zwei Finger zum Schwur. »Ich werde ihn nicht lange aufhalten. Großes Indianerehrenwort. Und im übrigen, wenn Sie irgendwelche Fragen haben sollten, können Sie jederzeit ...«

»Ja, da wäre schon etwas.«

Zum ersten Mal verschwand das Lächeln von seinen Lippen, und tiefe Falten blieben zurück. »Aber natürlich, fragen Sie.«

»Ich bemerkte, als wir hier hineinfuhren ...«

»Ja?«

»Warum haben die Häuser keine Fenster?«

»Ja«, sagte Buddy. »Und wo sind die Autos?«

Gene nickte, sein angestrengtes Lächeln zeigte sich wieder. »Gute Fragen, aber Carla wird sie an meiner Stelle beantworten. Das Begrüßungskomitee fühlt sich immer gleich auf den Schlips getreten, wenn jemand die Knüller ihrer großen Führung vorwegnimmt.«

Carla Farrin war dünn wie eine Bohnenstange und trug ihr gelbblondes Haar kurzgeschnitten. Die vorderen Strähnen standen starr und steif wie Eiszapfen vom Kopf ab. Sie führte uns durch die Hintertür des Empfangsbereiches zu einem Korridor mit einem Dutzend Aufzügen, ging auf einen zu und drückte den Knopf. »Mein Friseur hat an mir herumexperimentiert«, sagte sie erklärend.

»Entschuldigung, ich wollte Sie nicht anstarren.«

»Oh, machen Sie sich keine Gedanken, meine Liebe. Mein Mann ist voll und ganz Ihrer Meinung. Er sagt, ich sehe wie eine punkige, überreife Banane aus.«

Ich lachte und fuhr dabei mit den Fingern durch meine zerzausten Locken. »Es sieht nur so ungewohnt aus. Wahrscheinlich bin ich eher diejenige, die nicht mehr ›in‹ ist, und nicht Sie.«

»So wie Sie aussehen, brauchen Sie sich nicht nach der Mode zu richten. Ich habe so ein Gesicht, das die Leute in dem Moment, in dem ich mich umdrehe, schon vergessen haben. Ich sehe nicht schlecht aus, aber eben nur durchschnittlich. Wie dem auch sei, auf diese Art und Weise erinnern sich die Leute wenigstens an mich.«

Ich öffnete den Mund, war mir aber nicht ganz sicher, ob ich ihr danken oder widersprechen sollte. Da surrte die Fahrstuhltür auf und enthob mich diesem Dilemma. Die Kinder und ich folgten ihr.

»Wohin fahren wir?« fragte Buddy.

Sie schaute zu Buddy hinunter und legte dabei einen spitzen, perfekt manikürten lila Fingernagel auf seinen Kopf. »Zuerst halten wir in der Garage.«

»Oh, unser Auto steht aber draußen«, sagte ich.

»Jetzt wahrscheinlich schon nicht mehr. Jeder läßt sein Auto hier unten stehen. Es ist so praktisch.«

Eine Frage war damit beantwortet, aber ich war noch immer verwirrt. »Für einige vielleicht«, sagte ich. »Aber der Ort ist doch bestimmt ziemlich groß. Was machen denn die, die nicht in der Nähe der Garage wohnen?«

»Eigentlich werden die Autos selten benutzt ... Warum warten Sie nicht ein paar Minuten; dann werden Sie schon sehen, was ich meine.«

Nachdem wir den Fahrstuhl verlassen hatten, führte Carla uns hinten in die Garage. Zwei Reihen verschiedenfarbiger, kleiner Elektroautos standen dort aufgereiht. »Wow, sieh dir das an!« sagte Buddy.

»Komm, das schauen wir uns an.« Jill rannte vornweg, und Buddy folgte ihr auf den Fersen.

»Sie sehen aus wie Golfwägelchen«, bemerkte ich. »Wem gehören sie?«

»Einer davon gehört Ihnen.«

»Mir? Nein, das muß ein Irrtum sein. Rich und ich könnten uns unmöglich einen leisten. Auf jeden Fall jetzt noch nicht.«

»Oh, Sie müssen sich ihn auch nicht leisten können. Er gehört mit zum Haus.«

»Aber warum?«

Carla gestikulierte mit ihren spinnenhaften Armen und erstarrte in einer melodramatischen Pose. »Es ist nicht an uns, nach dem Warum zu fragen«, sagte sie. »Wir sollen uns daran erfreuen.«

»Wozu brauche ich denn so etwas?«

»Das, Liebes, werden Sie gleich herausfinden.«

»Darf ich vorstellen? Das ist Al Catonio, unser Transportmanager«, sagte Carla zu einem Mann, der das größte Paar Arbeitsschuhe trug, das ich je gesehen hatte. Als der Mann aufstand, erschien er mir wie ein Riese neben dem leuchtendroten Viersitzer, an dem er gerade arbeitete. Das Mini-Auto wirkte so noch kleiner, fast wie ein Spielzeugauto. »Al, das sind Jessie Platt und ihre Kinder Jill und Buddy.«

Er streckte mir eine schwielige Hand entgegen, und ich schüttelte sie. »La-la-lassen Sie sich durch meinen Titel nicht ver-ver-verwirren«, brachte er heraus. »Bin nur ein be-be-bes-se-rer Me-Me-Mechaniker.«

»Al stottert«, sagte Carla.

Al schaute auf seine Füße, und ich versuchte so zu tun, als ob ich sie nicht gehört hätte. »Es geht doch nichts über einen guten Automechaniker«, sagte ich. »Meiner Meinung nach kann es gar nicht genug davon geben.«

»Jessie kam vorbei, um ihr Auto abzuholen.«

»Ja. Ge-gerade befestige ich die Nummernschilder.«

Ich stellte mich vor das Auto und las auf dem Nummernschild JLP 16B. »Ihre Initialen und Ihre Adresse«, erklärte Carla. »Na, was meinen Sie? Ist das stark oder nicht?«

Ich schaute mir das Auto von allen Seiten an und erwiderte: »Es steht mir zwar nicht zu, pingelig zu sein, aber irgendwie stört mich die auffallende Farbe.«

»Die Farbe kann man sich nicht aussuchen«, sagte Carla.

»Oh, warum nicht?«

»Was weiß ich? Das sind die Regeln.«

Ich schaute zu Al.

»H-h-hat was mit Si-Si-Sicherheit zu tun.«

Aha. Wenn dem so war, würde ich es bald herausbekommen. Ich schaute wieder zu Carla und lächelte. »Dann ist es schon in Ordnung. Was ich eigentlich wissen will, ist, wozu ich so etwas überhaupt brauche.«

»Setzen Sie sich hinein, und ich zeige es Ihnen.«

Die Kinder kletterten auf den Rücksitz, und ich ging zum Beifahrersitz. Carla hielt mich an. »Sie fahren, ich führe. Nur der Besitzer darf sein Auto fahren. Eine weitere Regel.«

»Aber ich bin noch nie mit so einem Ding gefahren.«

»Glauben Sie mir, es ist ein Kinderspiel.«

Al drehte sich um, nahm einen Umschlag und eine Karte von der Theke und gab sie mir. »Hier ist die Be-Be-Bedienungsanleitung, und diese Karte sollten Sie immer bei sich tragen.«

Ich schaute auf die rote Karte: Dort stand in schwarzen

Buchstaben »JLP 16B«. Dann sah ich zu Carla. »Meine Fahrerlaubnis, oder?«
»Na sehen Sie, Sie haben's kapiert.«
»Gibt es hier Strafzettel bei Geschwindigkeitsüberschreitungen?«
Sie lachte. »Falls Sie einen kriegen sollten, bezahle ich ihn. Aber wieso sollte es welche geben? Diese Wagen sind nicht schneller als fünfzehn Stundenkilometer.«
»Wissen Sie, eigentlich bin ich noch nie bei Schnee gefahren. Außerdem werden wir alle fürchterlich frieren – dieser Wagen scheint mir eher für ein Wetter wie in Florida als in Maine gedacht zu sein.«
»Sie sind ja 'ne ganz Vorsichtige, oder? Haben Sie immer so viele Fragen und Einwände?«
»Mein Mann meint, ja.« Ich umfaßte das rote Lenkrad. »Ich kann es nicht glauben! Sie kennen mich erst seit fünf Minuten und wissen schon über meine schlechten Eigenschaften Bescheid.«
»Zerbrechen Sie sich nicht den Kopf darüber. Schlechte Eigenschaften kommen früher oder später doch zum Vorschein. Dann schon lieber früher. Seien Sie nun still und lassen Sie mich erklären, wie man mit dieser Maschine umgeht.«
In zwei Minuten hatte sie mir die simple Bedienungsweise erklärt. Ich winkte Al zu, fuhr das Auto vorsichtig auf eine Betonrampe und blieb, wie angegeben, vor der kahlen Wand stehen. »Sagen Sie«, fragte ich Carla, »warum haben Sie Al so in Verlegenheit gebracht? Sie hätten nicht auf diese Weise sein Sprachproblem hervorheben müssen.«
»Wenn ich es nicht getan hätte, hätten Sie es dann nicht bemerkt?«
»Natürlich hätte ich es bemerkt, aber ...«
»Sehen Sie, es ist so: Wenn man einmal über solche Dinge

gesprochen hat, sie wirklich ausgesprochen hat, gehen die Leute mehr aus sich heraus. Wenn es also ganz schlimm mit ihm wird, sage ich etwas. So weiß er, daß ich es weiß, er weiß, daß Sie es wissen, daß es die ganze verdammte Welt weiß. So oder so, es interessiert doch kein Schwein.«

»Jetzt erzählen Sie mir bloß noch, Sie haben Psychologie studiert!«

»Nichts dergleichen. Ich geb' eben auch meinen Senf dazu.«

Ich war mir nicht sicher, ob ich ihr diese selbstgebastelte Psychologie abkaufen sollte, aber je mehr ich darüber nachdachte, kam ich zu der Auffassung, daß Al flüssiger gesprochen hatte, nachdem sie diese Bemerkung gemacht hatte. Ich schaute zu Carla und lächelte. »Ich habe das Gefühl, daß Sie überhaupt nicht durchschnittlich sind.«

»Oh, Sie meinen, ich bin etwas verrückt, oder? Das ist nichts Neues – das ist die Geschichte meines Lebens.«

»Nein, nur anders. Und das ist sicherlich nicht verkehrt. Nachdem wir das Ding jetzt aus der Garage heraushaben, was jetzt?«

»Als nächstes nehmen Sie Ihre Identifikationskarte und schieben sie dort in den Schlitz.« Carla zeigte mit ihrem lila Fingernagel auf einen Kasten mit einer Öffnung, der an der Seitenwand angebracht war.

Ich steckte die Karte hinein, und die gesamte Wand bewegte sich nach oben.

Buddy stand vom Rücksitz auf. »Das ist echt geil, Mom!« schrie er. »Sieh dir das an!«

»Buddy! Achte auf deine Ausdrucksweise!«

Das also war das Geheimnis ... Ich fuhr auf die vierspurige Fahrbahn und schaute mich um. Schaufenster waren von breiten, gepflasterten Fußgängerwegen gesäumt; ungefähr alle hundert Meter führten schmale Brücken mit geschwungenen Holzgittern über die Hauptstraße. Buddy und Jill kamen aus dem Staunen gar nicht mehr heraus und deuteten mit den Fingern auf alles.

»Das ist es«, sagte Carla. »Willkommen in Grads Village.«

»Gibt es hier alles?«

»Einfach alles. Inklusive Sportstadion, Spielplätze, Parkanlagen, Schwimmbäder, Kinos und Country-Clubs. Sie sagen es, auf drei Quadratmeilen gibt es einfach alles.«

»Können wir aussteigen und rumlaufen, Mom?« fragte Buddy.

»Einen Augenblick noch, Liebling.« Dann fragte ich Carla: »Was ist mit Rasen und ... Sonne?«

»Das, was wie Rasen aussieht, haben sie von draußen hierhergebracht, aber mit der Sonne ist es etwas anders. An manchen Plätzen senden sie ultraviolette Strahlen aus.«

»Das ist verrückt. Wozu denn?«

Carla zuckte mit den Achseln. »Wer weiß schon, was in den Köpfen dieser kleinen genialen Jungs vorgeht. Ihrer Meinung nach sind wir so vor Schadstoffen in der Umwelt geschützt. Die gesamte Stadt wurde auf unberührtem Grund und Boden errichtet. So kann nichts durchdringen, was uns vergiften könnte, und sie leiten eine Menge gesunder, smogfreier Luft zum Atmen hier ein.«

Ich hielt das Auto am Straßenrand an und ließ die Kinder aussteigen. »Bleibt in der Nähe«, ermahnte ich sie. Ich schaute Carla an und fragte sie dann: »Gefällt Ihnen das alles hier?«

Sie zuckte wieder mit den Achseln. »Klar. Auf jeden Fall ist es besser als dort, wo ich früher war. Ich komme aus dem Norden von Boston, und dort hatte ich wirklich nichts als Ärger. Nur Geldschwierigkeiten und diese ewige Knauserei. Hier haben wir alles. Lou verdient nicht schlecht, und wir

zahlen keine Miete. Die Kinder bekommen eine gute Ausbildung. Die öffentlichen Schulen in Boston waren der letzte Dreck. Mensch, und ich bin sogar Mitglied im Country-Club! Wer hätte je gedacht ...?«
»Aber es ist alles so merkwürdig.«
»Eigentlich nicht. Man gewöhnt sich daran. Immer schön locker, Jessie. Es gibt nichts, worüber Sie sich schon wieder Gedanken machen könnten. Sie sind wirklich ein Kandidat für Bluthochdruck.«
Ich seufzte und lehnte mich im Fahrersitz zurück. »Sie haben recht. Ich glaube, ich habe einen sogenannten Kulturschock. Immerhin ist das eine ziemliche Umstellung. Letzte Woche habe ich mich noch in Florida gesonnt, und heute ... tja, und heute bin ich hier. Ich habe die Broschüren und alles gelesen, aber Grads Village ist nicht so, wie ich es erwartet hätte.«
»Was haben Sie sich denn vorgestellt?«
Ich legte meine Hände auf das Lenkrad und schaute dann zu Carla. »Ich weiß nicht genau«, sagte ich. »Vielleicht genau das hier ... aber nicht unter der Erde.«

Carla schlug vor, daß wir die Besichtigung am nächsten Tag fortsetzen sollten, und ich stimmte bereitwillig zu. »Wo kann ich in einem Schnellimbiß noch etwas fürs Abendessen besorgen?« fragte ich sie.
Sie sprang aus dem Buggy, der keine Türen hatte. »Ich zeige es Ihnen.«
Auf einem Glasschild stand in sorgfältig geschriebenen Buchstaben: »EAGLES-Sandwiches zum Mitnehmen, Corned Beef, Truthahn, Roastbeef.« Und neben einer rostfreien Schneidemaschine stand ein hochaufgeschossener Junge mit kantigem Kinn und buschigen Augenbrauen.
»Ganz allein, Rueben?« sagte Carla und warf einen Blick in

die sechs Nischen. Vier davon waren besetzt. In einer saßen zwei schwangere Frauen, die sich die zwei größten Banana-Splits zu Gemüte führten, die ich je gesehen hatte.
»Ja. Heute geht's mir echt beschissen.«
Carla lachte. »Darf ich dir Jessie vorstellen, Rueben? Sie ist neu hier.«
»Neu, was? Viel Glück.«
Er hörte sich nicht besonders ehrlich an, aber ich bedankte mich trotzdem. »Nun, was hätten Sie gerne?« sagte er.
»Ich nehme vier Roastbeef-Sandwiches, zwei davon mit Sauce, eine Portion Krautsalat, drei Coca-Cola und eine Dr. ...«
»Keine Limonade. Der Getränkeautomat steht dort drüben«, sagte er und deutete mit dem Kinn in die Richtung.
Ich gab Jill eine Handvoll Kleingeld und schickte sie zum Getränkeautomaten. »Hol vier Dosen Apfelsaft«, sagte ich zu ihr. Schließlich gingen wir mit einer großen, weißen Eagles-Tüte unterm Arm wieder hinaus, die Kinder zockelten hinterher. »Was hat Rueben denn für Sorgen?« sagte ich zu Carla.
»Oh, Sie wissen doch, Teenager ...«
Eigentlich hatte ich keine Ahnung, was sie meinte, aber ich nickte, als ob ich es wüßte. Wir stiegen alle wieder ins Auto, und ich fuhr Richtung Garage.
»Mm-mm«, sagte Carla kopfschüttelnd und zeigte geradeaus. Ich schaute sie an. »Oh, also wirklich nicht ... nicht auch noch das Haus!«
Sie nickte, verzog dabei keine Miene, hatte aber ein nicht zu übersehendes Glitzern in ihren haselnußbraunen Augen. Ich holte tief Luft, setzte mich auf und versuchte ein plötzlich aufkommendes Schwindelgefühl zu bekämpfen. Als es vorbei war, schaute ich Carla an. »Ihnen scheint das alles hier einen Riesenspaß zu machen, oder?« sagte ich.

»Also, ich liebe es, Leute zu überraschen ... Meinen Sie, ich wäre nur so Mitglied des Begrüßungskomitees geworden? Dies ist erst meine dritte große Führung. Aber Ihre Reaktion war mit Abstand die beste. Sie sehen fast so aus, als hätten Sie ein Gespenst gesehen.«

»Ich will Ihnen mal was verraten: Das habe ich auch.«

Ihr Gesicht verdüsterte sich ... dann holte sie tief Luft. »Lassen Sie mich doch den Hampelmann spielen, wenn ich dazu aufgelegt bin. Hören Sie nicht auf das, was ich sage; ich bin bloß eine von diesen verrückten Typen, die nur deshalb in Horrorfilme gehen, um alle anderen kreischen zu hören.«

Ich mußte plötzlich lachen.

»Was ist denn so komisch?«

»Sie ... ich ... diese ganze Unterhaltung, alles.« Ich blinzelte. »Sie werden also jetzt nicht Ihre Geschichte ändern und mir erzählen, daß das bloß eine ausgeflippte Aufnahmezeremonie war, oder?« Sie schüttelte den Kopf, und ich seufzte. »Das hatte ich auch nicht erwartet. Okay, ich bin bereit ... zeigen Sie mir den Weg.«

Ich setzte das Auto zurück und lenkte es geradewegs auf Avenue A. Nach ein paar Minuten ließ Carla mich links abbiegen und dirigierte mich dann auf Avenue B. Anders als auf den vierspurigen Hauptstraßen verengte sich diese Straße zu einer zweispurigen mit rotem Kopfsteinpflaster. Eine rote Tür und ein großes Aussichtsfenster in einer weißen mit Stuck verzierten Wand sowie ein Briefkasten und ein großer betonierter Parkplatz waren ungefähr alle fünfzehn Meter beiderseits der Straße zu sehen. Ein drei Meter breiter Streifen mit knallgrünem, gepflegtem Rasen und bunten Steinplatten lag zwischen der Straße und den Haustüren. Nur die leuchtendroten Nummern auf den Briefkästen waren verschieden.

Schließlich erreichte ich 16B und fuhr auf die Auffahrt. Ich bemerkte, daß drei Koffer am Ende der Auffahrt nebeneinander aufgestellt waren. Jemand hatte unseren Kofferraum ausgeräumt – sie verschwendeten wirklich keine Zeit.
Ich drehte mich zu den Kindern um und zwang mich zu einem Lächeln. »Das ist es also, Kinder. Home, sweet home.« Plötzlich erinnerte ich mich an etwas und wandte mich zu Carla. »Bitte beantworten Sie mir nur noch eine Frage.«
»Sicher, Jessie. Jede.«
»Als wir hier ankamen, bemerkte ich, daß es keine Fenster gab. Natürlich dachte ich da noch, daß ich die vollständige Häuserfront gesehen hätte; nun weiß ich, daß das nicht stimmte. Das war ja nur der obere Teil der Häuser, der aus der Erde ragte. Aber dennoch, warum gibt es keine Fenster?«
»Um Energie zu sparen. Die Winter in Maine sind kalt. Und auch sehr lang. Letztes Jahr hatten wir an vierzig Tagen Temperaturen unter null Grad, und einmal hatten wir sogar zwanzig Grad unter Null. Und außerdem, was haben Fenster für einen Sinn? Wir leben hier drinnen und nicht dort draußen.«
»Aber draußen *gab* es Türen. Ich erinnere mich ganz deutlich daran, Türen gesehen zu haben.«
»Oh, das sind alles nur Attrappen, es sieht wahrscheinlich nur besser aus. Innen merkt man nicht einmal, daß sie da sind.«
Mir lief es eiskalt den Rücken herunter. »Dann, verdammt noch mal, Carla«, sagte ich, »wie kommt man hier wieder heraus?«
»Ganz einfach. Genauso, wie Sie hineingekommen sind. Gebäude I, Verwaltung.«

5

Es hatte mehr als eine Stunde gedauert, bis die Kinder endlich gegessen hatten und im Bett waren. Danach zog ich mich aus und ließ heißes Wasser in die kreisrunde Wanne laufen, die in der Mitte eines Badezimmers in der Größe von Buddys altem Zimmer stand. Dann ließ ich mich langsam in das Wasser gleiten, lehnte mich zurück und ließ meine Augen über die kleinen, lilafarbenen Keramikfliesen wandern, die sich an der Zimmerdecke und an den Wänden befanden und am Boden in einem dicken, lavendelfarbenen Teppich verschwanden. Alles war so luxuriös ... ich seufzte – wo zum Teufel blieb eigentlich Rich?

Nach zwanzig Minuten stieg ich aus der Wanne und schob die Falttür neben der Dusche zur Seite. Hier waren unsere Handtücher und unsere Tischwäsche sauber gefaltet und ordentlich verstaut, aber sie machten einen schon etwas zu abgegriffenen Eindruck und paßten daher nicht zur übrigen Inneneinrichtung. Ich nahm mir ein Handtuch, trocknete mich ab und schlüpfte in meinen warmen, flauschigen Bademantel, den ich schon vorher aus dem Schlafzimmerschrank genommen hatte.

Ich schaute auf den Wecker: es war zehn Uhr. Ich ging den Gang entlang, dann die Treppen hinunter; meine nackten Füße versanken in dem hochflorigen, orangeroten Teppich, als ich hinunterging. Ich blieb auf der untersten Stufe stehen, die Hand auf dem geschwungenen Eichengeländer, und betrachtete das große Wohnzimmer: es war geradezu unheimlich, wie gut der Teppich mit dem beige und orange getupften Muster des Sofas harmonierte. Sogar die gemu-

sterte Tapete paßte hervorragend dazu – sie war weiß, mit einigen dunkelorangefarbenen Tupfen.
Der Kamin hatte die ausladende Form eines Halbmondes und war aus braunen Ziegeln gemauert. Kugelförmige Lampen, die kunstvoll mit der Hand bemalt waren, hingen an den Wänden, eine links und eine rechts neben dem Kamin und eine an der Wand gegenüber. Ein Messingleuchter in Form einer Krone hing über dem Eßplatz. Ich begutachtete das Arrangement der Möbel. Ob ich vielleicht das Sofa woanders hinstellen sollte? ... Nein, alles war perfekt angeordnet, das war nicht zu leugnen.
Ich ging zu dem Wohnzimmerfenster, das hinter schweren, bodenlangen, beigefarbenen Vorhängen versteckt war, und zog an der Schnur, um sie zu öffnen. Die Straße lag dunkel und verlassen da, nur schwacher Lichtschein spiegelte sich auf den Pflastersteinen wider. Ich trat näher an das Fenster heran, reckte meinen Hals und schaute nach oben: es war die unterirdische Straßenbeleuchtung hoch oben an der Decke ... Ich schaute die Straße entlang – nichts, alles sauber und ordentlich – nicht einmal eine Mülltonne. Ich zog an der Schnur und ging dann wieder nach oben, um nach den Kindern zu sehen.
Ich war auf dem Sofa im Wohnzimmer eingenickt, doch als die Tür ins Schloß fiel, wachte ich auf. »Rich?« Ich setzte mich auf. »Wo bist du gewesen?«
Rich schaute sich im Zimmer um. »Mann, das ist ja phantastisch.«
Ich richtete mich auf und strich mir die wirren Haare aus dem Gesicht. »Deine Sitzung sollte doch schon vor Stunden zu Ende sein.«
»Es tut mir leid, Jessie, Royce bittet dich auch um Entschuldigung. Es hat länger gedauert, als wir beide angenommen hatten. Er wollte mit mir einige der Sicherheitsvorkehrun-

gen besprechen, und ich glaube, ich habe ihn ganz schön mit Fragen eingedeckt.«

»Du hättest wenigstens anrufen können.«

»Haben wir denn ein Telefon?«

Ich lachte. Wir hatten tatsächlich eins, aber das hatte er natürlich noch nicht wissen können. Ich stand auf und ergriff seine Hand. »Hungrig? Ich habe ein paar Sandwiches gekauft.«

»Danke, aber ich habe mit Royce schon einen Happen gegessen.«

»Na, dann komm, dann werde ich dich durchs Haus führen.«

Die letzte Station war das obere Stockwerk: die drei Schlafzimmer – jedes frisch tapeziert und mit einer passenden Hängelampe an einer dicken Messingkette –, das große Badezimmer (unten war noch ein kleineres), und am Ende des Ganges eine Kammer, die groß genug war, daß Rich sie als Arbeitszimmer benutzen konnte.

Schließlich gingen wir in unser Zimmer, und Rich ließ sich mit hinter dem Kopf verschränkten Armen auf das große Doppelbett fallen. »Mein Gott, Jessie, diese Zimmer sind fast doppelt so groß wie die, die wir vorher hatten. Und die Kinderzimmer – mit eingebauten Schreibtischen und einer ganzen Wand voller Regale und Schubfächer! Ich möchte wetten, die haben sich gefreut wie die Wahnsinnigen.«

Ich saß am Bettrand und sah ihn an. »Sie waren ganz begeistert, vor allem Jill. Das heißt, welches Mädchen in ihrem Alter wäre das wohl nicht? Sie hat Platz genug, ihren ganzen Krimskrams und alle ihre Puppen im ganzen Zimmer zu verteilen.«

»Und du ... was hältst du davon?«

Ich zuckte mit den Schultern. »Was soll ich dazu sagen. Es ist einfach schön.«

Rich stützte sich auf die Kissen. »Okay, Jessie, was macht dir jetzt schon wieder Kummer?«

»Merkt man's?«

»Nur so eine Ahnung.«

»Nun, beunruhigt es dich denn überhaupt nicht? Ich meine, so schön das hier auch alles sein mag, wir leben *unter* der Erde. Hast du vorher etwas davon gewußt, Rich?«

»Ich war genauso überrascht wie du. Obwohl, ich muß zugeben, ich hatte so etwas vermutet, als ich die Häuser sah. Zum einen erschien mir das Erdgeschoß zu niedrig, zu dicht am Boden. Aber sie haben so mit ihrer supermodernen Gemeinde angegeben, daß ich vermutlich einfach auch auf alles gefaßt war.«

»Warum glaubst du, daß sie es ausgerechnet so gebaut haben?«

»Wegen der Energiekosten. Man braucht nur tief genug zu graben und kann so die konstante Erdwärme nutzen, die im Winter genügend heizt und im Sommer jede Air-condition überflüssig macht. Ich habe schon von Häusern gehört, die ganz oder teilweise unter der Erde errichtet wurden. Und was man so hört, scheint es ganz gut zu funktionieren.«

»Aber doch nicht bei einer kompletten Siedlung?«

»Nein, nicht in dieser Größenordnung, aber es erscheint mir logisch, Jessie, vor allem in einer Gegend wie dieser hier. Alles und jedes, die ganze Stromversorgung und alle Straßen sind vollständig vor der Witterung geschützt.«

»Aber es gibt kein einziges Fenster nach draußen, Rich. Und um dem Ganzen noch die Krone aufzusetzen: Ist dir klar, daß wir nicht nach draußen können?«

»Das ist nicht wahr, Jessie. Da sind das Gebäude I und mehr als zwei Dutzend Notausgänge.«

»Warum denn nur für den Notfall?«

»Hauptsächlich zur Sicherheit der Bevölkerung. Wenn es freien Zugang zu diesem Ort gäbe, dann würde es hier bald von Kriminellen und Neugierigen nur so wimmeln. Zugegeben, Grads Village existiert noch nicht einmal ein Jahr, aber weißt du, daß hier bisher noch kein einziges Verbrechen begangen worden ist? Zeig mir irgendeine andere Gemeinde von dieser Größe, die das von sich behaupten kann.«

»Und was ist, wenn ich zum Einkaufen will, sagen wir nach Bangor?«

»Warum zum Teufel solltest du das? Gene hat mich ein bißchen herumgeführt. Es gibt Dutzende von Geschäften, und nach dem, was er so erzählt, sind die Preise hier weitaus günstiger als draußen. Das liegt daran, daß sie hier nicht auf großen Profit aus sind. Hier wird alles für die Annehmlichkeiten der Institutsmitarbeiter und deren Familien getan.«

»Aber was wäre, wenn ich trotzdem nach draußen wollte, Rich? Sagen wir, ich möchte einkaufen gehen, oder die Kinder möchten im Schnee spielen?«

»Du wirst es vielleicht nicht glauben, aber man kann hier sogar Schlittenfahren, die bringen den Schnee einfach herein.«

Ich nickte. »Ich glaube es dir ja, aber du hast meine Frage noch nicht beantwortet.«

Er streckte seine Arme aus, ließ seine Hände in meinen Bademantel gleiten und umfaßte zärtlich meine Brüste. »Was hältst du davon, Jessie, keine Fragen mehr für heute?«

»Bitte, nur ...« Seine Daumen fanden ihren Weg zu meinen Brustwarzen und streichelten sie, was kurze, elektrische Schauer in meinem Körper auslöste. Es war schon so lange her, seit er mich das letzte Mal so berührt hatte, so daß ich vergessen hatte, wie angenehm dies für mich sein konnte. Ich holte tief Luft. »Das ist nicht fair ...«

Mit einem sanften Lächeln zog er mich neben sich. »Wann immer du hinaus willst, kannst du es ... okay, Liebling?« Alkohol. Nur ein kaum spürbarer Hauch in seinem warmen Atem. Dann ließ er langsam seine geschickten Finger nach unten wandern.

Danach streckte ich meine Hand aus und drückte auf den Schalter neben dem Bett, um die Nachttischlampe auszuschalten. Dann legte ich mich wieder zurück zu Rich und fühlte mich wunderbar entspannt, so als ob sich viele Knoten in meinem Inneren gelöst hätten. Er legte einen Arm um meine Taille, und so lagen wir still nebeneinander. Schließlich brach er das Schweigen. »War es schön für dich?«
»Komisch, daß du danach fragst.«
Er tätschelte leicht meine Hüfte. »Okay, okay«, sagte ich, »wenn du es unbedingt wissen willst, ich würde dir eine Eins mit Stern geben.«
»Gut. Ich schätze nichts mehr als eine zufriedene Kundin.«
»Nun, hier liegt eine. Ich bin sogar so zufrieden, daß ich dich wärmstens weiterempfehlen werde.«
»Keine schlechte Idee. Denkst du an eine bestimmte?«
Ich schlug ihm auf die Finger. »Wenn ich es mir so richtig überlege, dann ziehe ich mein Angebot doch lieber zurück. Es kommt gar nicht in Frage, daß du dich bei anderen Frauen verausgabst.« Rich kicherte und zog mich enger an sich. »Dir gefällt's hier wirklich, nicht wahr?« fragte ich.
»Was mir gefällt, ist einfach die Tatsache, daß ich in der Lage bin, für meine Familie zu sorgen, ohne daß irgendwelche Gläubiger an unsere Tür klopfen. Ich kann es dir am besten damit erklären, daß ich mich wieder ›ganz‹ fühle.«

Ich drückte seine Hand, und er schmiegte sein Gesicht in mein Haar. »Sag mir, Rich«, sagte ich nach einer Weile, »was hältst du von Gene Royce?«

»Ein anständiger Kerl, ein bißchen zu glatt vielleicht, aber er ist jemand, an den man sich wenden kann, wenn man irgendwelche Probleme hat.«

»Warum, glaubst du, wollte er dir das alles allein zeigen? Ich will damit sagen, es wäre doch schön gewesen, wenn wir es uns alle zusammen angesehen hätten.«

»Warum reitest du eigentlich immer auf solchen Kleinigkeiten herum, Jessie? Welchen Unterschied macht das schon? Und außerdem weißt du genau, daß wir hauptsächlich über die Arbeit zu reden hatten.«

»Das kann ich mir vorstellen. Gut, dann erzähl mir etwas darüber. Welche Art von Sicherheitsvorkehrungen gibt es denn hier?«

»Hier gibt's einfach alle: Alarmanlagen, Chiffriersysteme, Videoanlagen, Computer. Über das meiste haben wir noch gar nicht gesprochen, aber soweit ich bisher sehen konnte, ist das Institut besser bewacht als Fort Knox.«

»Warst du drinnen?«

»Nur im Erdgeschoß. Ich vermute, die werden mir morgen alles zeigen.«

»Übrigens, Rich«, sagte ich und drehte mich zu ihm, »du siehst vor dir die stolze Besitzerin einer feuerroten 1986er Grads-Village-Spezial-Klapperkiste.«

»Ich habe sie in der Auffahrt gesehen. Sie steht neben meiner.«

»Du hast auch eine?«

»Soll ich vielleicht öffentliche Verkehrsmittel benutzen?«

Ich lachte und erinnerte mich dann an das, was Al gesagt hatte. »Welche Farbe hat deine?« fragte ich.

»Blau ... warum?«

»Der Parkwächter hat etwas Diesbezügliches erwähnt. Er meinte, die verschiedenen Farben hätten irgend etwas mit Sicherheitsmaßnahmen zu tun.«

»Royce hat nichts dergleichen erwähnt, aber es würde mich nicht überraschen, wenn es so wäre. Wahrscheinlich bekommen die Mitarbeiter im Institut eine bestimmte Farbe und die Familienangehörigen eine andere. Übrigens, weil wir gerade von ihm sprechen, er möchte sich bei dir entschuldigen, daß er dir dieses Mädchen aufgehalst hat. Anscheinend war die Frau, die normalerweise für die Begrüßung zuständig ist, gerade nicht verfügbar. Du hast offensichtlich eine von den Aushilfen erwischt.«

»Sie heißt Carla Farrin und wohnt gleich in der Nähe.«

»Was ist denn mit ihren Haaren los? Laut Royce ist sie ein bißchen exaltiert und nicht gerade eine typische Bewohnerin von Grads Village.«

Ich zuckte mit den Achseln. »Ist schon möglich, aber ich mag sie irgendwie.«

»Ihr Mann arbeitet beim Wartungsdienst.«

»Und?«

»Nichts. Nur, daß es hier eine Menge interessanter Leute gibt und ich sicher bin, daß wir viele von ihnen kennenlernen werden.« Rich griff nach oben und holte sich den Wecker von der Ablage. Mit einem Blick auf das Zifferblatt meinte er: »Himmel! Es ist schon fast zwei Uhr.« Er stellte den Wecker zurück und drehte sich um. »Wenn ich nicht noch eine Mütze voll Schlaf bekomme, dann wird morgen gar nichts mit mir anzufangen sein. Ich habe um acht eine Verabredung mit George Hawkins, dem Typ aus Boston.«

Ich beugte mich über ihn und gab ihm einen Kuß auf die Wange.

»Oh, noch etwas, Jessie«, sagte Rich und drehte sich zu mir.

»Royce ist der Meinung, daß es für Buddy gut wäre, zur Schule zu gehen, und ich kann ihm da eigentlich nicht widersprechen.«

»Das haben wir doch schon durchgesprochen, Rich. Du weißt, wie ich dazu stehe.«

»Nur keine Aufregung! Ich weiß es und hab's ihm auch gesagt. Ich bitte dich nur, noch einmal darüber nachzudenken, das ist alles. Das ist doch wohl nicht zuviel verlangt, oder?«

Schweigen. »Nein«, meinte ich schließlich.

»Dann wirst du darüber nachdenken?«

Wieder Schweigen.

»Jessie?«

»Ja, Rich. Ich werde darüber nachdenken.«

Rich war in ein paar Minuten eingeschlafen. Die euphorische Stimmung, in der ich mich noch kurz zuvor befunden hatte, war wie weggeblasen. Wenn Rich nur nicht wieder mit Buddys Einschulung angefangen hätte. Verdammter Gene Royce ... was ging ihn das eigentlich an?

Ich drehte mich auf den Rücken. Das Zimmer war vollständig dunkel; man sah nur die kleinen Leuchtziffern des Weckers. Keine Straßenbeleuchtung, keinen Mondschein. Was tat ich eigentlich hier – unter der Erde? Ausgerechnet ich, die ich immer still und leise die Sekunden gezählt hatte, bis ich wieder aus einem Tunnel heraus war. Die Umgebung schien weder Rich noch den anderen etwas auszumachen. Ich würde mich daran gewöhnen müssen, ich durfte einfach nicht daran denken ...

Ich lenkte meine Gedanken auf das Haus – es war wunderschön, vor allem die Küche: Schränke aus Eichenholz, glänzendes Chrom, Resopal, sogar ein Mikrowellenherd, ein Müllschlucker und ein Abfallzerkleinerer. Sicher würde ich mich an diesen Luxus gewöhnen können. Das Wichtigste aber war Rich ... Endlich kam er wieder auf die Beine. Und er war glücklich.

»Mom ... Mom! Hilf mir, Mom!«
»Buddy! Wo bist du?«
»Geh weg! Es soll aufhören, Mom!«
»Ich komme ja schon. Warte, ich komme!«
»Nicht mehr, Mom ... mach, daß es aufhört!«
Plötzlich schreckte ich hoch. Ein Alptraum. So echt, er war so ...
»Mom!«
Ich sprang aus dem Bett und rannte in Buddys Zimmer. Er hatte sich auf dem Boden neben der Nachttischlampe zusammengerollt und bewegte den Oberkörper vor und zurück; er hatte die Knie an die Brust gepreßt und die Arme um sie geschlungen.
Ich rannte zu ihm, fiel neben ihm auf die Knie und nahm seinen steifen, zitternden Körper in meine Arme. »Es ist alles in Ordnung jetzt. Mom ist ja da.«
»Nein ... nein ... nein ... nein ... nein ...«
Ich nahm sein Gesicht in meine Hände. »Wach auf, Buddy. Es ist nur ein Traum. Wach auf!«
Seine Augenlider flatterten und öffneten sich dann. Augen, so dunkel und glänzend wie schwarze Kohle, starrten mich an.
»Ich bin's, Mom! Buddy! Ich bin's.«
Endlich – als ob ich ihn ins Leben zurückgeholt hätte – wurde sein Blick sanfter. »Mom?«
»Ja, Liebling, Mom.«
»Wo bin ich?«
»Auf dem Fußboden. Du mußt aus dem Bett gefallen sein.«
»Warum?«

»Ein Alptraum. Du hattest einen Alptraum. Kannst du dich nicht daran erinnern?«

Er schüttelte den Kopf und schaute sich dann um. »Das ist nicht mein Zimmer, Mom.«

»Natürlich ist es das. Erinnere dich, wir wohnen jetzt in Grads Village, in einem ganz neuen Haus.«

»Warum?«

»Weil Daddy hier arbeitet.«

»Bist du sicher?«

Ich gab ihm einen Kuß auf die Nase. »Ganz sicher.« Ich hob ihn hoch und trug ihn zurück ins Bett. Nachdem ich ihn wieder beruhigt hatte, kniete ich mich neben das Bett, deckte ihn zu und fuhr mit den Fingern durch sein feuchtes Haar. »Erinnerst du dich gar nicht mehr an deinen bösen Traum, Buddy?«

»Ich glaube nicht. Soll ich's versuchen?«

»Nein, Liebling, tu's nicht. Schlaf einfach wieder ein.«

6

Die Matratze schaukelte auf und ab.
»Fiep, fiep, fiep machen Maus und Ratte – und werfen Mommy morgens aus der Matte! Fiep, fiep, fiep machen Maus und Ratte, und werfen ...«
Ich öffnete die Augen. »Das reicht.« Buddy sprang wie ein Trampolinkünstler auf meinem Bett herum und sang dazu diesen Reim. Wenn ich Glück hatte, würde ich jeden Tag mit einer neuen Strophe geweckt werden. Seit wir Florida verlassen hatten, hatte ich keine mehr zu hören bekommen. Ich nahm mein Kopfkissen und warf es nach ihm. Das gehörte zu unserem morgendlichen Ritual.
Buddy kicherte. »Hat dir mein Reim gefallen? Ich hab' ihn mir auf dem Weg hierher ausgedacht.«
»Er war wunderschön. Willst du, wenn du erwachsen bist, ein Dichter werden?«
Er sprang mit dem Kissen im Arm vom Bett und kam zu mir. »Nee. Ich denke, ich werde ein Computerfachmann. Vielleicht werde ich dann ein viel besseres Spiel als Pacman erfinden.«
»Was soll ich dann bloß machen? Dann wird mir ja niemand mehr Gedichte vortragen.«
»Du brauchst dir keine Sorgen zu machen, Mom, ich werde dir auch dann welche aufsagen, wenn ich groß bin. Aber nur dir allein, und du mußt mir versprechen, niemandem etwas davon zu erzählen.«
Ich fuhr ihm in die Haare und zerzauste sie. »Du kannst mir vertrauen, Kleiner. Niemand auf der ganzen Welt wird das je erfahren.«

Er schaute auf die Ronald-Mac-Donald-Uhr an seinem Handgelenk. »Weißt du, daß es schon halb neun ist, Mom? Daddy ist schon vor einer Stunde gegangen.« Als Buddy knapp drei Jahre alt war, hatte er sich selbst beigebracht, die Uhrzeit zu lesen. Zur Belohnung hatte ihn Rich mit einer Uhr, die er nur zum Baden abnahm, überrascht.

Ich lächelte. »Jetzt weiß ich es.«

»Na, was hältst du davon, aufzustehen?« Er war zwar erst vier Jahre alt, aber schon jetzt bemerkte ich seine Ähnlichkeit mit Rich.

»Wo ist denn deine Schwester?«

»Sie ist unten und macht Frühstück.«

Ich richtete mich schnell auf.

»Keine Angst, Mom. Sie hat gesagt, daß sie nicht den Herd benutzen wird.«

»Das beruhigt mich.« Ich griff nach meinem Morgenmantel. »Na, was gibt's denn heut' zu essen?«

»Bananen, Rice Crispies, Erdnußbutter- und Marmeladenbrote und Erdbeermilch. Und für dich Kaffee.«

»Wo hat sie denn die ganzen Lebensmittel gefunden?«

»Im Kühlschrank und in den Schränken.«

»Sie versuchen's doch mit allen Mitteln«, sagte ich.

»Was meinst du damit?«

»Na ja, daß die Leute hier wirklich an alles denken. Sie kümmern sich sogar um die Lebensmittel für Neuankömmlinge.«

»Ist das etwas Schlimmes?«

Ich zuckte mit den Achseln, während ich den Morgenmantel zuknotete. »Nein, wahrscheinlich nicht.«

Buddy raste aus dem Zimmer und den Korridor entlang.

»Hey du, warte gefälligst«, rief ich.

Er drehte sich um, seine Augen glitzerten. Ganz anders als letzte Nacht ... »Sag mir, Liebling«, sagte ich, als ich ihn

eingeholt hatte, und legte meinen Arm um seine Schulter, »hast du in deinem neuen Zimmer gut geschlafen?«
Er legte seinen Kopf schief und preßte die Lippen zusammen. »Ja, ich glaub' schon.«
»Oh? Wieso, bist du dir nicht ganz sicher?«
»Na ja, ich glaube, daß mir der Kopf in der Nacht weh getan hat. Als ob jemand in ihm bohren würde. Aber das habe ich nur geträumt. Denn als ich aufwachte, tat mir mein Kopf überhaupt nicht weh.«

»Ihr kommt gerade richtig«, sagte Jill, während sie den Kaffee in meinen Lieblingsbecher goß. »Findet ihr diese Küche nicht einfach toll?« Sie stellte die gläserne Kanne wieder auf die Kaffeemaschine, die an der Küchenzeile angeschlossen war.
»Also, ich finde es toll, wenn der Kaffee schon fertig ist und nur noch auf mich wartet. Danke.« Ich beugte mich vor und küßte sie auf die Wange, dann setzte ich mich, um den Kaffee und meine erste Zigarette zu genießen.
»Mach dir nicht zu große Hoffnungen, ich hatte einfach Lust dazu. Außerdem hat mich der Kleine damit genervt. Er war zu faul, um selbst irgendwas zu machen.«
»Ich war nicht zu faul, du kannst so was nur viel besser.«
»Na, da hast du mir wenigstens mal was Nettes gesagt.« Sie stellte eine Schüssel mit Rice Crispies, Milch und kleingeschnittenen Bananen auf eines der Gedecke. »Setz dich und iß«, sagte sie zu ihm.
»Hast du auch Zucker draufgetan?«
»Nein, ich konnte keinen finden. Iß es halt ohne.« Jill setzte sich mir gegenüber und biß voll Genuß in ihr Butterbrot.
»Wie kann man bloß am frühen Morgen schon Erdnußbutter essen?« sagte ich.
»Es schmeckt jetzt genauso gut wie später.«

»Und sie ist auch sehr gesund«, sagte Buddy mit dem Mund voll Müsli. »Sie enthält sehr viel Eiweiß.«
»Iß gefälligst mit geschlossenem Mund, Buddy«, sagte Jill. »Ich kann deinen ganzen Müslibrei sehen. Das ist einfach unappetitlich.«
Buddy riß seinen Mund noch weiter auf und streckte dabei seine Zunge heraus. »Bäääh ...«
»Mom!« kreischte Jill.
»Ich zähle nur bis drei, Buddy«, sagte ich warnend. Buddy klappte sofort den Mund zu, nahm eine Serviette und wischte sich die Milch vom Kinn.
»Ich dachte ...« Die Kinder schauten hoch. »Warum sollten wir diesen Tag nicht dazu verwenden, um uns zu akklimatisieren?«
»Was soll das heißen?« sagte Jill.
»Ich glaube, das heißt, daß wir herausfinden, wo wir hier sind«, sagte Buddy.
»Das ist Blödsinn. Wir wissen doch schon, wo wir sind.«
»Eigentlich heißt das nur, daß wir uns an unsere neue Umgebung gewöhnen wollen«, sagte ich. »Ich finde, wir sollten uns erst einmal alles ansehen. Carla erwähnte, daß der Ort ungefähr drei Quadratmeilen groß ist.«
»Ist das dasselbe wie normale Meilen?« fragte Buddy.
»Nein. Das bedeutet, daß der Ort in beiden Richtungen drei Meilen lang ist.«
Buddy zog nachdenklich seine Augenbrauen zusammen. Dann sprang er von seinem Stuhl. Er kam mit Papier und Bleistift zum Tisch zurück.
»Was ist denn mit der Schule, Mom?« sagte Jill.
»Es gibt eigentlich keinen Grund, warum das nicht noch einen Tag warten kann. So habe ich die Möglichkeit, euch ein paar Pullover, einen Mantel und ein paar andere Wintersachen zu kaufen.«

»Das mit den Pullovern finde ich toll. Aber bei dem Mantel und den anderen Sachen weiß ich nicht. Es ist hier drin viel zu warm, um dicke Sachen anzuziehen.«
»Na, wir können ja auch nach draußen gehen. Mir ist es egal, was die anderen denken; ich möchte, daß wir das schöne Wetter da draußen genießen. Ich glaube, ein Winteranorak ist praktischer als ein langer Mantel. Viel praktischer zum Schlittenfahren und Schlittschuhlaufen.«
»Das glaub' ich auch«, sagte Jill. Dann sprang sie auf und fragte: »Kann ich so einen ganz weichen Anorak mit Gummibändern unten an den Ärmeln haben?«
»Wenn wir so einen im Geschäft finden, dann kriegst du ihn.«
Jill beugte sich vor und schlang ihre Arme um mich. Ich konnte gerade noch rechtzeitig den Kaffeebecher absetzen.
»Oh, ich bin so aufgeregt; ich glaube, ich dreh' durch!«
Es klingelte an der Tür. »Bevor du durchdrehst, geh doch mal zur Tür.« Ich stand auf und begann, den Tisch abzuräumen. Ein paar Sekunden später kam Jill mit einem großen braunen Umschlag zurück und gab ihn mir.
»Post.«
»So früh schon?« Ich sah mir den Umschlag an – kein Poststempel.
»Nun mach ihn schon auf«, sagte Jill.
Ich öffnete den Umschlag, nahm einen Haufen Formulare und dann einen Brief mit dem Stempel des Instituts von Grads Village heraus:

Liebe Mrs. Platt!
Heute ist für 11 Uhr eine ärztliche Untersuchung von Jessica Platt, Richard Platt junior und Jillian Platt in der Ambulanz der Institutsklinik vorgesehen. Folgen Sie Avenue A in nördlicher Richtung bis Ausgang 4. Fahren

Sie durch Ausgang 4 hindurch. Von da aus werden Sie zur Klinik geleitet.
Um die Angelegenheit zu beschleunigen, füllen Sie bitte vor Ihrem Termin die beiliegenden Formulare zu Ihren Personalien und Ihrer Krankengeschichte aus.
Wir bedanken uns für die sofortige Erledigung.

Mit freundlichen Grüßen
James R. Taft, M. D.
Amtsarzt

»Mom, antworte doch!«
Ich starrte auf den Brief.
»Sag doch was, Mom!«
Dann starrte ich auf Jill.
»Was ist denn, Mom? Was ist los mit dir?«
»Nichts«, sagte ich schließlich.
»Aber du hast doch irgendwas.«
Ich nahm den Brief und die Formulare, stopfte sie zurück in den Umschlag und warf ihn oben auf den Küchenschrank. »Es ist einfach eine Frechheit ...«, sagte ich.
»Was ist eine Frechheit, Mom?« sagte Jill.
Ich holte tief Luft und schaute Jill an. Sie war den Tränen nahe. Ich legte meine Hände auf ihre Schultern. »Was hältst du davon, wenn wir uns alle anziehen? Wir müssen einiges einkaufen. Und je mehr ich darüber nachdenke, desto verlockender erscheint es mir, nach Bangor zu fahren und dort einzukaufen.«
»Du meinst, nicht hier?«
»Es gibt nicht nur hier Geschäfte, weißt du. Wir sind an einigen schönen Einkaufszentren vorbeigefahren, die ungefähr zwanzig Meilen von hier entfernt sind.«
»Bist du sicher?«
Ich nickte.

Jill zuckte mit den Achseln. »Okay, toll.« Sie rannte aus der Küche und die Treppe hinauf.

Buddy saß noch immer am Tisch. »Na, was ist mit dir?« sagte ich. »Warum bist du denn noch nicht oben, um dich anzuziehen?«

Buddy legte den Bleistift hin. »Ist der Briefumschlag ein Geheimnis?«

»Natürlich nicht. Er ist nur nicht so wichtig. So, nun Schluß mit der Fragerei. Geh nach oben und zieh dich an!«

Ich hatte es in einem etwas schärferen Ton als beabsichtigt gesagt. Buddy rutschte von seinem Stuhl und zog dabei das Blatt Papier mit sich. Ich ging zu ihm und legte meinen Arm um ihn. »Was hast du denn gemalt?«

»Nichts.«

»Aber irgend etwas muß es doch sein. Es sah so aus, als ob du dich sehr angestrengt hättest.«

Er zuckte mit den Achseln.

»Kann ich es mal sehen?«

Er hielt das Blatt hoch: zwei horizontale Linien und zwei vertikale Linien unterteilten das Blatt. Jeder Abschnitt hatte eine Nummer, von eins bis neun. »Hmmm ... interessant. Was soll denn das sein, Liebling?«

»Gar nichts. Ich wollte nur etwas herausfinden.«

»Nun, was wolltest du denn wissen?«

»Die drei Quadratmeilen. Und ich habe es herausbekommen: Grads Village ist neun Meilen groß.«

Das Telefon stand auf der Anrichte in der Küche. Ich schaute unsere Nummer an: sie war nur vierstellig. Darunter war ein dünnes Telefonbuch. Ich zog es heraus – auf dem Umschlag stand »Grads Village« – und blätterte dann die Seiten durch. Ich wußte nicht einmal, wo Rich zu finden war, aber vielleicht hatte Gene Royce eine Ahnung. Auf den

ersten fünf Seiten standen die verschiedenen Abteilungen des Instituts. Ich fand seinen Namen unter »Public Relations«, wählte vier Nummern und wartete.
Eine weibliche Stimme meldete sich: »Hier Büro von Mr. Royce.«
»Könnte ich bitte Mr. Royce sprechen?«
»Wer spricht denn bitte?«
»Hier ist Jessie Platt.«
»Selbstverständlich, Mrs. Platt. Einen Moment bitte.«
Gene meldete sich fast sofort. Er begrüßte mich überschwenglich und fragte: »Was kann ich für Sie tun, Jessie?«
»Könnten Sie mir bitte sagen, wo ich Rich erreichen kann?«
»Was haben Sie denn für ein Problem?«
»Es gibt kein Problem. Ich möchte ihn nur gerne sprechen.«
»Wissen Sie, Jessie, mein Job besteht darin, dafür zu sorgen, daß hier alles reibungslos läuft. Sie wollen mich doch nicht arbeitslos machen, oder? Sagen Sie mir doch einfach, was Ihnen Sorgen macht.«
»Wieso glauben Sie, daß etwas nicht in Ordnung ist?«
»Ihr Tonfall läßt darauf schließen.« Ein kurzes Auflachen. »Ich kann einen unzufriedenen Kunden an der Stimme erkennen.«
»Also, ich fürchte, Sie täuschen sich«, sagte ich und versuchte mit betont ruhiger Stimme zu sprechen. »Ich will ganz einfach nur meinen Mann sprechen. Ich dachte, Sie könnten mir vielleicht sagen, wo er ist.«
»Eigentlich, Jessie, haben Sie dafür heute einen schlechten Tag erwischt. Vielleicht hat er es Ihnen ja auch gesagt, heute wird für ihn die große Führung gemacht. Hawkins, unser Mann aus Boston, erläutert ihm das ganze System. Also, selbst wenn ich wüßte, wo man ihn erreichen kann, wäre es heute nicht besonders günstig.«

Ich kam mir wie ein kleines Kind vor, und noch dazu wie ein sehr lästiges. »Dann muß es eben bis heute abend warten. Tut mir leid, daß ich Sie gestört habe.«
»Unsinn. Ich habe Ihnen doch schon gesagt, daß ich dafür da bin.«

Jill setzte sich neben mich auf den Beifahrersitz, und Buddy kletterte auf den Rücksitz. Ich studierte den Stadtplan, den ich in einer Küchenschublade gefunden hatte. Grads Village hatte die Form eines Rades. Avenue A, der Hauptstrang, bildete den mittleren Ring, die Radkappe. Von Avenue A gingen zwölf Speichen weg. Jede war durch eine Ausgangsnummer gekennzeichnet. Sechs Straßen, jede breiter als die vorhergehende, führten durch die Ausgänge und kreisförmig um das Zentrum herum. Avenue B, wo wir wohnten, war dem Zentrum am nächsten; Avenue G, die längste Straße, war vom Zentrum am weitesten entfernt.
Sechs der Ausgänge endeten auf dem sechsten Ring des Rades. Ausgang vier führte zu einem großen Areal, das einen weiteren »Kern« bildete, und von dort zum Institut selbst. Die Ausgänge eins und neun führten zu verschiedenen Country Clubs, von denen jeder über eine Turnhalle, zwei Schwimmbecken, ein Klubhaus, Tennisplätze, Handballplätze, Basketballplätze, Schlittschuhbahnen, einen Golfplatz, Bowlingbahnen, ein Kino, einen Park und Spielplätze verfügte. Ausgang drei führte zur Schule, zur Bücherei und zum Gemeindezentrum, Ausgang sieben zu den Stromgeneratoren, zu den Wasser-, Abfall- und Belüftungsanlagen, zum Telefonamt, den Sicherheitszentralen, zum Postamt und zur Zeitungsredaktion. Und Ausgang fünf, die Straße, die ich gestern benutzt hatte, führte zur Garage und zu dem darüberliegenden Verwaltungsgebäude.
Ich legte den Plan unter den Fahrersitz, drückte den Knopf

auf dem Armaturenbrett, um den Wagen anzulassen – der Knopf leuchtete auf –, dann setzte ich den Fuß auf das Gaspedal und fuhr Richtung Ausgang fünf.
Innerhalb von zehn Minuten hatte ich die Rampe erreicht. Ich fuhr das Auto hinauf, und wieder stand ich vor der kahlen Wand, dieses Mal allerdings von innen. Ich schaute mich um ...
»Da ist der Kasten«, sagte Buddy und beugte sich vor. Ich nahm meine Plastik-Identifikationskarte aus der Handtasche, legte sie an die angegebene Stelle und hielt den Atem an. Langsam hob sich die Tür. Ich fuhr von der Rampe in die Garage, an Al vorbei und auf den Parkplatz zu. Als wir näherkamen, trat ein stämmiger Mann in Sicherheitsuniform aus einem Häuschen und winkte mit erhobenem Arm. Ich hielt und wartete, während ich mit den Fingerspitzen auf dem Lenkrad trommelte.
Er kam zu mir und lächelte mich an. Seine winzigen blaßgrauen Augen verschwanden fast in seinem aufgedunsenen Gesicht. »Morgen, Ma'am«, sagte er. »Was kann ich für Sie tun?«
»Ich bin Jessica Platt. Ich suche mein Auto.«
»Die Identifikationskarte«, sagte er und streckte dabei seine feiste Hand aus. Ich gab ihm die Karte. »Danke, Ma'am«, sagte er und ging zu seinem Häuschen zurück.
Ich beobachtete, wie er nach dem Telefonhörer griff. Fünf Sekunden, zehn Sekunden, fünfzehn Sekunden, zwanzig Sekunden. Schließlich hängte er den Hörer wieder ein und kam, noch immer lächelnd, heraus. »Ein 1984er weinroter Honda, richtig?« sagte er.
Ich nickte.
»Er ist in der fünften Reihe geparkt«, sagte er und zeigte dabei in die Richtung. »Das neunte Auto auf der rechten Seite. Sie fahren einfach zum Ausgang hoch und hupen

dann kurz. Ich werde dann die Tore für Sie öffnen.« Er gab mir meine I.D.-Karte zurück.

»Danke.«

»Nichts zu danken, Ma'am. Passen Sie nur gut auf sich auf.«

»Was meinen Sie damit?«

»Schnee, Ma'am. Draußen gibt's 'ne ganze Menge davon.«

Plötzlich fielen mir die Schneeketten ein. »O nein«, sagte ich.

»Was ist denn, Mom?« fragte Jill.

»Ich weiß nicht, ob wir ohne Ketten überhaupt durch den Schnee kommen.«

»Oh, deswegen machen Sie sich mal keine Sorgen, Ma'am. Mr. Platt war heute morgen schon ganz früh hier. Er ließ Al ein paar ordentlich schwere Ketten aufziehen.«

Ich schaute überrascht hoch. »Das hat er gemacht?«

»Ja, Ma'am. Wenn Sie es langsam angehen lassen, werden Sie es schon schaffen. Wenn Sie erst einmal auf der Schnellstraße 15 sind, werden Sie ganz sanft nach Bangor gleiten. Die Räumfahrzeuge hier in der Gegend leisten gute Arbeit.«

Nach kaum fünf Minuten hupte ich kurz. Das Tor öffnete sich, und ich fuhr hinaus. Es war ein klarer und sonniger Tag. Ich schaute mich um und mußte unwillkürlich glücklich und wie befreit lächeln – so, als ob eine Last von mir genommen wäre.

Der Schnee lag ungefähr zehn Zentimeter hoch, aber die Ketten bahnten sich klappernd ihren Weg durch den Schnee. Langsam und vorsichtig fuhr ich den Hügel – den Rand der Schüssel – hinauf, passierte mit Hilfe der Karte das Tor und fuhr dann die kurvige, enge Straße entlang, die auf die Schnellstraße 15 führte. Der Sicherheitsbeamte hatte recht gehabt: Nachdem ich erst einmal die Schnellstraße 15 erreicht hatte, konnte ich mich entspannen; die Straße war nahezu frei.

»Wie lange dauert es von hier aus?« fragte Jill und strich dabei das Kleid ihrer Puppe glatt.
»Oh, ich würde sagen, ungefähr fünfzehn Minuten.«
»Denk daran, daß ich heute abend meine Puppe mit ins Haus nehme. Gestern war sie die ganze Nacht im Auto.«
»Ich werde dich daran erinnern.«
Buddy lehnte sich vor und klopfte mir auf die Schulter.
»Es ist verboten, den Fahrer zu berühren«, sagte Jill.
»Hab' ich vergessen«, sagte er und lehnte sich wieder zurück.
»Was gibt es denn, Buddy?« fragte ich.
»Woher wußte der Mann davon, Mom? Du hast es ihm nicht gesagt.«
»Was habe ich nicht gesagt?«
»Daß wir nach Bangor fahren.«

7

Buddys Bemerkung hatte mich überrascht, doch ich kam zu dem Schluß, daß sich hinter der Anspielung des Sicherheitsbeamten auf unsere Fahrt nach Bangor wohl kein großes Geheimnis verbarg. Schließlich war Bangor die größte Stadt hier in der Nähe, und wo hätten wir sonst schon hinfahren sollen? Mit etwas Mühe gelang es mir, mich den größten Teil des Tages mit Gedanken an Pullover, Cordhosen, Thermounterwäsche, Jacken, Stiefel, Handschuhe aus Wolle, Schals und Mützen abzulenken. Um vier Uhr – nachdem wir uns eine Peperoni-Pizza geleistet hatten – gingen wir zum Wagen zurück, beladen mit drei Kartons von Anderson Little und vier Tüten von Bradlee. Wir waren zwar erschöpft, aber irgendwie besserer Laune.

Trotz des Schnees war die Temperatur angenehm. Dennoch bestand Buddy darauf, seine neue, blaue Strickmütze aufzubehalten, bis wir zu Hause waren. »Mann, siehst du dumm aus ohne Haare«, hänselte ihn Jill. »Man kann ja nur noch deine dicken Backen sehen.«

»Das ist mir egal, mir gefällt's«, sagte Buddy.

Ich lud die Sachen in den Kofferraum und sperrte die Wagentür auf. »Kommt, Kinder, rein mit euch. Ich möchte daheim sein, bevor es dunkel wird.«

Auf der Fahrt dachte ich wieder über den Brief vom Institut nach. Vielleicht hatte Rich den Termin ausgemacht und vergessen, mir davon zu erzählen. Aber ich konnte mir nicht vorstellen, daß er das getan hatte. Ich war im letzten Juni bei meiner jährlichen gynäkologischen Untersuchung gewesen, und die Kinder waren erst im September gründlich untersucht worden. Mit Ausnahme von Buddys Leistenbruchoperation, als er drei war, und seiner Behandlung bei Dr. Silver im letzten Jahr wegen seiner Alpträume – sein Kinderarzt hatte das empfohlen –, waren die Kinder immer sehr gesund gewesen.

Nach dem, was letzte Nacht geschehen war, überlegte ich, ob Buddy nicht vielleicht zu einem anderen Arzt gehen sollte. »Viele Kinder machen diese Stadien durch«, hatte Dr. Silver mich zu beruhigen versucht. »Sicher, das Alkoholproblem Ihres Mannes erschwert die Sache natürlich, aber es ist nicht sicher, ob Buddy nicht auch sonst Alpträume haben würde. Kleine Kinder, vor allem intelligente mit einer sehr lebhaften Phantasie, neigen dazu, Kleinigkeiten zu übertreiben und auszuschmücken.«

Und vielleicht hatte er ja auch recht gehabt. Schließlich hatte Jill genauso unter Richs Alkoholexzessen und unseren lauten und heftigen Wortwechseln zu leiden gehabt. Irgendwie war sie in der Lage gewesen, das Ganze zu verkraften, aber Rich hatte Jill auch nie geschlagen.

»Vergiß deine Puppe nicht«, erinnerte ich Jill, als wir aus dem Wagen stiegen. Ich öffnete den Kofferraum, holte die Einkaufstüten heraus und gab Buddy ein paar davon. »Da, die trägst du zu dem roten Auto.«

Es war ziemlich viel Verkehr auf dem Rückweg. Ich fand den Anblick so vieler Erwachsener in diesen Miniautos ziemlich merkwürdig; es war wie in einem Zeichentrickfilm. Allerdings durfte ich nicht vergessen, daß auch ich an diesem Spiel teilnahm. Ab und zu stießen zwei dieser Wägelchen zusammen, aber in Anbetracht des geringen Gewichts und der niedrigen Geschwindigkeit hatte das keine großen Folgen. Die Fußgänger blieben auf den

Bürgersteigen und den Fußgängerbrücken, so daß an den zwölf Ausgängen keine Ampeln nötig waren.
Ich hielt an einem Supermarkt und kaufte ein paar Tüten voll Lebensmittel. Obwohl nur wenige Posten auf meiner Einkaufsliste standen, konnte ich zwei Artikel nicht finden. Ein Verkäufer erzählte mir, daß sie keine Marshmallows oder Dr. Pepper's Limonade hätten – es gäbe überhaupt keine Limonaden! Morgen würde ich unsere Vorräte durchsehen und die fehlenden Dinge einkaufen. Wir kamen um 17.15 Uhr zu Hause an. Richs Wagen war noch nicht da. Buddy und Jill packten die Sachen und rannten voraus zur Tür. »Schon wieder ein Brief«, rief Buddy, hob einen gelben Umschlag von der Treppe auf und reichte ihn mir.
Bitte, laß den Brief nicht von ihnen sein. Ich ging hin, nahm den Umschlag, öffnete ihn zögernd und lächelte dann. Er war nicht von ihnen, er war von Carla.
»Liebe Jessie«, las ich. »Dachte, wir hätten heute 'ne dringende Verabredung gehabt, um die Stadt unsicher zu machen, hatte mich also echt aufgedonnert – mein verrücktestes Outfit –, nur um dann zu merken, daß du dich ohne mich davongemacht hattest.
Die einzige Entschuldigung, die ich akzeptiere, ist die, daß du deinen großen, dunkelhaarigen Traummann getroffen hast und mit ihm zum Essen gegangen bist. Wehe, wenn dem nicht so ist, dann sitzt du ganz schön in der Tinte! Ruf mich an – meine Nummer ist 4487. Deine Lieblingsführerin, Carla.«
»Warum lächelst du so?« fragte Buddy.
»Wahrscheinlich ist das ein schöner Brief«, sagte Jill.
»Hat Jill recht, Mom?«
Ich nickte, holte den Hausschlüssel aus meiner Tasche und steckte ihn ins Schloß. »Er ist von Carla. Ich hatte ganz

vergessen, daß wir eigentlich mit ihr heute eine Besichtigungstour machen wollten.«
»Und sie war nicht wütend?« fragte Jill.
»Ich nehme an, ein bißchen verärgert, aber nicht richtig wütend. Auf jeden Fall hat sie eine nette Art, sich auszudrücken.«
Rich kam gegen acht und sah sehr müde aus. Ich hatte für mich beschlossen, bis nach dem Essen mit dem Thema »Institutsbrief« zu warten. Nachdem ich ihn umarmt hatte, stellte ich die Teller mit Hühnchen und Reis auf den Tisch.
»Die Kinder haben schon gegessen?« fragte er.
Ich nickte. »Sie sind oben in ihren Zimmern und schauen sich irgendeine Wiederholung an.« Er setzte sich, brach ein Stück Brötchen ab und steckte es in den Mund.
»Also los, raus damit«, sagte ich. »Wie war dein erster Tag?«
»Es lief alles ganz gut.«
Schweigen.
»Übrigens, danke, daß du veranlaßt hast, die Schneeketten aufzuziehen. Ich war überrascht, daß du daran gedacht hattest.«
»Du warst draußen«, stellte er fest.
»Ja. In Bangor.«
»Und hast – natürlich – absichtlich deinen Termin nicht eingehalten.«
Ich schaute ihn an. »Dann hast *du* den Termin ausgemacht?«
»Nein, nicht ich. Das Institut.«
»Welches Recht haben sie dazu?«
»Jegliches.«
»Ich kann nicht glauben, daß du so was sagst. Seit wann kann ich mir nicht mehr aussuchen, wann die Kinder und ich zum Arzt gehen und von welchem Arzt wir uns untersuchen lassen?«

»Du weißt, daß wir hier kostenlose ärztliche Betreuung bekommen, Jessie.«

»Natürlich.«

»Zu welchem Arzt wolltest du denn dann gehen? Zu einem in Bangor?«

Ich seufzte. »Darum geht's doch nicht.«

Er nahm seine Serviette und lehnte sich im Stuhl zurück. »Dann sag mir, Jessie, worum geht's denn dann? Bei dir geht es immer um irgend etwas Prinzipielles. Und aus irgendeinem Grunde komme ich nie dahinter. Komm, weih mich ein, damit ich mich genauso aufregen kann wie du.«

Ich fühlte, wie mir das Blut in den Kopf stieg. Einen Moment lang fühlte ich mich wie Al, unfähig, auch nur ein Wort herauszubringen. »Wir müßten eigentlich noch nicht zu unserer Routineuntersuchung«, sagte ich schließlich.

»Darum geht es also – sie haben den falschen Zeitpunkt gewählt.«

Ich stand auf. »Ich will sagen, Rich, daß ich etwas gegen Leute habe, die mir vorschreiben, was ich zu tun habe und wann ich es zu tun habe. Das scheint dir offensichtlich nichts auszumachen.«

Er knüllte seine Serviette zusammen und warf sie auf seinen Teller. »Da hast du recht, es ist mir egal. Und weißt du auch, warum? Ich kann mir einen solchen Luxus nicht leisten. Ich arbeite für meinen Lebensunterhalt. Und dieses Privileg bringt nun mal Regeln, Befehle und Anordnungen von oben mit sich.«

»Aber das ist doch was anderes. Siehst du das nicht ein? Wir reden über unser Privatleben.«

»Verdammt noch mal, Jessie, wir reden über eine ärztliche Untersuchung, über etwas, das jeder Arbeitgeber, der etwas mit Medizin oder Gesundheitsfürsorge zu tun hat, nun einmal verlangt.«

»Die Kinder und ich arbeiten hier nicht.«
»Aber du lebst hier in einer Gemeinde, die sich den Arsch aufgerissen hat, um eine gesunde Umgebung zu schaffen. Du wirst doch wohl nicht glauben, daß sie es auch nur im entferntesten zulassen, daß hier irgendwelche Krankheiten reingeschleppt und verbreitet werden?«
»Natürlich nicht, aber ...«
»Aber was?«
»Sie hätten wenigstens vorher fragen können.«
»Oh, ich verstehe, jetzt ist es die Form, die dich stört. Nun, es tut mir leid, Jessie. Ich befürchte, das Institut war leider nicht in der Lage, dich persönlich davon in Kenntnis zu setzen. Ich befürchte, die waren mit anderen Dingen beschäftigt. Aber wenn du es wünscht ...«
Ich rannte aus dem Zimmer.

Ich lag noch immer quer über dem Bett, als Rich zwanzig Minuten später hereinkam. Er setzte sich neben mich, aber ich schaute nicht hoch. »Schau, Jessie, ich wollte nicht so gemein zu dir sein, aber wir sind drauf und dran, alles, was wir hier haben könnten, in Frage zu stellen. Und weswegen? Wegen einer Forderung, die, wenn man sie genau betrachtet, sinnvoll erscheint. Zum Teufel, ich bin heute früh untersucht worden, glaub mir, das ist keine große Affäre.«
Ich gab minutenlang keine Antwort. Schließlich schaute ich zu Rich hoch. »Wer hat dir von dem Termin erzählt?«
»Ich hab' zufällig Royce getroffen.«
»Ach so. Und er hat dir erzählt, daß ich nach Bangor gefahren bin?«
»Er hat so was erwähnt.«
»Dann sag mir, woher konnte er das wissen?«
»Versteh doch, Jessie, die Sicherheitsvorkehrungen sind sehr streng hier. Wenn jemand rein- oder rausfährt, dann

wird das sofort im Computer gespeichert. Royce braucht sich nur die Ausdrucke anzuschauen. Ich bin sicher, das ist reine Routine.«

»Aber woher wußte er, daß ich nach Bangor gefahren bin? Ich habe es niemandem gegenüber erwähnt.«

»Ach, komm, Jessie. Die meisten anderen Städte hier in der Gegend sind doch viel zu klein. Man muß kein Genie sein, um daraufzukommen.«

Ich nickte. »Hat Royce dir erzählt, daß ich angerufen hatte?«

»Ja. Er hat auch versucht, mich zu erreichen. Du hast offensichtlich aufgeregt geklungen. Ich weiß, daß du den Typ nicht sehr magst, aber er ist nicht übel. Er hat sich Sorgen gemacht um dich.« Rich drehte mich auf den Rücken. »Komm, Jessie, reg dich wieder ab.«

»Macht dir das alles wirklich nichts aus, Rich? Alles hier wirkt so ... geplant. Sogar unser Haus – sie haben es ausgesucht, unsere Sachen ausgepackt, die Möbel aufgestellt.«

»Ich hab's dir schon mal gesagt, wenn es dir so nicht gefällt, dann können wir das ändern.«

»Aber es gefällt mir ja so, wie sie es gemacht haben. Ich könnte es beim besten Willen nicht anders machen.«

Rich lachte. Kurz darauf mußte ich auch lachen. »Es hört sich ganz schön dumm an, was ich sage, oder?«

»Nun, soweit würde ich nicht gehen.«

Ich mußte wieder lachen.

»Was ist denn so lustig? Laß mich mitlachen«, sagte Rich.

»Ich wollte dich gerade fragen, ob dich dieser ganze Sicherheitsaufwand nicht stört. Doch dann ist mir eingefallen, daß ich ja mit dem Chef der Sicherheitsabteilung spreche.«

Rich legte seine starken Hände auf meine Schultern und

streichelte sie. »Du gehst also zu der Untersuchung? Und nimmst die Kinder mit?«
Ich nickte. »Ich werde gleich als erstes morgen früh anrufen und unseren Termin erneuern lassen.«
»Das ist nicht nötig«, sagte er und griff in seine Tasche. Er gab mir drei Karten mit unserem Termin. »Hier. Die sind schon für morgen früh zehn Uhr abgemacht worden. Und bitte, Jessie, füll die Formulare vorher aus. Royce meint, das würde dir eine Menge Zeit ersparen.«

Während Rich unter der Dusche stand, rief ich Carla an. Ein kleines Mädchen meldete sich. »Ist deine Mommy da?« fragte ich.
»Wer ist denn bitte am Apparat?«
»Sag ihr, es ist Jessie Platt.«
»Sie ist im Moment leider nicht in der Lage, an den Apparat zu kommen. Kann sie zurückrufen ... Oh, einen Moment, bitte.«
Carla kam ans Telefon. »Hallo, Jessie.«
»Hallo, war das deine Tochter?«
»Und ob. Jetzt hast du gleich mal eine Kostprobe bekommen. Man könnte fast glauben, mit dem Regierungssitz verbunden zu sein, oder so.«
Ich lachte. »Wie alt ist sie denn?«
»Am vierzehnten wird sie fünf.«
»Sieht so aus, als ob Buddy jemand zum Spielen hätte. Hör mal, ich rufe an, um mich zu entschuldigen.«
»Nur zu, ich höre.«
»Wirklich. Es tut mir leid. Ich fühlte mich eingesperrt, und so habe ich beschlossen, mit den Kindern in Bangor einzukaufen.«
»Soll das heißen, du warst draußen?«
»Wir leben schließlich in einem *freien* Land«, sagte ich.

»Nun, ich komme nicht viel nach draußen, da Lou und ich keinen Wagen haben.« Sie seufzte. »Ach, was rede ich für einen Blödsinn. Ich komme überhaupt nicht nach draußen, und soweit ich es beurteilen kann, auch die nicht, die einen Wagen haben. Es sei denn per Anhalter ...«
»Wenn ich das nächste Mal fahre, frag' ich dich vorher.«
»Ich würde gerne mitkommen, sehr gern sogar. Hör mal, wegen der Führung, die ich dir versprochen habe, wie wär's denn mit morgen?«
»Gern, aber ich kann erst gegen Nachmittag. Die Kinder und ich müssen morgen um zehn zum Arzt.«
»Wenn das so ist, dann verschieben wir es besser auf Donnerstag.«
»Nein, morgen ist es ganz gut. Ich nehme an, daß wir um zwölf fertig sind, und dann werde ich Jill in der Schule anmelden.«
»Ich würde mich nicht darauf verlassen, wenn ich du wäre.«
»Warum nicht?«
»Weil du es vielleicht nicht schaffen wirst.«
»Sag mir doch bitte mal, wovon du eigentlich sprichst, Carla.«
»Nun, ich weiß ja nicht, was du so gewöhnt bist, ich jedenfalls war nicht auf diese erste Untersuchung vorbereitet.«
»Warum? Was treiben die denn?«
»Frag lieber danach, was sie nicht machen. Wenn du aus dem Institut draußen bist, dann – ich garantier's dir – wissen die mehr über dich als du selbst.«
Ich verabredete mich mit Carla für Donnerstag und legte den Hörer auf. *Sicher, Rich ... keine große Affäre.*

8

Ich schaute auf den Wecker, der auf dem Nachttisch in Reichweite stand. Es war acht Uhr morgens. Die Kinder zogen sich gerade an, keines von ihnen war wegen der bevorstehenden Untersuchung besonders aufgeregt. Und nach Carlas Schilderung war ich es auch nicht mehr. Aber ich war entschlossen, es hinter mich zu bringen und dann zu vergessen. Und außerdem, vielleicht konnte ich mit einem der Ärzte über Buddy reden.

Nachdem ich für die Kinder Frühstück gemacht hatte, schaute ich den Kühlschrank und die Schränke durch und machte mir, mit einem Becher Kaffee als Konzentrationshilfe, eine Einkaufsliste. Um neun Uhr dreißig waren wir alle angezogen und abmarschbereit.

»Kann ich zu einer Ärztin gehen, Mom?« fragte Jill, als wir aufbrachen.

»Wo ist denn da der Unterschied?« sagte Buddy.

»Das verstehst du nicht. Darf ich, Mom?«

»Ich weiß nicht, ob wir uns das aussuchen können, Jill. Das werden wir sehen, wenn wir da sind.«

Kurz nachdem ich auf Avenue A gefahren war, fuhr ich an die Seite und parkte den Wagen. »Bleibt sitzen, ich bin gleich wieder da«, sagte ich zu den Kindern. Ich rannte zu einem kleinen Zeitschriftenladen und ging zur Kasse. »Haben Sie Carltons?«

Die Frau hinter der Theke betrachtete mich über ihre schmale Drahtbrille hinweg. »Nein, die Marke führen wir nicht.«

»Welche Sorte haben Sie denn dann?«

»Wohnen Sie hier?« fragte sie und fuhr sich dabei durch ihr kinnlanges, dunkles Haar.
»Was hat das denn damit zu tun?«
»Tja, wenn Sie hier wohnen würden, wüßten Sie es.«
»Ich verstehe nicht.«
»Miss, in Grads Village werden keine Zigaretten verkauft. Es ist hier sogar verboten.«
»Wer sagt das?«
»Der Stadtrat natürlich. Das Komitee.«
Ich starrte sie einen Moment lang an, drehte mich um und ging zum Auto zurück.
»Was hast du denn gekauft, Mom?«
»Nichts, Buddy.«
»Meldest du mich heute für die Schule an?« fragte Jill.
Ich erinnerte mich wieder an Carlas Warnung. »Ich bin nicht sicher, Liebling. Wenn ich dann noch Lust dazu habe.«
Nachdem ich Avenue G, die Ausgang vier kreuzte, passiert hatte, mündete die Straße in zwei zweispurige Tunnel; der andere war für die Autos bestimmt, die in Gegenrichtung fuhren. An der Einfahrt zum Tunnel stand ein roter, breiter und hoher Betonpfosten. In dem Moment, als ich daran vorbeifuhr, ging der Motor aus. Ich schaute auf den Knopf am Armaturenbrett – die Energie war verbraucht. Na toll – was nun?
Ich drückte den Knopf. Nichts. »Stecken Sie Ihre Identifikationskarte in den Kasten links an der Wand«, befahl eine blecherne Stimme. Ich wühlte in meiner Handtasche, bis ich schließlich meine Karte fand, und schob sie dann nervös in den Kasten. Sofort leuchtete das Licht wieder auf, und ich konnte weiterfahren.
Nach ungefähr hundertfünfzig Metern teilte sich die Straße im Tunnel erneut. An der Spur, die nach rechts führte, war

ein Schild mit der Aufschrift »Personal«. Ich fuhr weiter geradeaus und folgte einem Schild, auf dem »Patienten-Annahme« stand. Am Ende des Tunnels hielt ich vor einem Stahlgitter, neben dem ein kleines Häuschen stand. Als der Sicherheitsbeamte herauskam, hielt ich ihm automatisch meine I.D.-Karte entgegen, aber anstatt sie zu nehmen, tippte er sich an die Mütze und lenkte damit die Aufmerksamkeit auf spärliche Reste von dünnem grauen Haar.
»Guten Morgen, Jessica, Jillian und Richard junior.«
Ich nickte.
»Bitte fahren Sie nach links und anschließend durch Gang 7, dann parken Sie in Bucht 24.« Er ging zurück, bewegte einen Hebel, und das Tor öffnete sich. Ich fuhr hindurch.
»Woher wußte er unsere Namen?« fragte Buddy.
»Ich nehme an, von dort, wo ich die Karte eingegeben habe ...«
»Aber das ist doch deine Karte. Woher weiß er Jills Namen und meinen?«

Kurze Zeit später brachten uns verschiedene Hinweistafeln zu den beiden Haupteingangstüren, neben denen ebenfalls ein roter Betonpfosten stand. Gerade als ich die Tür öffnen wollte, schnappte ein Schloß zu. »Folgen Sie der roten Linie, bis Sie zur Eingangshalle der Klinik kommen«, befahl uns eine Stimme. »Der Ihnen zugewiesene Betreuer für Gesundheitsfürsorge wird Sie dort erwarten.«
»Das ist unheimlich«, sagte Jill und packte meine Hand. »Ich will nach Hause.«
»Stell dich nicht so an, Liebling. Es sind nur diese Sicherheitsvorkehrungen; wir sind einfach nicht daran gewöhnt. Denk daran, daß dein Vater dafür mitverantwortlich ist. Es gibt also nichts, wovor du dich fürchten müßtest.« Buddy rannte vorneweg und folgte der roten Linie.

Eine junge Frau mit aschblondem Haar, das unter einem roten Käppi steckte, kam auf uns zu, als wir die Eingangshalle betraten. Sie hatte eine Schreibunterlage bei sich. »Hallo, Jessica.« Sie strahlte uns freundlich mit ihren blauen Augen an, die unter schweren Lidern lagen, und reichte mir die Hand. »Ich bin Lisa Gavin, Ihr Gesundheitsfürsorge-Betreuer.«

Ich begrüßte sie und schaute mich dann um. Ungefähr dreißig Leute passierten die Eingangshalle. Jede Person oder Gruppe wurde von einer Frau mit einem roten Käppi und einer dazu passenden roten Uniform betreut; sie zeigte ihnen den Weg. »Von jetzt an werden alle Fragen, die Sie in bezug auf Ihre Gesundheit oder die Ihrer Familie haben, an mich gehen. Bevor Sie gehen, werde ich Ihnen eine Nummer geben, unter der Sie mich jederzeit, Tag und Nacht, erreichen können.«

»Ich verstehe nicht. Ich selbst kann also nicht direkt mit dem Arzt sprechen?«

Sie lächelte; dabei sah man, daß ihre oberen Zähne leicht vorstanden. »Sie müssen bedenken, daß Sie es mit vielen Spezialisten zu tun haben, zumindest bei der ersten Untersuchung hier. Um die Dinge zu vereinfachen, werden alle Untersuchungsberichte, Testergebnisse, Befunde und Behandlungen in einer zentralen Akte gesammelt. Ich habe selbstverständlich Zugang zu allen Akten. Natürlich haben die Ärzte die gleiche Möglichkeit, aber ich bin die einzige, die mit der kompletten Krankheitsgeschichte vertraut ist. Dieses Wissen ermöglicht es mir, wenn es ein Problem oder einen Notfall geben sollte, Sie oder Ihre Familie an die geeignete Spezialabteilung zu überweisen. Diese Arbeitsweise erlaubt es dem Arzt, seiner eigentlichen Aufgabe nachzugehen, das heißt sich um die Patienten zu kümmern. Gleichzeitig erfüllt dieses System unser aller Hauptziel: eine umfassende und individuelle Fürsorge für alle unsere Patienten. Eine der häufigsten Klagen, die man über die heutige Gesundheitsfürsorge hört, ist doch die unpersönliche Art und Weise, in der sie durchgeführt wird.« Sie schaute mich von der Seite an, und ihre Stimme wurde schriller: »›Jeder ist ein Spezialist, aber niemand behandelt den ganzen Menschen.‹ Sicher haben Sie diesen Satz auch schon einmal gehört und sich selbst so gefühlt.«

»Sind Sie Krankenschwester?«

»Ich bin ausgebildete Krankenschwester mit einer Zusatzausbildung in Krankenhausverwaltung und habe die vom Institut vorgeschriebene und entwickelte Ausbildung abgeschlossen, die alle Gesundheitsfürsorge-Betreuer hier durchlaufen haben. Glauben Sie mir, wir sind alles qualifizierte Kräfte. Das Institut würde etwas anderes nicht zulassen.« Sie machte eine kleine Pause. Als ich nichts sagte, fuhr sie fort. »Wir gehen jetzt erst einmal in mein Büro und erledigen dort die Formalitäten. Dann bringe ich Sie zur Untersuchung.«

Ich zog den braunen Umschlag aus meiner Handtasche. »Ich habe die von Ihnen geschickten Formulare schon ausgefüllt.«

»Großartig. Das wird die Angelegenheit beschleunigen.«

Trotz der Formulare, die ich bereits ausgefüllt hatte, dauerte Lisas Befragung fast eine ganze Stunde. Obwohl viele Fragen unsere Lebenssituation und unsere persönliche Vorgeschichte betrafen – und ich sah, verdammt noch mal, nicht ein, welchen Sinn diese Fragen haben sollten –, beantwortete ich sie doch. Ich wollte diese Untersuchung nur hinter mich bringen. Ich erwähnte aber absichtlich nichts von Buddys Alpträumen.

Schließlich schaute Lisa auf ihre Uhr, schloß den Aktenordner und drückte einen Knopf auf ihrem Schreibtisch.

»Okay, ich denke, wir haben alles, Jessica, Sie gehen zuerst ins Labor.«
Ich schaute zu Jill und Buddy, die still neben mir saßen. »Jill möchte gern zu einer Ärztin. Ließe sich das einrichten?«
»Nein, leider nicht. Wir haben nämlich keine einzige Frau unter unseren Kinderärzten. Also, selbst wenn ich wollte, könnte ich sie zu keiner Ärztin schicken.«
»Tut mir leid, Liebes«, sagte ich zu Jill, die jetzt sehr ängstlich dreinblickte. Dann wandte ich mich wieder an Lisa: »Ich *möchte* gern bei der Untersuchung der Kinder dabeisein. Vor allem, um bei dieser Gelegenheit den Arzt meiner Kinder kennenzulernen.«
»Ich würde Ihnen ja schrecklich gern behilflich sein, Jessica, aber ich fürchte, es ist mir nicht möglich. Unserer Ansicht nach wirken Eltern, die auch noch bei der Untersuchung mit dabeisein wollen, sehr ablenkend. Sowohl auf den Arzt als auch auf das Kind.«
»Oh, ich bin wirklich keine Glucke, Lisa.«
»Oh, sicher nicht. Das wollte ich damit auch keinesfalls andeuten. Glauben Sie mir, wenn ich könnte, würde ich für Sie sofort eine Ausnahme machen. Aber bitte verstehen Sie unsere Regelungen. Wir haben Zeitpläne, die eingehalten werden müssen. Jetzt zum Beispiel ist ein medizinisch-technischer Assistent für Ihre Blutuntersuchung eingeteilt. Sie werden es schätzen lernen, daß Sie hier, ganz anders als in den meisten Arztpraxen, nicht warten müssen. Glauben Sie mir, Jessica, die Kinder sind hier in den besten Händen – unsere Ärzte sind erstklassig.«
Plötzlich platzte ein Mann in weißen Hosen und rotem Kittel ins Büro. Er schaute Lisa durch eine verschmierte Hornbrille an, die so dicke Gläser hatte, daß seine Augen doppelt so groß wirkten. »Wohin?« fragte er.
Sie stand auf und gab ihm zwei Aktenordner. »Calvin,

bringen Sie Richard und Jillian Platt bitte in die Kinderabteilung.«
Jill stand von ihrem Stuhl auf und ging langsam auf Calvin zu. Buddy verschränkte die Arme über der Brust.
»Richard?« sagte Lisa mit einer ermahnenden Geste.
Tränen glitzerten in seinen Augenwinkeln. »Ich heiße Buddy«, sagte er. »Und ich gehe nicht!«

Als Lisa mich zum Labor brachte, war ich nahe daran, in Tränen auszubrechen. Nichts, was Lisa, Calvin oder ich gesagt hatten, hatte Buddy von seinem Stuhl loseisen können. Schließlich war es Jill gelungen, ihn zu überreden mitzugehen.
Blutproben, Urinproben, Sputum-Proben, dann Röntgenuntersuchungen und ein Elektrokardiogramm – alles ging schnell und schmerzlos vor sich, und da ich in Gedanken mit Buddy beschäftigt war, merkte ich kaum, was um mich herum vor sich ging. Die nächsten zwei Stunden waren anstrengender – ich wurde von einer Spezialabteilung zur nächsten geschickt: Zahnarzt, Hals-Nasen-Ohren-Arzt, Augenarzt, Orthopäde, Dermatologe, Neurologe und Internist. Zum Schluß verschwammen die Erinnerungen an die verschiedenen Ärzte in meinem Kopf miteinander, einer sah aus wie der andere. Die nächste Station – und, wie Lisa mir versicherte, auch die letzte Station – war der Gynäkologe. Sie brachte mich in das Sprechzimmer, stellte mich Dr. Shannon vor und ging dann. »Gehen Sie bitte in den Umkleideraum, ziehen Sie sich aus und das Hemd an«, sagte er mit dem Rücken zu mir, während er meinen nun schon ziemlich dicken Ordner durchsah.
Als ich herauskam, hievte ich mich auf den Untersuchungsstuhl und drapierte das lange Papierhemd um mich herum. Schließlich drehte er sich zu mir um. Er war groß und

stämmig. Seine breite, platte Nase ließ mich an eine Bulldogge denken. »Sie sind zuletzt im Juni untersucht worden. Ist das korrekt, Jessica?«

Ich haßte es, wenn Ärzte meinten, mich mit meinem Vornamen anreden zu können, aber ich schluckte meinen Ärger hinunter und nickte.

»Vor sechs Jahren sind Sie wegen einer Zyste an den Eierstöcken operiert worden? Ist das korrekt?«

Ich nickte wieder.

»Seit Jillians Geburt ist Ihr Zyklus unregelmäßig? Ihre letzte Periode setzte am 25. September ein und dauerte vier Tage?« Dieses Mal machte er sich nicht die Mühe, auf meine Bestätigung zu warten; statt dessen fragte er: »Wie oft haben Sie Geschlechtsverkehr, Jessica?«

Ich schaute erstaunt auf.

Dr. Shannon lächelte. »Anscheinend hat es Ihr früherer Gynäkologe versäumt, Sie danach zu fragen. Ich fürchte, die meisten Ärzte zögern, diese Fragen zu stellen, obwohl sie eigentlich dazu verpflichtet sind, wenn ein Patient mit einer ernsten Störung zu ihnen kommt. Im Institut aber können wir auf unsere Präventivmedizin stolz sein. Je mehr ich weiß, desto einfacher ist es für mich, einem Problem zuvorzukommen.«

»Ich sehe nur nicht, warum das so wichtig sein soll.«

»Warum entspannen Sie sich nicht einfach und überlassen mir die Entscheidung, was wichtig ist? Ich habe mehr als zwanzig Jahre Berufserfahrung.«

Ich holte tief Luft. »Nun, im vergangenen Jahr ...«

Er stand wartend da.

»Rich, mein Mann, und ich hatten einige Probleme.«

»Und?« sagte er.

Ich schaute zu ihm hoch. »Nur ein paarmal im letzten Jahr.«

»Drücken Sie sich genauer aus, Jessica.«
»Nun, ich weiß es nicht genau. Ich würde sagen, zwei- oder dreimal.«
»Im ganzen Jahr?«
Ich nickte.
»Wie war es davor?«
»Davor war unser Sexualleben ganz normal.«
»Was würden Sie als normal bezeichnen?«
»Ungefähr dreimal pro Woche. Manchmal öfter.«
»Und so war es während Ihrer ganzen Ehe?«
»Ja.«
»Sagen Sie, Jessica, wie war Ihr Sexualleben, bevor Sie Richard heirateten?«
Ich zog das Papier, das mich bedeckte, noch enger um mich und verschränkte die Arme. »Ich war Jungfrau«, sagte ich schließlich.
»Noch eine Frage, und dann kommen wir zur Untersuchung. Ich weiß, daß diese Art von Fragen nicht ganz leicht für Sie ist.« Ich erwiderte nichts, und er fuhr fort. »Wann hatten Sie zum letzten Mal Verkehr?«
»Ich sehe wirklich nicht ...«
»Bitte antworten Sie mir, Jessica. Es ist eine einfache Frage.«
»Vor zwei Nächten, Montag nacht.«
Er hörte zu schreiben auf und legte den Ordner auf das Stahlregal hinter sich. »Nun, dann rutschen Sie mal etwas tiefer, und stellen Sie Ihre Füße in die Fußstützen.« Ich legte mich richtig hin, dann schloß ich die Augen und hörte das vertraute Geräusch von Gummi. Ich hörte, wie er sich vor den Untersuchungsstuhl stellte. Er schob mir das Hemd bis auf die Taille. »Rutschen Sie noch etwas tiefer, Jessica.«
Ich ließ mich tiefer hinuntergleiten. Dann fühlte ich seine Hände, eine Hand lag auf meinem Bauch, während die

andere das Innere des Unterleibs untersuchte. »Aber, aber, Jessica«, sagte er, »Sie müssen sich schon ein wenig entkrampfen. Ich kann mich nicht erinnern, jemals eine Frau untersucht zu haben, die schon mehrere Kinder geboren hat und so eng gebaut ist.«

Lisa begleitete mich in ihr Büro zurück. »Setzen Sie sich doch einen Moment. Sie sehen erschöpft aus.« Sie nahm eine Karte aus der obersten Schublade und gab sie mir. »Unter dieser Nummer können Sie mich erreichen. Und bitte, falls Sie irgendwelche Fragen haben sollten, rufen Sie mich ruhig an.«

Ich legte die Karte in meine Handtasche. »Wo sind die Kinder?«

»Sie sind gerade auf dem Weg hierher. Ich habe schon ihre Unterlagen.« Sie zeigte auf zwei dicke Ordner auf ihrem Schreibtisch.

»Und, war alles in Ordnung?«

»O ja, sie sind körperlich in guter Verfassung. Wir machen uns nur etwas Sorgen wegen Buddy.«

»Aber Sie sagten doch ...«

»Körperlich ist bei Buddy alles in Ordnung, Jessica. Aber wir sind wegen des seelischen Problems beunruhigt. Dr. Manfria, einer unserer Kinderpsychiater, möchte ihn eine Zeitlang zweimal in der Woche sehen. Sie bekommen den Termin per Post.«

»Ich weiß nicht, wovon Sie reden. Welches seelische Problem?«

»Wieso, die Alpträume. Sie wissen doch sicherlich davon?«

»Natürlich weiß ich das. Aber wie hat der Arzt das feststellen können? Buddy spricht nie darüber.«

»Ihr Mann hat uns gestern davon erzählt. Ich nahm an, daß das der Grund war, warum Sie selbst es nicht erwähnten.«

9

Obwohl ich auf dem Rückweg vom Institut versuchte, eine Unterhaltung in Gang zu bringen, brachten Buddy und Jill kein Wort heraus. Schließlich gab ich's auf und konzentrierte mich darauf, irgendwie nach Hause zu kommen. In diesem Moment wünschte ich mir nichts sehnlicher als eine Zigarette, aber meine letzte hatte ich an diesem Morgen geraucht – und es kam wohl nicht in Frage, die Kinder mehr als zehn Meilen weit mit mir herumzuschleppen, nur um einen Laden zu finden, der Zigaretten verkaufte. Das würde noch etwas warten müssen, genauso wie der übrige Einkauf.

Als wir endlich zu Hause waren, war es schon nach vier. Keiner von uns hatte zu Mittag gegessen, so daß ich jetzt eine Dose mit Ravioli heiß machte, die Teller damit füllte und auf den Tisch stellte. Jill stocherte auf ihrem Teller herum, und Buddy weigerte sich schlicht und einfach, etwas zu essen.

»Jetzt kommt schon, ihr zwei, das war doch nur eine ärztliche Untersuchung. So was habt ihr doch schon erlebt. Ich weiß, daß ihr mich bei euch haben wolltet, aber ich konnte wegen meiner eigenen Untersuchung nicht bei euch sein.«

»Du meinst, wegen dieses alten Drachens mit den vorstehenden Zähnen«, sagte Jill. »Sie war es doch, die dich nicht mitgehen lassen wollte.«

»Das ist gemein. So bist du doch sonst nicht.«

»Das ist mir egal. Sonst fühle ich mich auch nicht so. Und außerdem, wenn alles und jedes hier an diesem Ort so perfekt ist, warum läßt sie sich dann nicht ihre Zähne richten?«

»Hör auf damit, Jill!«
»Ich bin sauer. Und du bist es auch. Der einzige Unterschied ist, daß du versuchst, es zu verbergen, während Buddy und ich das nicht tun.«
Ich stützte meine Arme auf den Tisch und beugte mich zu Jill. »Du hast recht. Mir hat diese ganze Prozedur auch nicht gefallen, ganz im Gegenteil. Aber sie war notwendig. Vor allem deswegen, weil man in Grads Village sehr auf die Gesundheit achtet; und vermutlich kann man ihnen daraus keinen Vorwurf machen, denn sie sind ja schließlich eng mit einem Forschungsinstitut verbunden. Sicher habe ich mich darüber geärgert, aber man kann eigentlich niemandem einen Vorwurf machen.«
Ein paar Sekunden Stille, dann: »Ich bin mir da nicht so sicher.«
»Was möchtest du damit sagen?«
»Ich finde, man kann schon jemandem einen Vorwurf machen.«
Ich seufzte. »Wem denn?«
»Weißt du das nicht?«
Das einzige, was ich in diesem Moment genau wußte, war, daß ich zum Umfallen müde war. Könnte ich doch nur schlafen, dann könnte ich auch wieder denken ... Ich schüttelte den Kopf.
Jill knallte ihre Gabel auf den Teller und stand auf. »Dir! Du bist schuld!« Sie rannte aus dem Zimmer und Buddy hinterher.
Ich rief ihnen nach, aber sie waren schon oben.

Ich fand Buddy und Jill auf Jills Bett. Ich ging hinein und setzte mich neben sie. »In Ordnung, wir müssen miteinander über die Sache reden.«
Schweigen.

»Erzähl mir von deinen Untersuchungen, Jill.«
»Da waren eben eine Menge Ärzte ...«
»Was haben sie denn gemacht?«
Sie zuckte mit den Schultern. »Es waren ja so viele. Und die haben mich alle angeschaut ... Ich fand's gräßlich.«
Ich beugte mich zu ihr und legte den Arm um sie. Sie war gerade in der Pubertät. Ich versuchte mich zu erinnern, wie ich mich in diesem Alter gefühlt hatte. Dieses plötzliche Schamgefühl, das aus heiterem Himmel zu kommen schien. Es war sicher nicht sehr hilfreich, wenn eine Horde wildfremder Ärzte an ihr herumdokterten. »Die haben es doch nur gut gemeint, Liebling. Sie haben doch nur ihre Arbeit getan und sich vergewissert, ob du gesund bist.«
Sie gab keine Antwort, sondern verbarg ihr Gesicht an meiner Schulter. Buddy beobachtete uns. »Und wie war's bei dir, Buddy? Ich habe noch nie erlebt, daß du dich bei einem Arzt so aufgeführt hast. Was war bloß in dich gefahren?«
»Calvin.«
»Wieso Calvin?«
»Ich glaube, ich hab' ihn schon mal gesehen. Vor sehr langer Zeit.«
»Das ist unmöglich, Buddy. Wir sind Tausende von Meilen von Orlando entfernt. Und wo solltest du ihn sonst gesehen haben?«
Er zog die Schultern hoch und verzog das Gesicht. »Ich kann mich nicht daran erinnern. Ich weiß nur, daß ich ihn nicht mag.«

Das Telefon klingelte, ich schreckte verschlafen hoch und griff nach dem ersten Läuten zum Hörer.
»Das ging aber schnell. Was hast du denn gemacht, draufgesessen?«

Es dauerte etwas, bis ich Carlas Stimme erkannte. »Ich bin ein wenig eingenickt«, meinte ich schließlich.
»Ich Idiotin, das hätte ich mir denken können.«
»Ist schon in Ordnung. Ich muß sowieso aufstehen. Rich wird bald heimkommen.«
»Und, wie war's?«
»Noch schlimmer, als du es beschrieben hast.«
»Was ist denn passiert?«
»Die Kinder waren total sauer auf mich, weil ich nicht bei ihnen bleiben konnte, während die vielen Ärzte sie untersuchten. Zu allem Überfluß hat Buddy noch eine tiefe Aversion gegen einen der Pfleger.«
»Rebecca hat mir damals auch einen Haufen Ärger gemacht. Sie haben mir erzählt, sie hätte drei der Gläser mit ihren Urinproben auf den Boden geschmissen.« Carla kicherte. »Was mich interessieren würde, ist, wie sie es jemals geschafft hat, eine vierte zustande zu bringen. Andrew haben die Untersuchungen natürlich nicht so viel ausgemacht; er ist noch zu klein, um überhaupt etwas mitzubekommen.«
»Wie alt ist denn Andrew?«
»Fast zwei.«
»Wo hast du ihn denn bei der Führung gelassen?«
»Er geht in den Kindergarten. Sie kommen erst um vier nach Hause. Lou war zu Hause, als man ihn nach Hause brachte.«
»Ist er nicht noch etwas zu klein für den Kindergarten?«
»Das dachte ich zuerst auch, aber sie haben ihn einfach eingeschrieben, und schwupp, schon war er drin. Es ist eigentlich gar nicht so schlecht, da ich jetzt 'ne Menge Zeit für andere Dinge habe.«
Ich wollte sie gerade fragen, wofür sie denn ihre freie Zeit brauchte, aber da mir vorher bewußt wurde, wie vorwurfs-

voll das geklungen hätte, ließ ich es bleiben. Statt dessen sagte ich: »Möchtest du morgen gern mal hier raus? Wenn ich Jill in der Schule angemeldet habe, möchte ich nach Bangor fahren.«
»Ich würde sehr gern mitkommen, wirklich.«
»Hauptsächlich fahre ich ja, um Zigaretten zu besorgen.«
»Soll das heißen, du weißt nicht ...?«
»O doch, ich weiß es sehr genau. Aber ich bin noch nicht so weit, jetzt gleich mit dem Rauchen aufzuhören. Und wenn ich so weit bin, dann will ich es selbst entscheiden.«

»Warum hast du dem Institut von Buddys Alpträumen erzählt?« fragte ich Rich am Abend im Bett.
»Warum nicht? Du warst doch darüber sehr beunruhigt. Außerdem war er doch deswegen zu Hause in ärztlicher Behandlung.«
Ich legte den *Villager*, die Stadtzeitung, die Rich mit nach Hause gebracht hatte, auf den Schoß und rollte sie zusammen.
»Was ist denn jetzt schon wieder los?«
»Nichts.«
»Du sprichst mit deinem Mann. Was ist also los?«
»Sie möchten Buddy zweimal die Woche sehen. Und ich weiß nicht, ob mir das gefällt.«
»Um Himmels willen, Jessie, du hast doch selbst auf der Fahrt hierher gesagt, du glaubst, er bräuchte immer noch Behandlung.«
Ich nickte. »Ich weiß, aber ich bin mir dessen jetzt nicht mehr sicher.«
Mit einem gereizten Seufzer drehte er sich um und ließ das Thema fallen. »Wie ging's denn sonst mit den Untersuchungen?« sagte er nach einer Weile.
»Gut, Rich. Sehr gut.«

Buddy hatte diese Nacht wieder einen Alptraum, aber wie immer wachte er auf, ohne sich an etwas erinnern zu können. Jill sollte an diesem Tag mit der Schule anfangen, und sie konnte es kaum erwarten. Sie zog sich mehrmals um, entschloß sich dann schließlich für ein Paar graue Hosen und für einen unförmigen, grünen Pullover, den wir in Bangor erstanden hatten. Sie machte sich sogar Zöpfe.

»Wie seh' ich aus?« fragte sie und stolzierte dabei durch die Küche.

Ich begutachtete sie eine Weile. »Ich würde sagen, du bist bestimmt das hübscheste Mädchen in der ganzen Klasse.«

»Na klar«, sagte sie und schickte einen entnervten Blick an die Decke. »Warum sagen Mütter eigentlich immer solche Dinge?«

»Weil sie's müssen«, sagte Buddy. »Darf ich auch bald in die Schule?«

»Du bist nächstes Jahr dran, Liebling.«

»Mr. Royce sagt, da gibt's Pacman-Spiele. Außerdem hat einer von den Ärzten gesagt, daß ich zur Schule muß.«

Ich drehte mich vom Herd weg, wo ich gerade die Eier verquirlt hatte. »Welcher Arzt war das?«

Buddy zuckte mit den Achseln. »Ich kenne seinen Namen nicht.«

»Na gut, dann sag diesem namenlosen Doktor, daß das nicht seine Sache ist.«

Buddy stürzte den Rest der Milch hinunter und setzte das Glas ab; er merkte gar nicht, daß er einen weißen Milchbart hatte. »Bekomme ich jetzt eine Dr. Pepper's?«

Ich trug die Pfanne zu ihm herüber und häufte Eier auf seinen Teller. »Abgesehen davon, daß es dafür noch zu früh am Tag ist, haben wir keine mehr. Anscheinend verkaufen sie hier in Grads Village überhaupt keine Limonade.«

Buddy machte ein finsteres Gesicht. »Das ist gemein.«

»Weißt du, ich habe gerade eine gute Idee. Gehen wir doch in die Bücherei, wenn wir deine Schwester in die Schule gebracht haben. Laut Stadtplan liegt sie gleich nebenan.«
»Darf ich mir da ein Buch ausleihen?«
Ich nickte. »Du kannst sogar einen eigenen Leseausweis bekommen.«

Um neun Uhr waren wir auf dem Parkplatz vor der Schule; auf dem Weg dorthin hatten wir nur eine elektronische Sicherheitsschranke passieren müssen. Ungefähr zwanzig zwölfsitzige Kleinbusse waren am Eingang geparkt.
»Wow, schau dir diese komischen Busse an«, rief Buddy.
»Sehe ich wirklich gut aus, Mommy?« fragte Jill, ohne auch nur einen Blick auf die Busse zu werfen.
»Du siehst einfach wunderbar aus. Hör auf, dir darüber Gedanken zu machen.«
Wir betraten eine große, mit Holz verkleidete Halle. In der Mitte des Raumes stand eine Tafel mit dem Lageplan der Schule. Ich sah ihn mir genau an und folgte dann den mit grünem Tweedteppich ausgelegten Korridoren bis zum Schulsekretariat.
Ein Herr mit leicht schütterem Haar und einem braunen Muttermal neben einer sehr kleinen Nase trat auf mich zu und nickte. »Ich bin Harvey Gleason, der Direktor«, sagte er mit einer hohen Stimme, die sich bei diesen Worten beinahe zu überschlagen schien. »Und Sie sind natürlich Jessica Platt.« Er hatte mich überrumpelt, und man merkte es mir anscheinend an, denn er fügte erklärend hinzu: »Die Sicherheitskontrolle ... Ihre I.D.-Karte.«
Ich nickte verstehend und legte meine Hände auf Jills Schultern. »Wie Sie sicher schon vermutet haben, bin ich hier, um Jill anzumelden.«
»Das Organisatorische ist schon erledigt. Wir haben auch

schon die Empfehlungen vom Institut bekommen.« Er öffnete die oberste Akte auf dem Schreibtisch, der zwischen uns stand. »Jillian wurde der Gruppe S-12 zugeteilt.«
Buddy kicherte und zog an Jills Pullover. »Das klingt wie ein Vitamin.«
Jill schob seine Hand weg.
»In Orlando war sie in der fünften Klasse«, sagte ich. »Entspricht die Gruppe S-12 dem Niveau einer fünften Klasse?«
»Eigentlich überhaupt nicht. In Grads Village sind die normalen Klasseneinteilungen ohne Bedeutung. Wir sind nämlich der Meinung, daß solche Konzepte unrealistisch und überholt sind. Als einzige Bewertungsgrundlage dienen die geistigen Fähigkeiten und Leistungen des Schülers.«
»Wird sie mit Kindern ihres Alters zusammensein?«
»Sie wird mit Kindern aller Altersstufen zusammensein. Wie ich bereits erwähnt habe, spielen weder vorherige Klasseneinteilung noch Alter bei der Einstufung eine Rolle.«
»Ich würde wenigstens gerne etwas über den Lehrplan erfahren.«
»Einmal im Monat findet ein Elternabend statt. Sie werden natürlich benachrichtigt, wann der nächste stattfindet. Dann können Sie kommen und sich mit den Lehrern unterhalten.«
»Ich verstehe.« Ich wandte mich zu Jill, die ihre neue Mappe so fest umklammerte, als ob sie gleich davonfliegen könnte, und lächelte ihr zu. »Nun, ich glaube, damit hätten wir's.« Ich nahm einen Dollar und Kleingeld aus meinem Portemonnaie und gab es ihr. »Essensgeld.«
»Das braucht sie nicht«, sagte der Direktor. »Die Kosten dafür werden direkt den jeweiligen Familien angerechnet.«

Jill gab mir das Geld zurück. »Und«, fuhr er fort, »Richard jr. wurde der Gruppe PE-5 zugeteilt.«
Ich drehte mich schnell zu ihm um und starrte ihn an. »Da haben Sie sich aber geirrt. Richard ... Buddy wird dieses Jahr noch nicht zur Schule gehen.«
Er hob eine schlaffe, haarlose Hand und kratzte sich mit einem sorgfältig gepflegten Fingernagel an der Stirn. »Ich hätte schwören können ...« Er zog eine zweite Akte aus dem Haufen auf dem Schreibtisch und öffnete sie. »Ja, ich hatte recht. Hier steht es. Wenn Sie möchten, daß ich nachfrage, dann könnte ich anrufen ...«
»Das wird nicht nötig sein, Mr. Gleason. Trotz der Empfehlungen des Instituts ist es meiner Meinung nach besser, noch ein Jahr mit Buddys Einschulung zu warten.«
»Ich fürchte, das können wir nicht tun.«
»Mr. Gleason, bei allem nötigen Respekt, aber ich fürchte, Sie haben keine andere Wahl.« Ich wandte mich wieder an Jill.
»So, und dir wünsche ich jetzt einen schönen Tag, Liebling. Ich werde dich um ...« Ich brach ab und schaute Mr. Gleason fragend an.
Schweigen.
»Mr. Gleason, könnten Sie mir bitte sagen, wann Jills Schulbus daheim ankommen wird?«
»O ja«, sagte er und blinzelte. »Die Schule ist um vier aus. Die Heimfahrt dauert ungefähr fünfzehn Minuten.«
»Ich danke Ihnen.« Ich gab Jill einen Kuß auf die Wange, nahm Buddys Hand und ging hinaus. Als ich schon am Eingang war, sah ich, wie Mr. Gleason zum Telefon griff.

10

Buddy durfte sich ganz allein in der Bibliothek umsehen und suchte sich drei Bücher aus: *Tiere der nördlichen Hemisphäre, Unsere Zukunft im All* und *Das Basic-Programmier-Handbuch.*

Ich schaute mir seine Auswahl an. »Recht anspruchsvoll.«

»Was heißt das?«

»Nun, daß es sehr schwierige Bücher sind.«

»Darf ich sie trotzdem mitnehmen?«

»Mit einem Benutzerausweis darfst du dir jedes Buch, das du möchtest, ausleihen.«

»Niemand kann mich daran hindern? Auch nicht die Bücherei-Dame?«

Ich lächelte. »Das ist eine Bibliothekarin. Komm, laß uns mal schauen.« Wir brachten die Bücher zur Theke und legten sie neben einen Stahlkasten mit einer großen Linse, die nach unten gerichtet war. Eine Frau kam auf uns zu. »Kann ich Ihnen helfen?« Sie hatte krauses honigfarbenes Haar und trug ein blau geblümtes, zeltartiges Kleid. Das Muster des Kleides kam mir irgendwie bekannt vor.

»Wir möchten diese Bücher gern ausleihen«, sagte ich.

»Sie wohnen natürlich hier, oder?«

»Ja. Wir sind gerade hierhergezogen.«

»Ich brauche Ihre I.D.-Karte.«

Ich nahm die Karte aus meiner Handtasche und gab sie ihr. Sie musterte sie kurz und legte sie dann zusammen mit jedem meiner Bücher unter die Kamera. Dann schaute sie zu Buddy. »Und du, junger Mann, mußt mir mal deine Hand geben.«

Buddy stand regungslos da. »Deine Hand, Kleiner, heb deine rechte Hand.« Buddy hob seine Hand. »Nun werden wir ein Foto machen. Leg die ...« Sie brach ab und schaute mich an. »Wo ist denn sein A.E.-Armband?«
»Was meinen Sie?«
»Alle Kinder von Grads Village sind Schüler und dazu verpflichtet, ein Ausbildungs-Erkennungs-Armband zu tragen.« Sie verschränkte die Arme vor ihrem breiten Brustkorb. »Warum hat denn dieser junge Mann keins?«
Ich schaute zu ihr und dann auf die Bücher. »Soll das heißen, daß er diese Bücher nicht ausleihen kann?«
»Ohne eigene I.D.-Karte geht das nicht.«
Ich schob ihr die drei Bücher zu und gab ihr meine Karte zurück. »Wenn das so ist, leihe ich sie auf meine Karte aus.«
»Ich befürchte, da ist nichts zu machen. Alle Einwohner können sich nur auf ihre eigene I.D.-Karte Bücher ausleihen.«
»Aber genau das tue ich.«
»Ich glaube, ich verstehe Sie nicht.«
»Ich habe mir diese Bücher ausgesucht und möchte sie nun ausleihen.«
»Aber, Mrs. Platt. Wir beide wissen ...«
»Ich möchte sie bitte mitnehmen.«

Ich hielt die Tür auf, und Buddy schleppte den Stapel Bücher aus der Bücherei. »Die Bestimmungen hier sind aber ganz schön anders, oder?« sagte Buddy.
Ich nickte.
»Die Bibliothekarin da war aber ziemlich sauer, würde ich sagen.«
Ich nickte wieder.
»Erinnerst du dich an ihr Kleid, Mom?«
Ich schaute zu Buddy hinunter. »Was meinst du damit?« Er

fing an zu kichern. »Also, komm schon«, sagte ich. »Was ist?«
»Erinnerst du dich an das Motel auf dem Weg hierher? Das mit den Pacman-Automaten?«
»Ja.«
»Also, die Teppiche, Mom. Erinnerst du dich? Die hatten dasselbe Muster wie ihr Kleid.«
Da schau an – tatsächlich, er hatte recht. Ich fing an zu lachen.

Carla war schon fertig, als wir bei ihr ankamen. Buddy kletterte galant auf den Rücksitz und überließ ihr den Vordersitz. »Ich dachte schon, ihr würdet überhaupt nicht mehr kommen«, sagte sie, als sie einstieg.
»Sind wir zu spät?«
»Nein, ich bin nur schon ganz gespannt, glaube ich.«
Ich schaute sie an und fragte: »Wie lange wohnst du schon hier, Carla?«
»Seit zehn Monaten. Lou bekam den Job, gleich nachdem sie den Laden hier aufgemacht hatten.«
»Wie habt ihr denn von diesem Ort erfahren?«
»Um ganz ehrlich zu sein, weder Lou noch ich haben gewußt, daß dieser Ort überhaupt existiert. Aus heiterem Himmel erhielt Lou plötzlich diesen Brief. Er mußte schon seit ein paar Monaten kurzarbeiten. Sie sagten, sie hätten seinen Namen von der Kurzarbeiterliste.«
»Habt ihr nie gefragt, warum? Ich meine, wieso sie gerade Lou ausgesucht haben?«
»O nein, dafür bist du eher der Typ, Honey, nicht ich. Für mich ist das Leben ein einziges Lotteriespiel. Manchmal hast du eben Glück und manchmal nicht. Aber wenn du einen Treffer landest, fragst du nicht warum. Du krallst dir deinen Buchmacher und kassierst.«

»Ich war immer der Ansicht, daß die Leute genau das bekommen, was sie anstreben. Sicher ist dabei auch manchmal Glück oder Pech mit im Spiel. Aber ich glaube, es ist meistens weit weniger Zufall als man denkt.«
»Anders ausgedrückt, wir haben es aus eigener Kraft geschafft.«
»So ungefähr.«
Weder Carla noch ich sagten eine Zeitlang ein Wort, dann meinte Carla: »Bevor ich es vergesse, Lou und ich haben ein paar Leute zu uns am Sonntag eingeladen. Mit Kind und Kegel. Ihr seid alle eingeladen.«
»Ich komme sehr gern.«
»Gut. Kommt so um zwei Uhr. Und eßt vorher nichts, denn ich werde ein paar Platten vorbereiten. Nichts Besonderes, kalten Braten und Salate.«
Ich nickte. »Hoffentlich gefällt es Jill heute in der Schule. Als ich wegging, war sie ziemlich aufgeregt.«
»Mach dir keine Sorgen, es wird ihr schon gefallen. Rebecca haßt es, nach Hause zu kommen. Du solltest die Bücher sehen, die sie liest. Du kannst sagen, was du willst, aber die Lehrer hier wissen, was sie tun. Das Kind hat schon mehr Bildung als Lou und ich zusammen.« Sie drehte sich zu Buddy. »Da wir gerade von der Schule sprechen, wieso bist du eigentlich nicht dort?«
»Meine Mutter möchte nicht, daß ich hingehe«, sagte Buddy. »Sie hat sich mit dem Mann gestritten.«
Sie schaute mich an. »Was ist denn passiert?«
»Ich habe anscheinend ein besonderes Talent, mir hier Feinde zu machen. Der Direktor sagte, daß das Institut empfohlen habe, Buddy einzuschulen, und ich sagte nein. Ich möchte, daß er noch bis nächstes Jahr damit wartet.«
»Ich wette, das paßt dem Institut überhaupt nicht.«
Ich zuckte mit den Achseln. »Vermutlich nicht. Sag mal,

Carla, was weißt du eigentlich über die Forschungsarbeit, die sie hier betreiben?«

»Nicht viel. Ich wurde in der Klinik behandelt, deshalb war ich eine Woche lang dort. Aber ich habe nicht die geringste Ahnung, was sie da eigentlich treiben.«

»Kennst du jemanden vom Personal?«

»Privat nicht.«

Bei Ausgang fünf bog ich rechts ab. »Weswegen wurdest du dort behandelt?«

»Kurz nachdem wir hierhergezogen sind, hab' ich mir 'ne Vaginalinfektion geholt. Irgendeine Hefegeschichte, es brannte wie verrückt. Deshalb gab mir mein Gesundheitsfürsorge-Betreuer einen Termin in der Gynäkologischen.«

»Aber du sagtest doch, daß du vor zehn Monaten hierhergezogen bist.« Ich schaute sie an, und sie nickte. »Warum bist du dann noch immer in Behandlung?«

»Dr. Shannon ist wie du ein echter Schwarzseher. Er sagt, er will mich lieber überwachen. Nur um sicher zu sein, daß es nicht wieder von vorn losgeht.«

Wir hielten genau vor dem Sicherheitsbeamten, und genau wie beim letzten Mal nahm er meine Karte. Aber diesmal telefonierte er nicht. Nach ein paar Sekunden kam er aus seinem Häuschen, gab mir die Karte zurück und lächelte. Wieder verschwanden seine Augen dabei in den Fettmassen seines Gesichts.

Ich stellte den Wagen in der vorgesehenen Parkbucht ab. Buddy stieg mit den Büchern unterm Arm aus und steuerte auf unseren Parkplatz zu.

»Paß auf«, rief ich hinter ihm her.

»Mach dir keine Sorgen.«

»Ich muß sagen, ich bin wirklich überrascht«, sagte Carla.

Ich schaute sie an. »Wieso?«

»Ich weiß nicht, vielleicht bilde ich es mir ja auch bloß ein, aber ich hatte immer das Gefühl, daß es ihnen nicht paßt, wenn die Einwohner die Stadt verlassen. Nicht, daß ich es je versucht hätte. Wohin hätte ich ohne Auto auch schon kommen können?«

»Nun, du stehst mit diesem Gefühl nicht allein da. An dem Tag, an dem ich nach Bangor gefahren bin, habe ich die Luft angehalten, bis wir draußen waren. Ich konnte einfach das Gefühl nicht loswerden, daß irgend jemand mich aufhalten würde. Aber ich leide wohl etwas unter Verfolgungswahn, wie Rich sagen würde.«

Carla und ich stiegen ins Auto. »Komm schon Buddy«, rief ich. Ich drehte mich zu Carla und sagte: »Du kannst dir nicht vorstellen, wie gern ich jetzt 'ne Zigarette rauchen würde.«

Sie lächelte. »Das Gefühl kenn' ich. Ich hab' früher zwei Schachteln pro Tag geraucht, aber hier habe ich damit aufgehört.«

»Hat dich das denn nicht geärgert, daß du aufhören mußtest?«

»Wieso, um dann Krebs zu kriegen? Nee, nee, ich nicht, Honey. Manchmal ist es cleverer, die Bestimmungen zu akzeptieren. Man wägt die Vor- und Nachteile gegeneinander ab, und dann kommt man drauf, daß die Vorteile überwiegen. Aber wer bin ich denn, daß ich wie der Oberarzt persönlich rede?«

Ich legte meinen Kopf auf das Lenkrad. »Eigentlich wäre ich gern so wie du. Es hört sich alles so verdammt viel einfacher an als bei mir.«

Carla lachte. »Komm, bring mich nach draußen. Ich möchte wissen, ob die Luft da anders riecht als hier.«

»Mach' ich sofort, wenn sich mein Sohn losreißen kann. Buddy!« rief ich noch einmal.

»Ich komm' schon, Mommy!«

Ich steckte den Schlüssel ins Zündschloß und startete. Nichts. Ich versuchte es noch einmal. Wieder nichts. Buddy öffnete die Tür und setzte sich auf den Rücksitz.

Ich drehte den Schlüssel noch einmal ... es gab kein Geräusch von sich. Schließlich nahm ich den Schlüssel aus dem Zündschloß und ließ mich in den Sitz zurückfallen.

»Was ist mit dem Auto los, Mom?«

Ich antwortete nicht.

»Mom.«

»Ich weiß es nicht, Buddy.«

Carla und ich schauten uns an, dann öffnete ich die Tür und stieg aus. Carla tat das gleiche.

»Vielleicht kann Al es reparieren«, sagte Buddy.

Ich streckte meine Hand nach Buddy aus. »Komm«, sagte ich.

»Hast du gehört, was ich gesagt habe, Mom?«

»Ja, habe ich. Wir werden ihn fragen.«

Carla war schon zur Werkstatt vorausgelaufen und redete bereits mit Al, als wir dazukamen. »Är-Är-Ärger mit dem Auto?« fragte Al.

»Vielleicht liegt es an der Batterie.«

»Machte es irgendein Ge-Ge-Geräusch, als Sie es zum ersten Mal anließen?«

Ich schaute Carla an – sie zuckte mit den Achseln – und wandte mich dann wieder an Al. »Soviel ich weiß, nicht. Es rührte sich überhaupt nichts.«

Er nahm seine rote Kappe ab und kratzte sich dann mit seinen ölverschmierten, abgebrochenen und abgekauten Fingernägeln am Kopf. »Könnte der A-A-Anlasser sein.«

Ich seufzte. »Hört sich nach was Ernstem an. Wie lange dauert es denn, bis so etwas repariert ist?«

Er zeigte auf mehrere Autos, die an der Seite standen. Zwei

davon waren auf der Hebebühne. »Ich k-k-kann mich vor m-m-morgen nicht mal drum kümmern. Und dann weiß ich auch nicht. H-h-hängt alles davon ab, ob wir die E-E-Ersatzteile kriegen. Muß vielleicht was bestellen.«

»Und wie lange werden Sie denn nun dazu brauchen?!«

»Nun, schwer zu s-s-sagen. Hier gibt es w-w-wirklich 'ne ganze Menge toller Sachen. Aber 'n Er-Er-Ersatzteillager nicht, und neue Tei-Tei-Teile zu besorgen, ist in Grads Village nicht ganz einfach.«

11

Da man wahrscheinlich so lange auf die Ersatzteile warten mußte, würde es eine Woche dauern, um den Wagen wieder herzurichten, vielleicht sogar zehn Tage, hatte Al gesagt, als es mir endlich gelungen war, ihn auf eine präzise Antwort festzunageln. Ich saß auf der Treppe vor dem Haus, wartete auf Jills Bus und versuchte, die ganze Angelegenheit nicht für wichtiger zu halten, als sie es wahrscheinlich war. Autos gehen nun mal jeden Tag kaputt. Unseres – das nicht gerade in einem Topzustand war – machte da eben keine Ausnahme. Aber eine Woche oder vielleicht sogar zehn Tage erschienen mir doch etwas zu lang.

Ich schaute zu Buddy hinüber, der mit seinem Computerbuch auf dem Schoß auf dem Rasen saß. Sein Mund stand offen, wie immer, wenn er sich auf etwas konzentrierte – fast so, als ob er die Lösung für sein Problem inhalieren wollte.

Pünktlich um Viertel nach vier tauchte der rote, zwölfsitzige Bus vor dem Haus auf, und Jill kam herangehüpft. »Und, wie war's?« fragte ich.

»Toll. Ganz toll.« Sie streckte ihre Hand aus. »Schau, was ich bekommen habe.«

Sie hatte ein dehnbares, goldfarbenes Metallarmband an ihrem Handgelenk.

»Jillian Platt, 16B, S12« war in roten Buchstaben eingraviert. »Hübsch«, sagte ich. »Gefällt es dir?«

»Ich find's ganz toll! Alle Kinder tragen eins.« Sie rannte ins Haus und Buddy und ich hinterher. »Ich bin am Verhungern!« Sie ließ zwei Bücher und ihre Mappe auf den Tisch fallen und machte sich dann ein Sandwich.

»Hast du denn nichts zu Mittag gegessen?« fragte ich.
»Doch. Du solltest mal die Cafeteria sehen – da gibt's Nischen und Musikboxen, wie in einem richtigen Restaurant. Auf jedem Tisch steht so 'ne Art großer Kasten. Du tippst einfach deine Bestellung ein, läßt dein Armband ablichten, und ein paar Minuten später kommt, schwupp, schon dein Essen aus dem Kasten heraus.«
»Und wie sieht's mit der Bezahlung aus?«
»Deswegen lichten sie ja deine I.D.-Karte ab. Es wird dann sofort dir und Daddy berechnet, genauso wie Mr. Gleason gesagt hat. Und du kannst dort praktisch alles bekommen – Hamburger, Hot dogs, Pizza und Milchshakes. Es schmeckt auch wirklich gut, nicht so wie an der alten Schule. Dort ist einem ja schon vom Geruch schlecht geworden.«
»Gibt's auch Erdnußbutter?«
Sie nickte lächelnd mit vollem Mund. Sie sah zu Buddy hinüber. »Aber keine Dr. Pepper's Limonade.«
»Hast du schon Freunde gefunden?« fragte ich.
»Ja, zwei Mädchen, mit ihnen habe ich dann zu Mittag gegessen. Toby Krasner und Michelle O'Donnel. Toby wohnt gleich hier in der Straße. Sie wird vielleicht nachher kommen, wenn es ihre Mutter erlaubt.«
»Und wie ist der Unterricht?«
»Was soll damit sein?«
»Wie läuft's denn so?«
»Eigentlich gar nicht so schlecht. Es ist eben anders.«
»In welcher Beziehung?«
»In jeder Klasse gibt es drei Lehrer, und manchmal ist einer der Lehrer ein Kind aus einer der PE-Klassen.«
Ich unterbrach sie. »Aus einer was?«
»Ich weiß nicht so genau. Ich glaube, dort sind die klügeren Schüler. Na ja, jedenfalls kannst du wählen, was du machen möchtest. Dann wird man in ganz kleine Gruppen einge-

teilt, und jeder beschäftigt sich dann mit seinen eigenen Sachen. Natürlich kann man nicht machen, was man will, ich meine, man kann natürlich nicht spielen oder Teenie-Zeitschriften lesen oder so was.«

»Was stand denn zur Auswahl?«

»Na ja, zum Beispiel Mathe. Du weißt doch, wie sehr ich das hasse.«

»Ich kann mich erinnern, daß ich schon mal Klagen gehört habe.«

»Na ja, und anstelle von Mathe habe ich nun etwas ausgewählt, das sich angewandte Mathematik nannte. Da wird dir beigebracht, wie und wo man Mathe überall praktisch anwenden kann, wie zum Beispiel beim Kleidernähen oder beim Teppichausmessen oder beim Einkaufen. Solche Sachen eben.«

»Aber du mußt doch irgendwann auch mal Mathe machen, oder nicht?«

Sie markierte die feine Dame. »Nur, wenn ich es möchte. Aber ich bin nicht ganz sicher, ob ich das wirklich jemals will.«

»Wer wird denn dann mal bei dir zu Hause die Teppiche ausmessen?« zog ich sie auf.

Sie zuckte mit den Schultern. »Das kann ich dann immer noch von dem Mann im Geschäft machen lassen. Schließlich wird er dafür bezahlt.« Sie nahm ihre Bücher. »Ich geh' nach oben und rufe Toby an.«

»Und was ist mit den Hausaufgaben?« rief ich hinterher.

»Ich habe nicht viel auf, das kann ich später auch noch machen.«

Ich seufzte und schaute zu Buddy. »Klingt fast so, als ob die Schule ein Volltreffer wäre.«

Er lümmelte sich mit den Ellbogen auf den Tisch und hatte die Unterlippe weit vorgeschoben.

»Was ist denn los mit dir?« fragte ich.

»Nichts.«
»Komm, erzähl's mir.«
Seine großen, dunklen Augen schauten mich direkt an. »Versprich mir, daß du nicht böse wirst, wenn ich's dir sage?«
»Versprochen.«
»Ich möchte auch in die Schule gehen.«

Toby trug Hosenträger, kicherte ständig und hatte – laut Jill – die Erlaubnis bekommen, auch noch zum Abendessen zu bleiben. »Wie lange wohnt ihr denn schon hier?« fragte ich und stellte dabei einen Teller voll Spaghetti und Fleischklößchen vor sie hin.
»Seit fünf Monaten. Einhundertundzweiundsechzig Tage, um genau zu sein.«
»Wo kommt ihr denn ursprünglich her?« fragte Rich.
»Connecticut, Willimantic.«
Rich lächelte. »Was macht dein Vater denn beruflich?«
Sie sah zu Jill hinüber, verdrehte ihre runden, haselnußbraunen Augen und kicherte, Jill stimmte mit ein. »Er betreibt eine Reinigungsfirma. Er hatte eine in Willimantic, aber er hat sie verkauft, weil meine Mutter immer gemeckert hat, daß er nicht genügend Geld verdiene.«
Ich räusperte mich und wechselte das Thema. »Hast du noch Geschwister, Toby?«
Sie hielt zwei Finger in die Luft. »Zwei Schwestern, Zwillinge.« Wieder drehte sie sich zu Jill. »Eigentlich zwei gräßliche Nervensägen, aber meine Familie ist der Meinung, sie seien das Größte auf Erden. Die können sich wirklich alles erlauben, was sie wollen.«
»Wieso?« sagte Jill.
Sie zog die Schultern hoch und ließ sie dann wieder fallen. »Sie sind unheimlich klug, wenigstens, was die Schule betrifft.

Ich dagegen«, sie schnitt eine Grimasse und brachte damit Jill und Buddy zum Lachen, »ich bin das Dummerchen.«
»Das möchte ich bezweifeln«, sagte ich.
»O doch, das bin ich wirklich. Sogar meine Mutter sagt das. Sie sagt, meine Schwestern seien wie sie, und ich sei wie mein Vater. Dumm und faul.«
Ich griff nach dem Korb mit dem Knoblauchbrot. »Möchte jemand davon?« Rich nahm sich, Gott sei Dank, ein großes Stück.

»Die Kleine nimmt wirklich kein Blatt vor den Mund«, sagte Rich, nachdem Toby gegangen war. Er schaltete die Wandlampen aus und machte die Tischlampe an.
»Mir kommt es so vor, als ob sie uns schockieren wollte.«
»Was mich betrifft, so hat sie es auch geschafft.« Er setzte sich in den Lehnstuhl und griff nach der Zeitung.
»Wie war dein Tag?« fragte ich ihn.
Er nickte.
»Ich sterbe vor Neugierde, ich möchte alles über das Institut und diese komischen Sicherheitsvorkehrungen rund um den Ort erfahren.«
»Da kann ich dir noch nicht viel erzählen. Ich werde selbst erst eingewiesen.«
»Aber du weißt doch sicher ...«
»Laß mir noch ein paar Tage Zeit, Jessie. Dann klingt es vielleicht so, als ob ich wüßte, wovon ich rede. Im Moment schwirrt mir noch der Kopf.« Er wechselte das Thema: »Und wie war dein Tag?«
»So lala.«
Er blätterte immer noch in der Zeitung. »Mhh?«
»Ich habe mich zweimal gestritten, und dann ist noch der Wagen kaputtgegangen. Der Automechaniker meinte, es könne am Anlasser liegen.«

Er schaute mich über den Rand der Zeitung an. »Großartig. Das kann ja eine Menge kosten. Wo bist du denn hingefahren?«
»Ich wollte eigentlich nach Bangor. Bin natürlich nicht dort angekommen.«
»Schon wieder Bangor?«
Ich ließ mich zurück ins Sofa sinken. »Ich brauchte unbedingt Zigaretten. Ich weiß nicht, ob du das weißt, aber die verkaufen hier keine in Grads Village.«
»Wird es nicht endlich Zeit, daß du mit dieser dummen Angewohnheit Schluß machst?«
»Ich werde damit aufhören, wenn ich Lust dazu habe und nicht unter Zwang.«
»Du und deine eisernen Prinzipien. Du wärst doch tatsächlich bereit, dir Lungenkrebs einzuhandeln, nur um etwas zu beweisen, oder?«
»Dann sag mir: Wenn goldene Ringe gegen Erkältungen gut wären, würdest du dir dann einen durch die Nase ziehen und dich daran herumführen lassen?«
»Der Vergleich hinkt.«
»Wie die ganze Unterhaltung«, sagte ich. Dann seufzte ich laut und fragte: »Können wir über den Wagen reden?«
Rich steckte seine Nase wieder tief in die Zeitung. »Was ist damit?«
»Al meint, die Reparatur wird mindestens eine Woche dauern. Oder noch länger.«
»Wer ist Al?«
»Der Automechaniker.«
»Und was erwartest du jetzt von mir? Ich habe nicht die leiseste Ahnung von Autos.«
»Verdammt, Rich! Kannst du nicht was machen? Irgendwas!«
Rich blickte erstaunt hoch. Dann ließ er die Zeitung sinken.

»Was zum Teufel ist bloß in dich gefahren?« Ich zog meine Füße aufs Sofa und preßte sie unters Kinn. Er kam zum Sofa herüber und setzte sich. »Und?«
»Nichts ... Ich weiß nicht.«
»Du sagtest, du hättest dich zweimal gestritten. Mit wem denn?«
»In der Schule. Und in der Bücherei. Die wollen, daß Buddy zur Schule geht.«
»Du hast doch gesagt, du würdest darüber nachdenken.«
Ich nickte. »Nun, und wie sieht es aus?«
»Ich weiß einfach nicht, Rich. Ich war mir so sicher, das Richtige zu tun. Er ist doch erst vier. Du weißt doch, wie es sich auf Kinder auswirkt, wenn sie zur Schule kommen: sie werden nervös und ehrgeizig. Ich dachte, das müßte noch nicht sein. Jedenfalls noch nicht jetzt.«
Er legte seine Hände sanft um meine Schultern. »Bist du sicher, daß das der wahre Grund ist?«
»Was willst du damit sagen?«
»Ich denke, vielleicht steckt mehr dahinter. Etwas Grundlegenderes.« Er stockte einen Moment, als ob er nicht wüßte, ob er fortfahren solle oder nicht.
»Sei ehrlich zu mir, Rich. Wenn du denkst, es steckt mehr dahinter, dann sag's mir.«
»Na ja, das Erziehungssystem hier ist zweifellos sehr fortschrittlich. Das heißt, die Kinder sollen hier nach ihrem eigenen Rhythmus arbeiten. Vielleicht hast du einfach nur Angst, Buddy loszulassen. Er ist eben das Baby ... Und wenn er – um es mal so auszudrücken – erst mal flügge geworden ist, dann werden die Dinge für dich nicht mehr so wie früher sein ...«
Ich starrte ihn an. »Glaubst du wirklich, daß ich so fühle?«
Er nickte. »Ich möchte wetten, wenn ich Buddy jetzt fragen würde, was er machen möchte, würde er ...«

»Das brauchst du gar nicht. Er hat es mir schon gesagt.«
»Und?«
»Er möchte zur Schule.«
Rich zuckte mit den Schultern. »Ich halte mich da raus.«
Wie groß auch mein Widerwille war, es zuzugeben – Rich hatte einen wichtigen Punkt angesprochen: Die Schule war sehr fortschrittlich. Die Lehrer taten alles, um die Schüler nicht unter Druck zu setzen. So viel hatte ich schon aus dem geschlossen, was Jill mir erzählt hatte. War das bei mir nur Sturheit? Oder, noch schlimmer ... Egoismus? Ich stieß einen tiefen Seufzer aus. »Okay«, sagte ich schließlich. »Du hast recht. Ich werde ihn morgen einschreiben.«

Freitag morgen brachte ich Buddy zur Schule. Ich war zwar sicher, ein triumphierendes Aufblitzen in Mr. Gleasons Augen bemerkt zu haben, doch er ging mit keinem Wort auf unseren Streit von gestern ein. Als ich ging, sah ich, wie Buddy von einem älteren Jungen durch die mit Teppich ausgelegten Korridore geführt wurde. Ich blickte ihm noch einen Augenblick nach, dann verschwand sein rostrotes Haar ...
So, das war's also gewesen ... Ich fühlte eine fürchterliche Leere in mir, als ich zum Wagen zurückging. Rich hatte voll ins Schwarze getroffen. Obwohl ich nie bewußt darüber nachgedacht hatte, was es für mich bedeuten würde, wenn Buddy zur Schule ginge, hatte es offensichtlich die ganze Zeit über in mir gearbeitet. Trotzdem weigerte ich mich noch zu glauben, daß dies mein einziger Beweggrund gewesen war. Da waren immer noch die Alpträume ...
Bevor ich ins Haus ging, schaute ich in den Briefkasten und fand noch einen Brief vom Institut. Ich goß mir eine Tasse Kaffee ein, tastete automatisch nach einer Zigarette, fand natürlich keine und riß dann den Umschlag auf.

Liebe Mrs. Platt,
wie schon bei unserem letzten Termin besprochen, möchte Dr. Jared Manfria Richard junior zweimal pro Woche bei sich in der psychiatrischen Praxis sehen.
Wir teilen Ihnen hiermit mit, daß Richard jeden Montag und jeden Donnerstag um neun Uhr von der Schule abgeholt und zum Institut gebracht werden wird. Er wird dann mittags wieder zur Schule zurückgebracht werden.
Sollten Sie noch irgendwelche Fragen haben, dann rufen Sie mich bitte an.

Mit freundlichen Grüßen
Lisa Gavin
Gesundheitsfürsorge-Betreuer

Woher wußten sie, daß Buddy zur Schule ging? Hatten sie das nur vermutet? Aber es war unvorstellbar, daß das Institut so nachlässig sein sollte. Ich stand auf, ging zum Telefon und wählte die Nummer vom Institut. Mit einem Griff in die Schublade holte ich Lisas Karte heraus. Als sich die Vermittlung meldete, nannte ich meinen Namen und verlangte Apparat 35.
Lisa kam sofort ans Telefon. »Jessica, wie geht es Ihnen?«
»Ihr Brief ist gerade angekommen.« Schweigen. »Wegen Buddy ... Richard.«
»Aber natürlich. Was kann ich für Sie tun?«
»Ich würde gerne selbst mit Dr. Manfria sprechen, bevor er Buddy behandelt.«
»Ich fürchte, das ist unmöglich. Wie ich schon erklärt habe, ist es meine Aufgabe, zwischen Ihnen und den Ärzten zu vermitteln. Wenn Sie irgend etwas über Richards Behandlung erfahren möchten und wünschen, daß ich mich bei Dr. Manfria danach erkundige, dann werde ich Ihnen gerne helfen.«

»Ich dachte eigentlich, es wäre andersherum.«
»Wie bitte?«
»Ich dachte eigentlich, daß Dr. Manfria mir die Fragen stellen müßte. Schließlich bin ich Buddys Mutter. Ich verstehe wirklich nicht, wie ein Arzt einen Patienten behandeln will, ohne überhaupt die Symptome zu kennen.«
»Das ist einer der Gründe, warum wir so genau über alle Lebensumstände und biographischen Hintergründe Bescheid wissen wollen. Sie haben uns nicht von Richards Alpträumen erzählt, doch Ihr Mann hat es getan.«
»Bei allem Respekt für meinen Mann, *ich* bin diejenige, die mitten in der Nacht aufwacht und Buddy beruhigt und ihm hilft, wieder einzuschlafen – nicht mein Mann.«
»Jessica, Sie regen sich grundlos auf. Offensichtlich besitzt Dr. Manfria entsprechende Informationen über Richard; wie würde er sonst eine Behandlung in Betracht ziehen? Jetzt beruhigen Sie sich erst mal. Ich versichere Ihnen, wenn der Doktor überhaupt Fragen hat, wird er mich darum bitten, mich mit Ihnen in Verbindung zu setzen.«
»Nein. Das genügt mir nicht.«
»Ich verstehe nicht ganz.«
»Ich möchte ihn sprechen, bevor er Buddy behandelt.«
»Ich habe Ihnen doch gesagt ...«
»Ich möchte ihn sprechen! Wenn ich das nicht kann, werde ich nicht erlauben, daß Buddy zu den Sitzungen geht. Deutlicher brauche ich wohl nicht zu werden!«
Einen Moment lang war es still. Dann sagte Lisa: »Ich werde Sie zurückrufen, Jessica.«
Ich saß auf dem Stuhl und wartete, meine Hände hielten zitternd die lauwarme Tasse Kaffee. In meinem Kopf wirbelten blitzschnell Bilder und Stimmen durcheinander. Lisa, Dr. Shannon, Mr. Gleason, Gene Royce – und andere Gesichter, die ich nicht einmal erkannte. Ein riesiger

Computer mit Armen, die so lang waren, daß sie jeden Winkel im Ort erreichen konnten. Irgendwo da draußen ein ausgeklügeltes Netzwerk, das ratternd und knatternd Informationen weitergab.

Vielleicht sogar meine Stimme?

Plötzlich klingelte das Telefon. Ich schoß vom Stuhl hoch und griff nach dem Hörer. »Jessica?« Es war Lisas Stimme.

»Ja, am Apparat.«

»Dr. Manfria wird sich mit Ihnen treffen. Punkt drei Uhr.«

»Ich werde da sein.«

12

Um die Mittagszeit hatte ich das Haus auf Hochglanz gebracht; die schmutzige Wäsche war gewaschen, getrocknet und lag jetzt ordentlich gefaltet in den Schubladen. Ich ließ mich aufs Sofa fallen und betrachtete das Zimmer, blickte an den Wänden empor und die Decke entlang ... War es in den Zimmern immer so eng gewesen, wie es mir jetzt vorkam? Es war geradezu bedrohlich.

Ich sprang auf, ging zur Stereoanlage und stellte das Radio an. Ich durchlief schnell die verschiedenen Hard-Rock-Stationen, bis ich eine sanfte Stimme sagen hörte: »WHLO, der Sender mit der sanften Musik für einen schönen Tag«. Ich ließ dieses Programm weiterlaufen, aber in dem Moment, in dem ich mich vom Radio wegdrehte, wurden meine Blicke magisch von den Wänden angezogen. Mein Schädel fing an zu dröhnen, als ob mir jemand mit dem Hammer draufschlagen würde. Schließlich nahm ich meine Handtasche und rannte zum Auto. Wenn ich schon nicht nach Bangor fahren konnte, wollte ich wenigstens nach draußen kommen.

Als ich an der Werkstatt von Al vorbeikam, schaute ich mich nach unserem Honda um. Er war nicht dort; er stand noch immer auf seinem Parkplatz. Aber ich fuhr zur Sicherheitskontrolle weiter, denn mein Kopf dröhnte mir schon so sehr, daß ich mich nicht auch noch mit Al hätte auseinandersetzen können. »Wie komme ich denn von hier ins Freie?« fragte ich den Beamten, als er mir meine I.D.-Karte zurückgab.

»Auto schon repariert, Mrs. Platt?«

»Nein. Ich möchte nur ein wenig spazierengehen.«
»Das tun nicht viele Einwohner.«
»Bitte, sagen Sie mir einfach nur, wo der Ausgang ist.«
»Stellen Sie den Wagen auf dem gleichen Platz wie immer ab und benutzen Sie den Fahrstuhl«, sagte er mir. »Als Fußgänger müssen Sie durch Gebäude I.«

Obwohl ich an Gene Royces Büro vorbeikommen wollte, ohne daß er mich bemerkte, erblickte er mich genau in dem Moment, als ich aus dem Fahrstuhl kam. »Aber, Jessica, was kann ich für Sie tun?« fragte er und ging geradewegs auf mich zu. Er trug einen schwarzgrauen Anzug mit Weste, ein weißes Hemd und Manschettenknöpfe. Er sah genauso tadellos gepflegt aus wie bei unserer ersten Begegnung.
»Nichts«, sagte ich. »Ich bin auf dem Weg nach draußen.«
»Oh?«
»Ich brauche dringend frische Luft.«
Er runzelte seine dunklen Augenbrauen. »Sie sehen etwas blaß aus, Jessica. Fühlen Sie sich etwa nicht gut? Setzen Sie sich doch ein wenig hierhin.«
»Nein, mir geht es gut. Wirklich. Wenn Sie mir nur sagen würden, wie ich nach draußen komme!«
»Aber mit Vergnügen.« Er zeigte auf die Vorderseite des Gebäudes. »Gehen Sie geradeaus durch die Eingangshalle, dann die Treppen dort hinauf und einfach durch die Tür nach draußen. Denselben Weg, den Sie damals hereingekommen sind.«
»Ich danke Ihnen.« Ich ging auf die kleine Treppe zu.
»Oh, übrigens, Jessica, ich wollte Sie noch beglückwünschen.«
Ich drehte mich um. »Wozu?«
»Zu Ihrer Entscheidung, Richard in unserer Schule anzu-

melden. Viele Frauen sind nicht stark genug, einen Fehler einzugestehen. Eigentlich«, sagte er mit verschwörerischer Stimme, als ob er mir ein Geheimnis anvertrauen wollte, »halten sie damit an einer falschen Entscheidung fest, die sie schließlich kaputtmacht. Aber Sie gehören offensichtlich nicht zu dieser Sorte Frauen. Und lassen Sie es sich gesagt sein, Sie werden es nicht bereuen. Nicht einen Augenblick lang.«

Ich atmete in tiefen Zügen die frische Luft ein und empfand dabei einen größeren Genuß als bei einem Menü mit zehn Gängen. Es lag fast kein Schnee mehr, aber es war bitter kalt; deshalb setzte ich die Kapuze meines neuen, blauen Parkas auf und band die Kordeln zu, dann zog ich ein Paar dazu passende Handschuhe aus meiner Tasche und vergrub meine Hände darin.

Ich schlenderte an Gebäude I vorbei und ging an der Vorderseite des Instituts entlang. Der erste Stock war niedrig und hatte keine Fenster. Im zweiten Stock aber hingen schwere thermobeschichtete Vorhänge vor großen Fenstern. Ich ging langsam am Vordereingang vorbei und riskierte dabei einen flüchtigen Blick durch die Glastüren. Aber ich konnte nur einen Sicherheitsbeamten und eine lange Reihe von Fahrstühlen erkennen.

Ich schaute auf die Backsteinhäuser, die den Ort umgaben, und erinnerte mich dabei an meinen ersten Eindruck, als wir hineinfuhren. Das war noch nicht einmal eine Woche her. Wenn ich nur geahnt hätte ... Was dann, Jessie – was hättest du dann getan? Hättest du Rich wieder umkehren lassen? Hättest du ihn gezwungen, seinen Job aufzugeben ...?

Über mir sah ich einen unglaublich blauen Himmel.

Nach fast einer Stunde ging ich wieder hinein. Ich war bis auf die Knochen durchgefroren, aber ich hatte neue Zuversicht gewonnen. Dieses Mal traf ich glücklicherweise nicht auf Gene Royce. Ich hielt unterwegs kurz bei Als Werkstatt an; er versicherte mir, daß er unser Auto heute nachmittag abschleppen und den Schaden untersuchen würde.

Erst als ich auf der Hauptstraße des Ortes war, spürte ich, wie hungrig ich eigentlich war. Anstatt nach Hause zu fahren, steuerte ich den Eagles-Sandwich-Shop an.

»Jenny, nicht wahr?« sagte Rueben, als ich an die Theke kam.

»Jessie«, erwiderte ich. Hinter ihm stand ein kahlköpfiger Mann mit kaum sichtbaren blonden Augenbrauen, der in der einen Hand ein elektrisches Messer und in der anderen ein Sesambrötchen hielt. Dünne Scheiben roten Fleisches fielen auf das Brötchen. »Ich denke, ich werde wieder ein Roastbeef-Sandwich nehmen«, sagte ich zu Rueben. »Aber nicht zu roh.«

»Noch mal Beef, Benny. Nicht zu blutig«, brüllte er, obwohl Benny nur ungefähr vier Meter von ihm entfernt stand. Er füllte einen Bestellzettel aus, riß ihn vom Block und warf ihn auf die Theke. »Na, und wie gefällt Ihnen unser Utopia?«

Ich lächelte. »Findest du, daß das hier Utopia ist?«

Er klemmte seine Daumen in die hinteren Taschen seiner Jeans und wippte von einem Fuß auf den anderen. »Nee, eigentlich warte ich bloß auf 'ne günstige Gelegenheit. Nächsten Monat werde ich achtzehn, und dann werde ich hier die Kurve kratzen.«

»Wo willst du denn hingehen?«

»Was weiß ich, vielleicht an die Westküste, und da werde ich dann den ganzen Tag am Strand rumgammeln. Ich will nur aus diesem Erdloch rauskommen.«

»Was ist mit deiner Familie?«

»Die werden's überleben.« Mit einer Armbewegung wies er auf die Dinge um ihn herum. »Denen gefällt das hier. Das einzige, was ich beschissen finde, ist, daß ich Max hierlassen muß, meinen kleinen Bruder. Aber mal ehrlich, was bleibt mir anderes übrig? Is' nich' drin, daß ich einen Siebenjährigen quer durchs ganze Land schleppe ...«

»Was sagen denn deine Leute dazu, daß du weg willst?«

»Nichts, was sie nicht schon hundertmal gesagt hätten. Kurz nachdem wir hier ankamen, war die Scheiße schon am Dampfen.«

Ich öffnete meine Handtasche, nahm zwei Geldscheine heraus und gab sie ihm. »Du machst mich neugierig, Rueben, was hast du denn gemacht? Oder sollte ich lieber nicht fragen?«

»Doch, fragen Sie nur. Mir ist es egal, wer das weiß. Ich bin der ganzen verdammten Bande gegenübergetreten und habe ihnen gesagt, sie sollen ihre Schule nehmen und sich in den Hintern stecken.«

Um zwanzig vor drei warf ich meine leere Getränkedose und die Sandwich-Verpackung in den Abfalleimer, sagte Rueben auf Wiedersehen und fuhr zum Institut.

Lisa erwartete mich in der Eingangshalle. Sie hatte einen dicken Ordner bei sich. Ich nahm an, daß es Buddys Unterlagen waren. Sie schaute auf die Uhr. »Ganz pünktlich«, sagte sie vergnügt. »Ich bringe Sie zu Dr. Manfria. Wie ich schon sagte, müssen Sie hier nie warten.«

»Ich weiß das zu schätzen«, sagte ich.

Am Tag der Untersuchung war ich innerhalb des Klinikgeländes geblieben. Heute führte mich Lisa durch einen langen Korridor mit Büros auf beiden Seiten. Am Ende des Korridors ging sie nach rechts und hielt dann vor der ersten

Tür. »Da wären wir, Jessica.« Sie öffnete die Tür. »Das ist Jessica Platt, Gertrude«, sagte sie zu einer kleinen, stämmigen Frau, auf deren Gesicht zwei dunkle Flecken Rouge prangten.

»Geh nur hinein, Lisa«, sagte sie, ohne von ihrem Textverarbeitungsgerät aufzusehen.

Lisa öffnete die Tür zum Büro. Dr. Manfrias widerspenstiges, rötlichbraunes Haar war völlig zerzaust, ganz im Gegensatz zu seinem Backenbart und dem Schnurrbart, der sorgfältig gestutzt war. Jedes Härchen lag an seinem Platz. Lisa legte den Ordner auf die Tischkante, stellte uns gegenseitig vor und verließ dann das Büro.

Er musterte mich mit seinen klaren, blauen Augen und zeigte dann auf einen Stuhl. »Setzen Sie sich doch, Mrs. Platt!«

Ich setzte mich, und er wartete. Schließlich sagte ich: »Der Grund, warum ich Sie eigentlich sprechen möchte ...«

Er unterbrach mich mit einer Geste seiner breiten, sommersprossigen Hand. »Sie müssen nichts erklären«, sagte er langsam und mit beruhigender Stimme. »Ich verstehe Sie. Sie meinen, Sie haben ein Anrecht darauf, etwas zur Behandlung Ihres Sohnes beizutragen.«

»Nun, ich denke, es ist mehr als das. Ich glaube, daß ich Ihnen dabei nützlich sein kann.«

Er lehnte sich in seinem Stuhl zurück und formte mit seinen Händen, die er ans Kinn legte, eine Pyramide. Ich wartete einen Moment, weil ich glaubte, daß er mir Fragen stellen würde. Als er das nicht tat, begann ich: »Buddy hat jetzt seit ungefähr einem Jahr Alpträume. In Orlando – von dort sind wir – war er bei einem Dr. Michael Silver in Behandlung.«

»Das ist mir bereits bekannt.«

»Er hat nicht die üblichen Alpträume. Was ich damit sagen

will, ist, daß er, wenn ich in sein Zimmer komme, oft gar nicht in seinem Bett ist; und manchmal hatte ich wirklich Schwierigkeiten, ihn wachzubekommen. Es ist fast so, als ob er in Trance wäre. Und er hat entsetzliche Angst.«

Dr. Manfria nickte.

»Aber wenn ich ihn dann endlich wachbekommen habe, ist eines seltsam: Er kann sich nie an irgend etwas erinnern. Nun, ich weiß, daß sich die Erinnerung an Alpträume oft sofort verflüchtigt, wenn man aufwacht, aber normalerweise bleibt ein kleines bißchen hängen. Wirklich nur ein kleiner Fetzen Erinnerung ...« Dr. Manfrias Haltung und sein Gesichtsausdruck blieben unverändert. »Vielleicht drücke ich mich nicht klar genug aus?«

»Sie drücken sich sehr verständlich aus«, sagte er mit eintöniger, schleppender Stimme. »Fahren Sie fort.«

»Er vergißt nicht nur sofort seine Alpträume, sondern gleichzeitig legt sich auch die Angst. Als meine Tochter klein war, hatte sie auch manchmal Alpträume. Aber sie waren ganz anders. Es dauerte immer erst einige Zeit, bis die Angst verging. Oft saß ich sogar so lange an ihrem Bett, bis sie wieder eingeschlafen war, oder nahm sie mit zu mir ins Bett.«

»In Ihr Bett?«

Ich starrte ihn an – dann berichtigte ich mich. »In unser Bett«, sagte ich dann.

»Und die Alpträume des Jungen?«

»Was mit Buddy los ist, ist mir ein völliges Rätsel. Sowohl in der Nacht als auch am nächsten Tag. Denn Buddy erinnert sich nie daran, daß ich ihn geweckt habe oder daß ich überhaupt bei ihm war. Nur manchmal kann er sich daran erinnern, daß sein Kopf schmerzte. Ansonsten ist es so, als wenn nichts passiert wäre.«

»Ich verstehe.«

»Dr. Manfria, ich halte es für wichtig, daß Sie etwas über die Hintergründe erfahren. Dr. Silver hielt es nicht für die wesentliche Ursache, aber ich kann ihm da nicht ganz zustimmen. Auf jeden Fall meine ich, daß Sie es wissen sollten, Buddy zuliebe.«

»Ja?«

»Bevor wir hierhergezogen sind, hat Rich – mein Mann – eine schwere Zeit durchmachen müssen. Seine Geschäfte gingen schlecht, und wir verloren unser Haus und unsere gesamten Ersparnisse. Eine Zeitlang arbeitete ich halbtags, und wir mußten sogar Geld von Richs Familie leihen, um uns über Wasser zu halten.«

»Das war bestimmt keine leichte Zeit für Sie alle.«

»Nein, besonders nicht für Rich. Er ist sehr stolz und ehrgeizig. Was ich an ihm so bewunderte, als wir uns kennenlernten, war sein Selbstvertrauen. Er zweifelte keinen Augenblick daran, daß er es schaffen würde, und er war bereit, sehr hart dafür zu arbeiten.«

»Natürlich. Nur, was hat das alles mit dem Jungen zu tun?«

Ich fühlte, wie mir das Blut in den Kopf schoß. Warum hatte ich nur solche Schwierigkeiten bei diesem Gespräch? Ich holte tief Luft und fuhr dann fort: »Während dieser schlimmen Zeit begann Rich zu trinken. Wir hatten Auseinandersetzungen, schlimme Auseinandersetzungen. Wir waren beide schuld daran: Rich konnte mit dem, was passiert war, nicht fertigwerden ... und ich konnte nicht damit umgehen, daß Rich trank.«

Er wartete.

»Eines Nachts, als wir uns ganz besonders heftig stritten, wachte Buddy auf und kam herunter. Er ging auf Rich zu, schlug ihn und zerrte an seinen Kleidern. Er sagte seinem Vater, daß er weggehen solle und daß er ihn hassen würde.«

Dr. Manfria nickte noch einmal.

»Rich war total betrunken, und er wußte wirklich nicht, was er tat. Er ging mit den Fäusten auf Buddy los und schlug ihn. Ich warf mich natürlich dazwischen, aber da hatte Rich dem Jungen schon ein blaues Auge verpaßt. Buddys Lippen waren aufgeplatzt und geschwollen. Sein ganzes Gesicht ...« Ich schaute zur Decke und atmete schwer.

»Lassen Sie sich Zeit, Mrs. Platt.«

Schließlich ging mein Atem wieder ruhiger, und ich schaute den Arzt an. »Es geschah nur einmal; es passierte danach nie wieder. Rich hörte kurz danach zu trinken auf. Ungefähr einen Monat später erhielt er das Angebot vom Institut.«

Dr. Manfria hatte immer noch die Fingerspitzen aneinandergelegt, rieb sich seinen Bart und schaute dann zur Decke. »Dann fingen die Alpträume also nicht mit diesem Vorfall an?« fragte er lustlos.

»Nein. Schon früher.«

»Als er anfing zu trinken ... als die Streitereien anfingen?«

Ich überlegte einen Augenblick lang. »Ungefähr zu dieser Zeit. Vielleicht auch schon ein wenig früher. Und kurz danach schickte ich Buddy zur Therapie, wo er seit dieser Zeit auch immer war. Und zwar, bis wir hierherzogen.«

»Und was sagt der Junge über diese Zeit?«

»Das ist auch merkwürdig. Buddy ist normalerweise sehr offen mir gegenüber; ich versuchte mit ihm darüber zu sprechen. Ich dachte, es sei besser, wenn wir ganz offen darüber reden. Auch Rich hat es versucht.«

»Aber er wollte nicht?«

»Dr. Silver sagte uns, daß er nicht einmal mit ihm darüber reden wolle. Aber es geht sogar noch weiter. Buddy weigert sich anzuerkennen, daß das alles jemals passiert ist. Nur manchmal mustert er Rich mit einem merkwürdigen Blick – so als ob er sich Sorgen um ihn machte. Und dann sind da natürlich die Alpträume ... Doch sonst ist ihm überhaupt nicht anzumerken, daß irgend etwas vorgefallen ist. Wenn ich es nicht besser wissen würde, würde ich sagen, daß er sich, wie bei den Alpträumen, an gar nichts mehr erinnert.«

Dr. Manfria sah auf seine Uhr und fragte: »War es das?«

Ich nickte.

Er lächelte. »Ich freue mich, daß Sie vorbeigekommen sind, Mrs. Platt. Ich weiß, daß dies nicht leicht für Sie war.«

Ich schaute auf Buddys Akte, die noch immer unberührt auf der Schreibtischkante lag. »Das war wohl nicht so wichtig, oder? Ich wollte nur, daß Sie ...«

»Mrs. Platt, ich versichere Ihnen, daß unser Treffen außerordentlich hilfreich war.«

Ich stand auf und ging zur Tür. »Sie halten mich doch auf dem laufenden?«

»Selbstverständlich. Die Berichte über die Fortschritte werden an Lisa weitergegeben, und sie wiederum wird sich mit Ihnen in Verbindung setzen. Und wenn Sie irgendwelche Fragen haben sollten ...«

Sobald ich das Auto erreicht hatte, ließ ich meinen Tränen freien Lauf. Ich nahm ein Taschentuch aus meiner Handtasche und wischte sie weg.

Nein, Sie haben recht, Dr. Manfria: Weder daran erinnert zu werden noch davon zu sprechen war einfach für mich. Ich habe mein Innerstes (und das Innerste von Rich und Buddy) vor Ihnen ausgebreitet. Aber welche Wahl hatte ich denn, Doktor? Wenn Sie Buddy helfen wollen, dann mußten Sie es erfahren ...

Wieso war ich dann die ganze Zeit über das Gefühl nicht losgeworden, daß es Sie einen Dreck interessierte?

13

Was ich jetzt am nötigsten gebraucht hätte, war eine Zigarette – es war der zweite, volle Tag, an dem ich darauf verzichten mußte. Doch ein heißes Bad würde wohl genügen müssen. Ich ließ mich zwanzig Minuten lang einweichen, hörte dabei sanfte Musik von irgendeinem UKW-Sender und zog mich dann an. Es war mir gerade gelungen, den letzten Knoten aus meinem nassen Haar herauszubürsten, da hörte ich, wie unten die Tür zugeschlagen wurde.

»Mom«, schrie Buddy.

Ich eilte die Treppe hinunter, nahm ihn in den Arm und ging mit ihm in die Küche. »Möchtest du einen Happen essen?« fragte ich.

»Einen Vollkornkeks«, sagte Jill.

»Für mich auch«, meinte Buddy und kletterte dabei auf einen Stuhl. Er griff in die Dose und warf zwei zellophanverpackte Riegel auf den Tisch.

Ich goß Milch in die Gläser und trug sie zum Tisch. »Also«, sagte ich, wobei ich mir neben Buddy einen Stuhl heranzog, »erzähl mal von der Schule.«

Er streckte seinen Arm aus und stöhnte. Er trug ein ähnliches I.D.-Armband wie Jill am Handgelenk, nur mit dem Unterschied, daß bei ihm die Gravur schwarz war.

»Haben Jungs schwarze Buchstaben?« fragte ich.

»Nein«, antwortete Jill spitz. »Schwarz haben die PE-Kinder.«

»Da blicke ich nicht mehr durch.«

»Erinnerst du dich nicht mehr? Ich hab's dir doch gestern erzählt. PE-Kinder, das sind die ganz schlauen. Sie dürfen auch manchmal unterrichten; jedenfalls die älteren von ihnen.«

»Hör mal zu, Jill, es ist mir wirklich egal, nach welchem Schubladenprinzip sie in der Schule vorgehen. Daddy und ich, wir wissen beide genau, daß wir zwei intelligente Kinder haben.«

»Das sagst du doch nur, weil du meine Mutter bist.«

»Ich sag' das, weil es so ist. Und jetzt hör mir mal genau zu: Wenn du schon das Glück hast, Verstand zu haben, dann kannst du auch mit fast allem fertig werden, was du anpackst. Natürlich gehören dazu auch noch ein paar andere Dinge.«

»Was denn?« sagte Jill.

Ich lächelte. »Du mußt zum Beispiel den Ehrgeiz haben, deinen Teppich selbst auszumessen. Mit anderen Worten, du kannst es dir nicht leisten, faul zu sein, denn dann nützt dir deine ganze Schlauheit nichts. Denk daran, diese ›Schubladen‹ sind im wirklichen Leben keinen Pfifferling wert. Für die Leute zählt nur das, was du weißt und was du kannst.«

»Glaubst du, ich könnte auch in so eine Klasse kommen, wenn ich es ganz fest versuche?«

»Ich denke, schon. Warum? Möchtest du es denn?«

Sie schüttelte so heftig den Kopf, daß ihr Pferdeschwanz dabei hin und her flog. »Ich weiß nicht. Die meisten aus meiner Klasse nennen diese Kinder ›Intelligenzbestien‹.«

»Die meisten Kinder aus meiner Klasse nennen euch ›Dummerchen‹«, konterte Buddy.

»Sehr passend. Schon als ihr zwei noch so klein wart«, sagte ich und zeigte dabei mit der Hand knapp über den Boden, »haben Daddy und ich euch immer gleich behandelt.«

»Sei doch nicht so empfindlich, Mom!« sagte Buddy.

»Das seid ihr zwei auch.«
Jill stopfte sich den letzten Rest von ihrem Vollkornkeks in den Mund und stand auf. »Ich gehe zu Toby hinüber, okay?«
»Keine Hausaufgaben?«
»Wir müssen nur ein paar Bilder aus einer Zeitschrift ausschneiden. Das kann ich auch nach dem Abendessen machen.«
»Schreib Tobys Nummer auf den Block neben dem Telefon.«
Jill ging. Ich blickte Buddy an. »Und, was ist sonst noch alles in der Schule passiert?«
»Ich habe mit einem Jungen Freundschaft geschlossen. Er hat gemeint, vielleicht kann er morgen zum Spielen herkommen. Er will seine Mutter fragen.«
»Wie heißt er denn?«
»Maxwell MacAlister.«
Ich nickte. »Okay, und was war sonst noch?«
Er grinste bis über beide Ohren.
»Na?«
»Ich habe Pacman gespielt.«

Rich kam um acht heim und brachte eine Flasche Wein mit.
»Hast du Buddy heute eingeschult?«
Ich nickte bejahend.
»Gut. Dann hol doch mal zwei Gläser«, sagte er, während er die Schublade nach einem Korkenzieher durchwühlte.
»Was feiern wir denn?«
»Du hast doch sicher schon von *GSDF* gehört?«
Ich reichte ihm die Gläser. »Noch nie. Muß wohl irgendwas Nordländisches sein.«
»Gott sei Dank, es ist *Freitag.«*
Ich lachte. »Dann mußt du morgen nicht zur Arbeit?«

»Nein.« Er trug die Gläser ins Wohnzimmer und stellte sie auf den Beistelltisch; dann schaltete er die Wandlampen aus, so daß der Raum fast völlig im Dunkeln lag.
»Was, kein Licht?«
»Mach die da drüben an.« Er deutete auf eine Windlampe aus Kristall, die wir vor vielen Jahren bei einem Ausverkauf erstanden hatten. »Die gibt genug Licht.« Rich ließ sich auf das Sofa fallen. »Ich bin fix und fertig.«
Ich schaltete die Lampe ein. »Klingt das etwa nach Enttäuschung?«
»Nein. Nur nach Erschöpfung. Ich bin diese Woche mit einer Unmenge an neuen Informationen vollgestopft worden. Hawkins, der Typ aus Boston, ist heute nachmittag weggefahren. Natürlich kann ich ihn telefonisch erreichen, wenn ich ihn brauche.«
Ich saß mit dem Rücken zur Armlehne des Sofas, hob mein Glas und nahm einen Schluck. »Gut, dann kannst du mir ja wohl schon etwas über die Sicherheitsmaßnahmen erzählen.«
»Was möchtest du denn wissen?«
»Wie ausgefeilt sind sie denn, Rich? Ist das Ganze denn wirklich so perfekt, daß ich keinen Schritt mehr tun kann, ohne daß jede meiner Bewegungen sofort in den Computer eingegeben wird?«
»Wovon sprichst du bloß, um Himmels willen?«
»Ich habe ständig das Gefühl, daß jeder Schritt, den ich mache, gespeichert wird; zum Beispiel heute habe ich ganz zufällig Gene Royce getroffen, und er wußte schon, daß Buddy in der Schule ist.«
»Vielleicht deswegen, weil ich ihm erzählt hatte, daß du Buddy heute anmelden wolltest.«
»Warum ist das so wichtig für ihn?«
»Wer behauptet denn das? Er interessiert sich eben nur

dafür. Außerdem ist er der Meinung, daß diese Entscheidung richtig war. Hat es Buddy gefallen?«

»O ja, und wie.«

»Dann hatte Royce ja recht.«

»Vermutlich. Ich war heute auch beim Institut, um mit Buddys Psychiater, Dr. Manfria, zu sprechen.«

»Was wollte er denn wissen?«

»Eigentlich gar nichts.«

Rich legte seine Beine auf den niedrigen Tisch. »Was soll das heißen?«

»Ich war diejenige, die unbedingt mit ihm sprechen wollte. Es gibt Dinge, die er meiner Meinung nach wissen muß ...«

Er wandte sich zu mir und legte dabei seinen langen Arm auf die Rücklehne. »Welche Dinge denn?«

»Etwas über Buddys familiären Hintergrund.«

»Das haben sie doch alles schon vorher erfahren, oder nicht?«

»Nicht alles. Ich hatte ihnen nichts über das vergangene Jahr erzählt. Über deine Trinkerei, unsere Streitereien ...«

»Und darüber, daß ich Buddy geschlagen habe.«

»Es wäre mir lieber, du würdest das nicht so sagen.«

»Was macht es schon für einen Unterschied, wie ich es sage? Es ist nun mal passiert. Aber es war nicht nötig, es ihm zu erzählen.«

»Mir war nicht ganz klar, wie er Buddy behandeln soll, ohne darüber Bescheid zu wissen. Es ist ja auch nicht so, daß er es jedem erzählen wird, er ist schließlich Arzt.«

»Ich wollte eigentlich damit sagen, daß er die ganze Sache schon von mir erfahren hat. Er hat es bereits bei den Unterlagen.«

Ich starrte ihn an. »Was hast du denn?« fragte er.

»Ich bin total verblüfft, das ist alles. Ich kann mich noch genau erinnern, wie wir uns gestritten haben, bevor ich es

Dr. Silver erzählte. Du wolltest damals nicht, daß es irgend jemand erfuhr. Ich habe einfach nicht erwartet, daß du jemals freiwillig damit herausrücken würdest.«

»Ich bin mir darüber klargeworden, wie dumm mein Verhalten war«, erwiderte Rich. »Und wie egoistisch. Das wichtigste ist doch, daß es Buddy gutgeht und nicht, ob ich mich schäme oder es mir peinlich ist.«

Ich beugte mich zu ihm hinüber, küßte ihn und lehnte mich dann wieder gegen meine Armlehne. »Hast du ihm von den Alpträumen erzählt? Ich meine, wie sie bei Buddy ablaufen?«

Er nickte. »Wir haben so ausführlich darüber gesprochen, daß er sich jetzt bestimmt ein Bild davon machen kann.«

»Was ich aber nicht verstehe, ist, warum Dr. Manfria nicht gesagt hat, daß du schon dagewesen bist.«

Rich zuckte mit den Achseln. »Vielleicht wollte er einfach wissen, wie du die Sache siehst.«

Ich dachte über die Unterhaltung nach, die an diesem Nachmittag stattgefunden hatte. Der Arzt hatte für meine Version nicht das geringste Interesse gezeigt. Ich wollte jedoch mit Rich nicht darüber diskutieren und fragte stattdessen: »Wann hast du denn mit ihm gesprochen?«

»Am Dienstag. Ich habe dir von dem Termin erzählt.«

»Dann wußtest du ja schon die ganze Zeit über, daß sie die Absicht hatten, Buddy zu dieser Therapie zu schicken. Also hast du das eigentlich veranlaßt?«

»Na ja, nicht so direkt. Ich erwähnte es Lisa gegenüber, und sie schickte mich zu Dr. Manfria ins Büro. Er hat dann alles erledigt.«

»Warum hast du mir nichts davon erzählt?«

»Ich dachte, es wäre vielleicht besser, wenn sie auf dich zukommen. Du weißt doch, wie du immer reagierst. Wenn es um die Kinder geht, möchtest du doch immer das letzte Wort haben.«

»Das stimmt nicht. Wir diskutieren doch immer über alles miteinander.«
»Sicher, wir reden immer über alles. Aber letztendlich triffst du die Entscheidungen.« Ich schüttelte den Kopf. »Denk mal kurz darüber nach, Jessie. Wer hat denn schließlich die Entscheidung getroffen, Buddy zur Schule zu schicken?«
Es war weniger der Vorwurf, der mir zu denken gab, es war vielmehr das, was dahintersteckte – nämlich, daß *ich* Buddy zur Schule geschickt hatte. Und ich hätte um nichts in der Welt sagen können, warum es mich immer noch beunruhigte. Doch ich sagte Rich nichts davon und ging auch nicht auf seine Bemerkung ein. Ich wechselte das Thema.
»Carla hat uns alle für nächsten Sonntag eingeladen«, sagte ich.
Er schob seine Unterlippe vor und starrte in den leeren Kamin. »Wer kommt denn sonst noch?«
»Einige Paare. Sie möchte uns zum Mittagessen einladen.«
Er nickte und goß sich ein zweites Glas Wein ein.
»Rich?«
»Ja?«
»Was machen die eigentlich genau am Institut?«
»Sie erforschen Krankheiten, suchen nach Heilungsmethoden. Das weißt du doch.«
»Welche Krankheiten?«
»Ich bin kein Wissenschaftler. Ich bin nur für die Sicherheit zuständig. Auch wenn sie mir davon erzählen würden – ich würde wahrscheinlich nicht einmal begreifen, wovon sie reden.«
»In Ordnung, dann erzähle mir von dieser Sicherheit.«
Er ratterte ein halbes Dutzend Informationen herunter: über die roten Linien, an denen ein Wagen automatisch zum Stehen gebracht wird; gleichzeitig wird der Fahrer fotografiert; über die I.D.-Kontrollen an jedem Ausgang,

die dann in den Zentralcomputer eingespeichert werden; über die Farbcodierung der kleinen Elektroautos und über die I.D.-Armbänder der Schüler. Alles Dinge, die ich entweder selbst gesehen oder schon herausgefunden hatte.
Ich jedoch wollte Dinge von ihm erfahren, die ich noch nicht wußte. Gab es noch andere Sicherheitsvorkehrungen, die nicht so offensichtlich waren? Und vor allem, warum? Ich konnte das Institut ja verstehen – Leute von draußen mußten gegen mögliche Gefahren geschützt werden. Aber wozu alle anderen?

Buddy war für sein Alter schon recht groß, doch Maxwell MacAlister war fast noch einen Kopf größer. Er hatte eckige, breite Schultern und Arme und Beine wie ein Sportler. Große, blaue Augen wurden durch die kräftigen und mit blonden Härchen durchzogenen Augenbrauen noch betont.
»Das ist mein Freund Maxwell«, verkündete Buddy stolz.
Maxwell gab mir die Hand und drückte sie fest, dann sah er zu Buddy hin. »Ich habe dir doch gesagt, du sollst mich Max nennen – wenn nicht, dann sag' ich Richard zu dir.«
Buddy nickte.
»Wie alt bist du denn, Max?« fragte ich.
»Siebeneinhalb. Nächsten April werde ich acht.«
»Und du bist auch in Buddys Klasse?«
»Jawohl. Er ist mein Partner.«
»Was soll das heißen?«
»Das heißt, daß wir zusammen an den Computern experimentieren. Natürlich weiß ich mehr als er, weil ich älter bin.«
»Dafür kann ich besser Pacman spielen als du«, sagte Buddy.
»Na und? Warte nur, bis du gesehen hast, was ich alles kann.«

»Zum Beispiel?«
»Zum Beispiel meine eigenen Spiele programmieren. Wirklich gute, wie sie sich noch niemand vorher ausgedacht hat.«
Buddy bekam ganz große Augen. »Wirst du auch *mir* beibringen, wie man so etwas macht?«
»Sicher. Du bist doch mein Partner. Was glaubst du denn, wofür Partner da sind?«
Buddy strahlte übers ganze Gesicht.
Max ließ seine Hand auf Buddys Schulter fallen. »Wenn du willst …« Dann sagte er mit einem schnellen Blick auf mich: »Wenn es deine Mutter erlaubt, dann könnten wir jetzt in das Computerzimmer gehen.«
»Wo ist das denn?« fragte Buddy.
»In der Schule natürlich.«
»Ist sie am Samstag offen?« fragte ich.
»Sicher, sie ist immer offen. Man braucht nur ein spezielles ›C‹ auf dem I.D.-Armband, dann kann man das Computerzimmer benützen. Buddy und ich haben es.«
Ich griff nach Buddys Handgelenk, hob es hoch und las auf dem Armband: »Richard Platt jr., 16B, PE-5 (C)«. Das »C« war mir vorher nicht aufgefallen. Ich ließ sein Handgelenk wieder los.
»Dürfen wir gehen, Mom?« sagte Buddy.
»Nun, ich weiß nicht so recht. Ich werde euch wohl hinfahren müssen.«
»Das brauchen Sie nicht, Mrs. Platt. Wir können jederzeit bei der Schule anrufen, und die schicken uns dann einen Bus her, der uns abholt.«
»Das würden sie machen?«
»Sicher, und es kostet auch nichts. Die Nummer steht im Telefonbuch unter ›Transportwesen‹. Und außerdem, wenn es nicht so wäre, dann könnte ich immer noch

meinen Bruder anrufen. Er arbeitet samstags nicht, und er fährt mich überall hin. Er hat mich auch hierhergebracht.«
»Wie alt ist denn dein Bruder?« fragte ich.
»Rueben ist siebzehn.«
»Rueben? Arbeitet er bei Eagles?«
»Genau. Warum, kennen Sie ihn denn?«

Max telefonierte nach dem Bus, und zwanzig Minuten später hörten wir ein Hupen vor dem Haus. Buddy mußte mir versprechen, gegen vier wieder zu Hause zu sein.
»Bringen sie euch auch wieder nach Hause?« fragte ich Max.
»Sicher, wann immer wir wollen.«
»Sind jetzt auch Erwachsene dort?«
»Es ist immer mindestens ein Lehrer da, falls jemand Fragen hat.« Dann sah er zu Buddy. »Aber, keine Angst, die kümmern sich nicht um dich, es sei denn, du bittest sie darum. Oder jemand fängt an, die Maschinen kaputtzumachen oder so was.«
Ich mußte lachen. »Okay, ich bin sicher, ich kann mich auf euch verlassen, und ihr stellt keine solchen Dinge an.«
Ich kniff Buddy in die Wange. »Wie sieht's mit dem Mittagessen aus?«
»Die Cafeteria ist auch offen, Mrs. Platt. Wir können dort essen.«
Sie rannten beide zum Bus und stürzten an den leeren Vordersitzen vorbei zu einem der Zweiersitze ganz hinten im Wagen. »Max«, rief ich, »was ist mit deinen Eltern? Soll ich sie anrufen und ihnen sagen, wo du bist?«
»Das brauchen Sie nicht. Wenn sie wissen wollen, wo ich bin, dann brauchen sie nur in der Zentrale nachzufragen.«
Ich winkte dem Fahrer, noch einen Moment zu warten, und

rannte zum Fahrbahnrand. »Was meinst du damit, Max? Was ist die Zentrale?«

»Das ist der Zentralcomputerraum in Grads Village. Sobald man eine Sicherheitsschranke passiert, wird der jeweilige Aufenthaltsort eingegeben. Wenn Sie also herausfinden wollen, wo sich jemand aufhält, brauchen Sie nur dort anzurufen.«

Ich stand mit offenem Mund da, während der Bus losfuhr. Dann kam ich zu dem Schluß, daß Max MacAlister mir äußerst sympathisch war. So wie es aussah, hatte ich in diesen wenigen Minuten mehr über Grads Village erfahren als in den ganzen fünf Tagen, die ich bisher hier verbracht hatte.

14

Rich ging, um sich eine Zeitung zu kaufen und nach dem Auto zu sehen, und Jill ging zu Toby. Ich hatte also Zeit für mich und beschloß, eine Rüblitorte zu backen, die ich am nächsten Tag mit zu Carla nehmen wollte.

Gerade als ich sie in den Ofen geschoben hatte, klingelte das Telefon.

»Jessie, ich bin's, Carla. Ich wollte dir nur sagen, daß du für morgen nichts mitzubringen brauchst.«

»Zu spät, der Kuchen ist schon im Ofen.«

»Du machst wohl immer von selbst das Richtige.«

Ich lachte. »Das hat mir in der letzten Zeit selten jemand gesagt.«

»Hört sich so an, als ob jemand versuchen würde, dein Selbstvertrauen zu untergraben.«

»In der letzten Zeit brauchte ich dazu nicht einmal fremde Hilfe. Übrigens, ich hab' mich dazu durchgerungen, Buddy in der Schule anzumelden. Ich habe ihn gestern eingeschrieben.«

»Und?«

»Und es gefällt ihm. Er ist gerade mit einem Freund dort, sie spielen an den Computern. Kannst du dir das vorstellen, an einem Samstag?«

»Na, habe ich es dir nicht gesagt ... übrigens, hast du herausbekommen, wann das Auto wieder in Ordnung ist? Ich habe früher nicht viel an die Welt da draußen gedacht, doch als das kürzlich passierte, war es so, als ob man mir etwas vor der Nase weggeschnappt hätte. Und jetzt brenne ich regelrecht darauf, zu erfahren, was der Rest der Welt so treibt.«

»Das – und eine Zigarette. Rich ist gerade drüben, um sich mit Al das Auto anzusehen.«

Nach einer Pause sagte sie: »Ich werde dir etwas sagen, wenn du versprichst, es nicht weiterzuerzählen.«

»Ich verspreche es dir.«

»Erinnerst du dich an Rueben, den Jungen aus dem Eagles?«

»Natürlich. Buddy ist gerade mit seinem kleinen Bruder unterwegs. Sie sind Klassenkameraden.«

»Also, Rueben raucht. Er hat kein Auto, und deshalb weiß ich auch nicht, woher er seinen Nachschub bekommt. Aber er hat immer Zigaretten.«

»Du meinst, es gibt einen Schwarzmarkt in Grads Village?«

»Wenn man damit Geld machen kann, findet sich immer jemand, der so etwas organisiert. Das ist hier nicht anders als sonstwo.«

»Eine Frage: Warum hast du mir das nicht schon früher erzählt?«

»Hauptsächlich, weil ich nicht wollte, daß du Schwierigkeiten mit der Verwaltung bekommst. Aber dann meinte Lou, ich sollte aufhören, den Sozialarbeiter zu spielen. Er sagte, das würde nicht zu mir passen.«

»Und wie lautet die Nummer, mit der ich mir Schwierigkeiten einhandeln kann?«

»2772.«

»Danke, Carla. Und danke Lou an meiner Stelle. Ich sehe euch beide dann morgen.«

»Um zwei, übrigens, was hast du denn im Ofen?«

Rueben selbst verkaufte keine Zigaretten, aber er wußte, wo man sie bekam. »Zwei Dollar fünfzig die Packung«, sagte er. »Ich verdiene keinen Cent dabei. Das ist nur eine Gefälligkeit.«

»Kannst du mir vier Schachteln besorgen? Das wird mir für ein paar Wochen reichen.«
»Sie werden austrocknen.«
»Ist schon okay. Es müssen nur milde Mentholzigaretten sein.«
»Okay. Und richten Sie Carla aus, daß sie 'ne große Klappe hat.«

»Werden auch noch andere Kinder da sein?« wollte Jill am Sonntagmorgen wissen.
»Carla hat mir gesagt, daß sie auch Kinder eingeladen hat.«
»Werden auch Jungs da sein?« wollte Buddy wissen.
»Das weiß ich nicht, aber Carlas Tochter ist ungefähr in deinem Alter. Ich habe schon mal mit ihr am Telefon gesprochen. Sie klang sehr nett.«
Buddy ging völlig unbeeindruckt weg.
Um zwei fuhren wir die Straße hinauf. Noch bevor wir die Eingangsstufen erreicht hatten, öffnete uns ein nicht allzu großer, aber gut gebauter Mann die Tür. Er war Ende Zwanzig, hatte blauschwarzes Haar, eine gesunde Gesichtsfarbe und eine spitze, ausgeprägte Nase. »Er ist ein echter Fuchs«, hatte Carla einmal über ihren Mann gesagt, und ich glaube, diese Beschreibung stimmte.
Er streckte Rich seine kräftige Hand entgegen. »Lou Farrin. Und du mußt Jessie sein«, sagte er, nachdem Rich an ihm vorbei ins Haus gegangen war. »Seit du hierhergezogen bist, erzählt Carla laufend von dir. Wenn man ihr glaubt, mußt du Barbara Walters und Gloria Steinem in einer Person sein.«
Ich ergriff seine Hand und lächelte. »Das hört sich ja großartig an, aber ich fürchte, sie übertreibt; übrigens, ich wollte dir noch danken ...«
Er legte die Finger auf die Lippen, und ich brach ab. Etwas

verwirrt drehte ich mich zu den Kindern um. »Buddy und Jill«, sagte ich.
»Hallo, ihr beiden«, rief Lou. »Kommt herein.«
»Jill«, rief jemand.
Vor Überraschung öffnete Jill den Mund. »Mensch, Toby!«
Eine gutgebaute Frau mit rotblond gefärbtem Haar, einer Spur Make-up und einem Drink in der Hand stand auf. »Lassen wir doch die Formalitäten einfach beiseite, Jessie und Rich. Ich bin Marilyn Krasner. Und das ist mein Mann Bill. Es sieht so aus, als wenn Toby und Jill uns zuvorgekommen wären.« Ein lächelnder Mann mit tiefliegenden Augen und einer schmalen Nase stand auf, nickte mir zu und schüttelte dann Rich die Hand.
»Seit Toby Jill kennengelernt hat, habt ihr sie wahrscheinlich öfter gesehen als wir«, sagte ich.
Marilyn winkte abwehrend mit der Hand. »Oh, keine Sorge«, sagte sie mit ihrer tiefen, kräftigen Stimme, »wir haben sie sehr gerne bei uns. Jill ist so ein nettes Mädchen. So lieb und höflich.«
Wie sollte man nun als Mutter darauf reagieren – geschmeichelt danke sagen oder einfach nur zustimmen? Ich entschied mich für das letztere und nickte.
»Komm!« Marilyn griff mit ihrer freien Hand nach meiner. »Ich werde euch Maggie und Tom vorstellen. Sie sind seit dem ersten Tag hier.«
Die Simpsons sahen sich sehr ähnlich: Beide waren blaß und hatten feine, ebenmäßige Gesichtszüge. Sonst war nichts besonders Auffälliges an ihnen. Das einzige, was die beiden unterschied, war der üppig angeschwollene Bauch von Maggie: Sie war mindestens im achten Monat. Eric, ihr acht Jahre alter Sohn, hatte zwei vorstehende Schneidezähne und trug eine schwarze, dickrandige Brille, die sein Gesicht förmlich erdrückte.

»Sheila, Sharon«, rief Marilyn. »Kommt her und sagt Mr. und Mrs. Platt guten Tag.« Zwei ungefähr sechs Jahre alte Mädchen, die sich gar nicht so ähnlich sahen, aber die dunklen Augen des Vaters und sein Lächeln geerbt hatten, kamen angerannt. »Und das sind – Gott schütze sie – meine Zwillinge«, sagte Marilyn strahlend.

Schließlich bemerkte ich, daß ich noch immer den Kuchen in der Hand hielt. Ich entschuldigte mich bei Marilyn und Maggie und suchte allein den Weg zur Küche. Ich stieß auf ein kleines Mädchen in einem grünen Kordsamtkleid, das ein riesiges Tablett in den Händen trug.
»Oh, Sie müssen Jessie sein«, sagte sie. »Ich heiße Rebecca.«
»Hallo, Rebecca. Soll ich dir helfen?«
»Lieber nicht, denn Sie sind der Ehrengast. Carla kriegt sonst einen Anfall.« Anscheinend hatte Rebecca mein Erstaunen bemerkt, denn sie fügte erklärend hinzu: »Sie mag es, wenn ich sie Carla nenne. Sie meint, dadurch würden wir eher wie Schwestern wirken.«
Ich lächelte. »Ja, wo ist sie denn überhaupt?«
»Sie ist noch immer oben, um sich ...«
»Nein, bin ich nicht«, unterbrach sie Carla. Sie drehte eine Pirouette. »Ta-Tam!«
»Wow«, sagte ich. Carla trug schwarze, hochhackige Schuhe, schwarze, runde Ohrringe, die ihr fast bis zu den Schultern reichten, einen roten Lurex-Overall mit weitem Rollkragen und weiten Hosen.
»Sieht sie nicht total ausgeflippt aus?« fragte Rebecca, verdrehte die Augen und ging mit dem Tablett ins Eßzimmer.
Ich mußte schallend lachen. »Ist dir eigentlich nicht klar, daß du da draußen sein solltest, um deine Gäste zu begrüßen?«
»Normalerweise warte ich immer, bis das Schlimmste vor-

bei ist, dann habe ich meinen großen Auftritt. Außerdem ...«, sie machte eine Pause und zeigte in Richtung Wohnzimmer, »würde Marilyn Krasner tausend Tode sterben, wenn sie das nicht übernehmen dürfte.«

Carla und ich halfen Rebecca, das Büfett herzurichten: Platten mit kaltem Braten, Käse, Salate, belegte Brötchen und verschiedene Saucen. Danach gab es Kaffee, Strudel, einen Wackelpudding und meine Rüblitorte. Der Alkohol floß in Strömen.

Nach dem Essen rannten die acht Kinder nach oben, und die acht Erwachsenen setzten sich mit frischgefüllten Gläsern ins Wohnzimmer.

»Wo ist denn das Baby?« fragte ich Carla, weil mir in diesem Moment aufgefallen war, daß ich es bis jetzt noch gar nicht gesehen hatte.

»Andrew schläft noch. In der letzten Woche war er ständig quengelig und müde.«

»Nimm ihn doch einfach eine Zeitlang aus dem Kindergarten«, sagte Lou, »dann wird er schon wieder munter werden.«

»Daran liegt es nicht. Sie lassen die Kinder dort sogar zweimal am Tag schlafen. Wieviel soll er denn noch schlafen?«

»Dann bring ihn doch, verdammt noch mal, zu einem Arzt. Es gibt hier doch schließlich genügend von der Sorte.«

»Kinder, Kinder«, mischte sich Marilyn ein, »spart euch eure Streitereien für später auf. Wir sind hier auf einer Party. Im übrigen«, sagte sie, »könnte ich noch einen Wodka vertragen.« Sie hielt ihr Glas Lou hin, er nahm es und ging damit zur Bar.

»Wie ich hörte, bist du Chef der Sicherheitsabteilung, Rich«, sagte Tom Simpson.

Rich nickte. »Was machst du beruflich?«

»Ich verkaufe Schuhe bei Actaverts.«
»Sieht so aus, als wenn du alle Hände voll zu tun hättest«, sagte Bill Krasner zu Rich. »Hier gibt es wahrscheinlich mehr Sicherheitsvorkehrungen als im Pentagon.«
Marilyn warf ihrem Mann einen Blick zu und wandte sich dann an Rich. »Ich hab' ja schon tausendmal versucht, es ihm zu erklären, aber Bill will einfach nicht einsehen, wie wichtig diese ganzen Sicherheitsmaßnahmen sind.«
Rich nahm einen Schluck von seinem Drink und sagte zu Bill: »Sie hat recht. Eine Forschungseinrichtung birgt viele Gefahren in sich. Diese Giftstoffe brauchen doch bloß in die falschen Hände zu gelangen, und schon gibt es eine Katastrophe von unvorstellbarem Ausmaß.«
»Versuchen sie, an der DNS herumzumanipulieren, Rich?« fragte Bill.
»Um ehrlich zu sein, ich weiß es nicht. Ich weiß nur, daß sie mit hochgiftigen Substanzen arbeiten.«
»Findest du es nicht merkwürdig, daß du darüber nicht Bescheid weißt? Du bist doch schließlich derjenige, der für die Sicherheit dieses Projekts zuständig ist.«
»Denk doch mal nach, Bill«, sagte Marilyn, »ist es dir nie in den Sinn gekommen, daß es sich dabei um geheime Informationen handeln könnte? Glaubst du wirklich, daß Rich hier seine ganzen Berufsgeheimnisse ausplaudert?«
»Stimmt das, Rich?« fragte Lou und gab Marilyn ihren Drink. »Weißt du mehr, als du uns sagst?«
Rich wurde rot und nahm noch einen Schluck von seinem Drink. Marilyn verteidigte ihn. »Was soll das, wollt ihr unsere neuen Nachbarn verärgern? Kommt schon, Jungs, laßt Rich in Ruhe. Er versucht ja schließlich auch nicht, irgendwelche geheimen Informationen über eure Arbeit herauszubekommen. Wobei ich damit nicht sagen will, daß eure Berufe so viel Interesse hervorrufen würden.«

»Was ist eigentlich aus dem anderen Typen geworden, Rich«, fragte Tom, ohne auf Marilyn zu hören, »ich meine den, der sich vorher um die Sicherheit gekümmert hat?«
»Roger Clements«, sagte Rich. »Sie haben ihn gehen lassen. Anscheinend wußte er nicht genug über Computertechnologie. Bei den ganzen Sicherheitsvorkehrungen hier ist das aber dringend erforderlich.«
»So ein Quatsch«, sagte Bill. »Es gab keinen höherqualifizierten Mann als Clements.« Er schaute zu Rich. »Nichts gegen dich persönlich, aber der Typ war wirklich gut. Er konnte seitenweise Qualifikationen vorweisen. Die Liste war sooo lang.« Er machte eine entsprechende Geste.
»Das reicht jetzt«, sagte Carla. »Mir langt's. Ich hab' mich doch heute nicht so aufgemotzt, um hier dumm herumzusitzen und euch Jungs dabei zuzuhören, wie ihr über eure Jobs redet.«
Lou griff lächelnd nach ihrem Arm. »Na, was hattest du dir denn so vorgestellt, Babe?«
Sie klimperte mit ihren Wimpern. »Ich weiß nicht so recht ... es gibt doch immer ...« Plötzlich hörte man einen Schrei. Lou sprang auf und stürzte zur Treppe. Er rannte hinauf, wobei er immer zwei Stufen auf einmal nahm. Carla stand auf, ging an das Treppengeländer und schaute hinauf.
»Was ist denn, Carla?« sagte ich.
»Mach dir keine Sorgen, es ist nichts. Ich meine, nichts, worüber man sich wirklich aufregen müßte. Andrew hat das manchmal. Vor kurzem hatte er ein paar sehr schlimme Alpträume.«

Ich verlor kein Wort darüber, bis wir um zehn zu Hause waren und die Kinder ins Bett gebracht hatten. Dann ging ich in unser Schlafzimmer; Rich hatte sich bereits ausgezogen und lag im Bett. »Dann weißt du also mehr?« fragte ich.

»Wovon sprichst du?«
»Vom Institut. Von dem, was sie dort machen.«
»Tu mir einen Gefallen, Jessie; mach dieses verdammt grelle Licht aus. Mir brennen die Augen.«
Ich knipste die Deckenbeleuchtung aus und schaltete die Leselampe am Kopfteil des Bettes an. »Antworte mir, Rich«, sagte ich.
»Ich hab' dir nichts zu sagen. Du hast doch gehört, was sie gesagt haben. Der Unsinn mit meinen angeblichen geheimen Informationen war ihre Idee, nicht meine. Ich habe ihnen nur zugestimmt, damit sie endlich damit aufhörten. Was hätte ich denn deiner Meinung nach tun sollen, vielleicht mit ihnen streiten, daß ich wirklich nicht mehr weiß als sie?«
Ich seufzte. »Wenn du mehr wüßtest, dann würdest du es mir doch bestimmt sagen, nicht wahr, Rich?«
Er zog mich zu sich aufs Bett. »Aber, Jessie, natürlich würde ich das tun.«
»Rich, warum, glaubst du, sagt Royce, daß Roger Clements gehen mußte, weil er mit dem ganzen Computerkram nicht fertig wurde? Wenn es stimmt, was Bill sagt, dann kann das doch einfach nicht stimmen.«
»Vielleicht wurde der Typ aus rein persönlichen Gründen entlassen, und Royce wollte uns einfach nicht sagen, warum. Andererseits besteht immer noch die Möglichkeit, daß Bill einfach unrecht hat. Sicherlich war er qualifiziert, das heißt aber noch lange nicht, daß er für den Job geeignet war.«
»Ich glaube ... Da ist noch etwas anderes, was mich beunruhigt. Ich weiß nicht genau, wie ich es sagen soll, ohne daß ich mich wie ein ... na, wie ein Snob anhöre.«
»Sag doch mal.«
»Erinnerst du dich daran, wie die anderen von ihren Jobs

erzählten? Tom verkauft Schuhe, Bill hat eine Reinigungsfirma, und Lou kümmert sich um die Wartung. Ich will ja weder sie noch ihre Jobs schlechtmachen, aber ich möchte doch gerne wissen ...«

»Du willst gerne wissen, wo diese Elite steckt, von der Royce uns erzählt hat. Ich weiß es nicht, Jessie. Das habe ich mich selbst auch schon gefragt.«

15

Während der folgenden zwei Wochen hatte Buddy immer öfter Alpträume; doch am Tag danach schien es ihm – wie immer – wieder gutzugehen. Er freute sich auf die Schule, weckte mich jeden Morgen mit einem kleinen Reim und brachte mich so dazu, das Frühstück vorzubereiten, noch ehe die anderen überhaupt aufgestanden waren.

Da jetzt sowohl Buddy als auch Jill fast den ganzen Tag über in der Schule waren, hatte ich im Haus kaum noch etwas zu tun. Alles wurde Routine: das Frühstück vorbereiten, Rich und die Kinder wecken, draußen lange Spaziergänge machen. Manchmal begleitete mich Carla. Meistens aber hatte sie keine Zeit, mußte zu ihren Gymnastikstunden oder zu ihren Bowlingturnieren in den Club und kam dann nur kurz auf ihrem Weg nach Hause bei mir vorbei, um ein kleines Schwätzchen zu halten. Zur Gewohnheit wurde auch mein später Morgenkaffee bei Eagles. Um diese Tageszeit war der Laden meistens leer, und ich freute mich immer mehr auf meine Unterhaltung mit Rueben.

»Wie lange wird Ihr Vorrat noch reichen?« fragte mich Rueben eines Tages. Er spielte damit auf die Zigaretten an, die er für mich hereingeschmuggelt hatte.

»Noch reichen sie«, sagte ich. »Aber ich komme mir dabei natürlich wie ein Verbrecher vor ...«

»Machen Sie sich bloß keine Gedanken. Deswegen schmekken sie genausogut, glauben Sie mir.«

Ich lachte. »Sag mal, Rueben, denkst du immer noch darüber nach, von hier wegzugehen?«

»Ich werde am 21. November achtzehn, das ist nächste

Woche. Und mein Koffer ist auch schon gepackt. Wenn nur ...«, fing er an.

»Wenn nur was?«

»Ach, eigentlich nichts Wichtiges. Ich werde den Kleinen nur sehr vermissen. Ich komme mir wie ein richtiger Schuft dabei vor, daß ich Max einfach so im Stich lasse. Meine Leute checken sowieso nichts, das einzige, wofür die sich interessieren, ist dieser Country-Club. Das sogenannte gute Leben, wie sie es nennen.«

»Ich bin sicher, daß Max dich auch sehr vermissen wird, aber du solltest dir keine allzu großen Sorgen um ihn machen. Er wird schon zurechtkommen. Ich habe ihn wirklich sehr gern, Rueben. Er und Buddy stecken jedes Wochenende zusammen, und laut Buddy sind sie auch in der Schule unzertrennlich. Die beiden sind Partner, weißt du.«

Rueben lächelte stolz. »Ja, er ist schon etwas Besonderes, oder? 'n echter Computercrack. Ich wette einen Dollar, wenn er Ihren Kleinen erst mal angelernt hat, dann wird der auch so einer.«

»Weißt du, natürlich ist Max nicht der einzige, der dich vermissen wird. Du glaubst doch wohl nicht, daß ich jeden Tag nur deshalb hier vorbeischaue, weil mir dein Kaffee so gut schmeckt, oder?«

Rueben wurde puterrot. »Keiner, der Sie mit Zigaretten versorgt, hm?« sagte er und versuchte dabei, mich möglichst nicht anzuschauen.

»Nein, darum geht es überhaupt nicht. Mein Wagen wird im Laufe dieser Woche fertig sein. Dann kann ich endlich wieder in die Stadt fahren, wann immer ich will. Du siehst also, keine weiteren Hintergedanken.«

»Ich dachte, der Anlasser hätte letzte Woche schon fertig sein sollen.«

»Grads Village scheint nicht gerade der geeignete Ort für eine Autopanne zu sein. Man sitzt hier ganz schön fest. Wenigstens zeitweise.«
»Sie meinen wohl eher, man ist hier gefangen, oder?«
»Komm, so schlimm ist es nun auch wieder nicht. Ich meine, mein Wagen *wird* ja schließlich repariert. Übrigens, wie willst du denn hinauskommen? Du hast doch kein Auto, oder?«
»Ich werde bis zur Bundesstraße 15 laufen. Von dort aus werde ich dann trampen.«
»Das sind ja fast zehn Meilen, da wirst du ziemlich frieren.«
»Ich bin hart im Nehmen, ich schaff's schon.«
»Hör mal, Rueben, mein Wagen müßte bis dahin eigentlich fertig sein. Ich würde dich gerne bis Bangor mitnehmen. Von dort aus könntest du ja dann mit einem Bus oder mit der Bahn weiterkommen ...«
Rueben fuhr mit einem feuchten Lappen über den Tresen. »Ihr Angebot finde ich echt nett, aber ich weiß nicht so recht. Ich glaube, es ist besser, wenn ich zu Fuß gehe.«
»Ich verstehe nicht ganz, warum?«
Er zog die buschigen Augenbrauen zusammen und schaute mich nachdenklich an. »Wissen Sie, Jessie, ich habe noch nie jemanden von hier weggehen sehen – nicht ein einziges Mal. Und ich bin mir sicher, das liegt nicht nur daran, daß es niemanden geben würde, der das alles nicht genauso haßt wie ich. Sie zum Beispiel.«
»Merkt man mir das so sehr an?«
»Ich ja. Ihnen gefällt es nicht mal, mit Carla in den Club zu gehen. Sie passen einfach nicht dorthin.«
»Ich hab's ja ein paarmal mit dem Club probiert. Es ist irgendwie komisch – es war das einzige, worauf ich mich richtig gefreut hatte. Ein Swimmingpool, Tennisplätze, eine Sauna ... Und jetzt, wo ich das alles habe, ich weiß wirklich

nicht ... Ich vermute, mir gefällt's einfach besser, draußen in der Gegend herumzustreunen.« Ich hob beschwichtigend die Hand. »Versteh mich nicht falsch, Rueben, es *muß* mir hier einfach gefallen. Ich weiß, es ist schwer für dich, das zu verstehen, du bist noch so jung ... Aber wenn du einmal eine Familie hast und Verantwortung trägst, dann wirst du auch manchmal Dinge tun müssen, die du eigentlich nicht richtig findest. Nur um der Familie willen.«

»Glauben Sie denn, daß dies der richtige Platz für Sie und Ihre Familie ist?«

Ich nickte. »Rich hat eine gute Stellung, und er ist glücklich hier. Die Kinder sind es auch. Sie mögen die Schule, ihre Freunde ...« Ich schlug mit der Hand auf den Tresen. »Jetzt haben wir aber lange genug von mir gesprochen, Rueben. Ich verstehe immer noch nicht ganz, warum du dich nicht von mir nach Bangor fahren lassen willst?«

Er seufzte. »Weil ich nicht weiß, ob es sicher ist.«

»Was meinst du denn damit?«

»Das, was ich schon gesagt habe; ich habe es noch nie erlebt, daß hier jemand rausgekommen wäre, und das macht mich einfach nachdenklich. Sicher, ich werde bald achtzehn, und das heißt, daß ich volljährig bin – zumindest nach dem Gesetz. Aber das ist draußen. Hier drinnen gelten andere Gesetze. Wenn Sie denken, ich spaziere hier einfach so hinaus und winke fröhlich zum Abschied, dann täuschen Sie sich aber gründlich. Ich werde so still und heimlich verschwinden müssen, wie ich nur kann.«

»Willst du damit sagen, daß sie dich aufhalten würden?«

»Ja, genau das will ich damit sagen.«

»Aber du täuschst dich, Rueben, das weiß ich genau. Und was du vorhin gesagt hast, daß niemand hier jemals rausgekommen wäre, das stimmt auch nicht. Bevor Rich als Chef der Sicherheitsabteilung anfing, hatte ein anderer seinen Job, Roger Clements. Jetzt weiß ich natürlich nicht, warum sie ihn entlassen haben, aber jedenfalls ist es so gewesen, und er und seine Familie sind weggezogen.«

»Ich kannte Mr. Clements nicht, aber eines seiner Kinder – Charlie. Als ich hier anfangs zur Schule ging, es war ja nur eine kurze Zeit, da war er auch in meiner Klasse. Nach dem, was Charlie so erzählt hat, hat es der ganzen Familie hier überhaupt nicht gefallen.«

»Das ist zwar nicht die Geschichte, die ich kenne, aber das ist ja nicht so wichtig. Wichtig ist, daß sie weggezogen sind. Aus welchem Grund auch immer, jedenfalls sind sie weg aus Grads Village.«

»Aha ... nun, ich habe sie nicht weggehen sehen. Sie vielleicht?«

»Natürlich nicht, aber schließlich sind sie nicht mehr hier. Worauf willst du eigentlich hinaus, Rueben? Daß sie gar nicht weg sind?«

Als Carla an diesem Nachmittag nach ihrem Bowlingturnier bei mir hereinschaute, dachte ich immer noch über die Unterhaltung mit Rueben nach. Ich goß ihr eine Tasse Kaffee ein und fragte: »Wußtest du, daß Rueben vorhat, von Grads Village wegzugehen?«

»Er hat es ein paarmal erwähnt, aber dieses Gerede wird bei mir unter der Kategorie ›Ich hab' mal wieder die Schnauze voll‹ abgelegt. Du kennst das doch, in diesem Alter hat man doch immer die Vorstellung, irgendwohin abzuhauen. Als ich so alt war wie er, da packte ich meine Koffer mehrmals in der Woche ein und wieder aus.«

»Ich glaube nicht, daß das nur leeres Geschwätz ist. Soweit ich es beurteilen kann, meint er es ernst. Und ich bin mir gar nicht so sicher, ob er nicht recht damit hat. Schließlich ist er in einem Alter, in dem man neue Leute kennenlernen und andere Dinge anpacken sollte. Das hier ist kein Ort für jemanden wie ihn. Ich weiß genau, wenn Buddy und Jill älter werden, dann würde ich auch nicht wollen, daß sie hierbleiben.«

»Vielleicht hast du recht; ich habe darüber noch nicht nachgedacht. Ich nehme die Dinge immer, wie sie kommen.« Sie blies in ihren Kaffee und trank einen Schluck. »Wann will Rueben weg?«

»Am 21. November, wenn er achtzehn wird. Weißt du, Carla, Rueben denkt, daß es nicht einfach für ihn werden wird, hier herauszukommen. Er scheint zu glauben, daß man ihn aufhalten wird.«

»Warum sollten sie so etwas tun? Ich kann mir vorstellen, daß sie es vielleicht nicht sehr gerne sehen, wenn die Leute von hier rausgehen, aber du kannst absolut sicher sein, wir sind völlig frei in unseren Entscheidungen. Du warst doch in Bangor und hast selbst gesagt, daß niemand versucht hat, dich aufzuhalten. Außerdem sprechen wir jetzt von jemandem, der richtig weggehen will. Wenn jemand das wirklich will, dann können sie nicht viel dagegen unternehmen.«

»Er hat wirklich seltsame Andeutungen gemacht, Carla, über Roger Clements und seine Familie. Er sagte, daß ... na ja, er hat's nicht wirklich gesagt ... Er deutete an, daß die Familie den Ort überhaupt nicht verlassen hätte. Ich weiß, das klingt reichlich albern.«

»Es klingt mehr als albern, Jessie. Er liegt da völlig falsch. Ich weiß hundertprozentig, daß sie irgendwann mal im September abgefahren sind. Ich habe nämlich gesehen, wie sie abfuhren. Ich kam gerade vom Ausgang vier, als sie hereinkamen. Wir haben uns sogar noch verabschiedet.«

»Ausgang vier? Der führt doch zum Institut und nicht zum Parkplatz.«

»Ich weiß, ich kam gerade von einer meiner gynäkologischen Untersuchungen. Wir blieben noch kurz stehen, um ein paar Worte zu wechseln.«

»Was hatten sie denn im Institut zu suchen?«

»Sie mußten ihre Abschlußuntersuchungen machen lassen. Das ist hier so üblich, bevor man geht. Man wird vom Institut untersucht, um sicherzustellen, daß keine Viren nach draußen getragen werden, die sich unter der Bevölkerung verbreiten könnten. Das steht übrigens sogar im Vertrag.«

»Welcher Vertrag denn?«

»Den du unterschrieben hast, bevor du hierhergezogen bist.«

»Ich habe nie etwas unterschrieben, Carla.«

»Na, dann hat Rich es getan. Hier darf keiner herein, bevor er sich nicht mit den Vereinbarungen einverstanden erklärt hat.«

Ich saß nur da und starrte Carla an, zu überrascht, um auch nur ein Wort herauszubringen.

»Hör doch mal zu, Jessie«, sagte sie. »Ich bin davon überzeugt, daß Rich es nicht böse meinte.«

»Carla«, brachte ich schließlich heraus, »könntest du mir einen Gefallen tun?«

»Aber natürlich, jeden.«

»Erzähl keinem Menschen ein Wort über Rueben. Darüber, daß er weg will.«

»Ich werde meinen Mund halten. Aber warum?«

»Ich weiß es auch nicht genau, aber ich habe ein besseres Gefühl bei dem Gedanken, daß es niemand weiß.«

Kaum war Carla weg, da rannte ich auch schon nach oben zu der Kammer am Ende des Ganges – Richs Büro. Ich hatte bis jetzt noch nie seine Papiere angerührt, nun aber öffnete ich die Schubladen und wühlte darin herum.

Schließlich fand ich einen großen, braunen Umschlag mit dem Stempel des Instituts. Ich erbrach das Siegel und las den Vertrag.
Alles – bis zum bitteren Ende: Richs Unterschrift.

Rich kam erst gegen acht nach Hause. In der Zwischenzeit hatte ich starke Kopfschmerzen bekommen. Zweimal hatte ich die Kinder aus nichtigen Gründen angeschnauzt und Jill dabei fast zum Weinen gebracht. Schließlich setzte ich ihnen ein frühes Abendessen vor und schickte sie nach oben vor den Fernsehapparat.
»Ich muß mit dir sprechen«, sagte ich gleich an der Eingangstür zu Rich.
»Kein ›Hallo‹ und ›Wie geht's dir‹?«
»Bitte, Rich.«
Er schaltete die Wandbeleuchtung aus und dafür die Tischlampe an; dann ließ er sich aufs Sofa fallen. »Okay. Dann fang mal an, bringen wir es hinter uns. Wie es aussieht, bekomme ich sonst heute abend nichts mehr zu essen.«
Ich hatte den Vertrag zusammengefaltet und in die Tasche meiner Jeans gesteckt. Jetzt zog ich ihn heraus und hielt ihn ihm unter die Nase. »Das habe ich in deinem Schreibtisch gefunden.«
»Was hast du denn an meinem Schreibtisch zu suchen?«
»Das spielt jetzt keine Rolle. Wichtig ist, daß ich das hier gefunden habe und daß ich wissen möchte, was es zu bedeuten hat.«
Er hob die Hand, strich sich über die Stirn und fuhr sich durchs Haar. »Es bedeutet das, was da drin steht. Nicht mehr und nicht weniger.«
»Warum hast du mir das nicht gezeigt?«
»Es war nur eine Unterschrift notwendig. Nachdem man

mir den Job angeboten hat, hat man ihn eben mir gegeben.«

»Das ist noch keine Antwort.«

»Schau, Jessie. Ich wollte einfach vermeiden, daß du dich grundlos aufregst. So wie jetzt. Dieses Angebot war die Chance meines Lebens, und ich hatte Angst, du würdest dich aufs hohe Roß setzen und dich weigern, umzuziehen.«

»Und da hast du dir einfach so vorgestellt, es wäre besser zu lügen.«

»Ich habe nicht gelogen. Ich habe dir einfach nicht alles erzählt.« Er atmete heftig aus. »Glaubst du nicht, daß du viel zuviel Wind um die ganze Sache machst? Worum geht's denn überhaupt? Doch nur um ein paar Sicherheitsmaßnahmen. So wie du dich aufführst, könnte man meinen, ich hätte uns alle in die Sklaverei verkauft.«

Ich schaute auf den Vertrag und begann, die Klauseln aufzulisten: »Nummer eins: Alle Bewohner erklären sich bei Einzug in Grads Village mit einer umfassenden ärztlichen Untersuchung einverstanden. Nummer zwei: Alle Bewohner erklären sich während der ganzen Zeit ihres Aufenthaltes in Grads Village damit einverstanden, sich im Falle von Krankheiten sofort in ärztliche Behandlung von seiten des Instituts zu begeben. Nummer drei: Alle Bewohner erklären sich bei Auszug aus Grads Village mit einer umfassenden ärztlichen Untersuchung einverstanden. Nummer vier: Alle Kinder sind zum Schulbesuch verpflichtet.«

Ich brach ab und wartete, aber Rich sagte kein Wort. »Wolltest du deswegen, daß Buddy zur Schule geht?« fragte ich.

Immer noch keine Antwort. »Du hast mich belogen, Rich, die ganze Zeit über, seit du das Angebot bekommen hattest – ich war nur viel zu dumm, um es zu bemerken. Und ich habe immer geglaubt, deine Besorgnis um Buddy wäre echt!«

»Das ist nicht fair. Das stimmt nicht!«

Ich wedelte mit dem Vertrag vor seiner Nase herum. »Aber es mußte erst das hier kommen, um dein Interesse zu wecken, nicht wahr? Und ich habe mir von dir einreden lassen, meine Reaktionen auf die Einmischungen des Instituts wären unvernünftig, während du die ganze Zeit genau über diese Klauseln Bescheid wußtest. Und du wußtest nicht nur darüber Bescheid, du hast sogar noch einen Vertrag unterschrieben, in dem steht, daß *ich* damit einverstanden wäre! Wie konntest du mir nur so etwas antun?«

Rich beugte sich nach vorne, die Arme lagen auf seinen Knien, und er starrte auf den Teppich; seine Worte kamen langsam und bedächtig, so als ob er sie auswendig gelernt hätte. »Nichts von dem, was du vorbringst, Jessie, ist wirklich so schlimm. Okay, kann sein, daß ich mich falsch verhalten habe. Aber Buddy ist jetzt in der Schule, und es geht ihm gut. Und die Untersuchungen sind vorbei und erledigt. Es gibt kein düsteres Geheimnis um das Institut; sie verlangen eben nur einige gesundheitliche Vorsichtsmaßnahmen und wollen, daß die Kinder eine gute Erziehung bekommen. Und sie bekommen *wirklich* eine gute Erziehung. Das kannst nicht einmal du abstreiten.«

»Darum geht es nicht, Rich. Begreifst du das denn nicht? Ich fühle mich so, als ob ... als ob ich manipuliert worden wäre, um deinen Bedürfnissen gerecht zu werden. Und denen von Royce. Ja, wie ist das überhaupt mit Royce? Ich möchte wetten, du mußtest ihm allerhand erklären, als ich auftauchte. Aber ich war dann doch sehr pflegeleicht. Oder nicht, Rich?«

Rich stand auf und kam zu mir herüber. »Jessie, es tut mir

so leid. Ich weiß nicht, was ich sonst sagen könnte. Bitte, sag mir doch, was ich tun soll, um es wiedergutzumachen.«

Ich drehte mich weg. »Ich weiß es nicht. Ich weiß nicht einmal, ob das überhaupt noch möglich ist.«

Er umklammerte meine Schultern. »Laß mich doch ...«, schrie ich und versuchte ihn wegzustoßen.

»Laß meine Mom in Ruhe!« Rich ließ die Arme sinken, und ich fuhr herum. Buddy stand oben an der Treppe.

16

Du warst zu hart zu Rich«, meinte Carla am nächsten Tag, als sie mich auf meinem Spaziergang begleitete. »Ich glaube immer noch, daß er nur das Beste wollte. Vielleicht war es falsch, es auf diese Weise zu tun, aber was soll's? Und die Dinge haben sich doch gar nicht so schlecht entwickelt, oder?«

Ich hielt an, lehnte mich gegen einen Baum und zündete mir eine Zigarette an. »Meinst du? Mir gefällt es hier wirklich nicht, Carla. Im Gegenteil, es ist mir sogar zuwider.«

»Hast du das Rich schon mal gesagt?«

Ich lachte. »Wieso, damit ich sein nettes kleines Idyll durcheinanderbringe? Wie würde er reagieren, wenn er seinen Job hier aufgeben und sich einen anderen suchen müßte – und dann feststellen würde, daß der nicht so gut wäre wie der jetzige?«

»Du hast es ihm also verschwiegen, weil du keine Unruhe in euer Zusammenleben bringen wolltest?«

»Ich fürchte mich geradezu davor, es ihm zu sagen.«

»Vielleicht hatte er genausoviel Angst davor, dir von dem Vertrag zu erzählen.« Ich schaute sie an. »Er wußte, daß du dich über diese Klauseln total aufregen würdest, und deshalb hat er nichts gesagt. Und er wollte doch diesen Job unbedingt haben. Und überhaupt, was du mir so erzählt hast ..., wenn die Lage sich nicht bald geändert hätte, wäre eure Ehe sowieso daran kaputtgegangen.«

Wir gingen eine Weile nebeneinander her, ohne etwas zu sagen. »Also gut, vielleicht gefällt es dir hier nicht besonders«, sagte Carla, »aber du liebst diesen Kerl noch immer,

und ihr seid auch noch miteinander verheiratet. Wenn Rich dir den Vertrag gezeigt hätte, wäre das vielleicht jetzt schon nicht mehr der Fall.«
»Ich weiß nicht, ob ich dieser Logik folgen kann. Du sagst, ich soll Rich dankbar sein, daß er unsere Ehe gerettet hat, und wenn er dafür das Blaue vom Himmel gelogen hat, dann ist das trotzdem noch in Ordnung.«
»Betrachte es doch mal so: Er kämpfte um dich, und das war damals der einzig mögliche Weg für ihn. Er war nun mal so blöd und ergriff die Chance. Du weißt, daß ich recht habe; der Job hier war eure letzte Rettung. Warum stellst du dich denn nicht einfach hin und sagst: ›Mir gefällt es hier nicht, laß uns weggehen.‹ Ich sag' dir, warum, Jessie, weil du genauso wie er um eure Ehe kämpfen willst.«
»Sag mal Carla, warum gibst du dir eigentlich soviel Mühe? Du hältst hier ja ein richtiges Plädoyer – für Rich natürlich.« Sie zuckte mit den Achseln. »Purer Egoismus. Ich möchte nicht, daß du von hier weggehst.«
»Ich bin zwar immer noch ziemlich wütend, Carla, aber in einem Punkt hast du recht: Ich bin nicht bereit, meine Ehe aufzugeben. Zumindest jetzt noch nicht. Und wahrscheinlich werde ich deswegen meinen Mund halten und ihm nicht sagen, wie ich mich hier fühle. Zumindest jetzt noch nicht ...«
»Warum überlegst du's dir nicht und kommst mit mir in den Club? Dein Problem ist, daß du dich einfach langweilst. Marilyn und Maggie haben beide schon nach dir gefragt. Sie glauben langsam, daß du genauso eingebildet bist wie die Mädels vom Club der Hochnäsigen!«
Ich wußte, daß es zwei verschiedene Clubs gab, aber ich hatte mir bis jetzt nicht viele Gedanken darüber gemacht.
»Was ist das für ein Club?« fragte ich.
»Avenue G«, sagte Carla. »Die Leute, die dort wohnen,

haben einen Antrag an das Komitee gestellt, daß einer der beiden Clubs in einen Privatclub umgewandelt wird. Sie wollten einen Club ganz für sich allein. Und der Antrag ist durchgegangen.«

Es war das zweite Mal, daß jemand das Komitee erwähnte. Zum ersten Mal hatte ich davon gehört, als ich in dem kleinen Kiosk Zigaretten kaufen wollte. »Wer ist denn in diesem Komitee, Carla?«

Sie machte eine wegwerfende Geste. »Wer weiß das schon, und wen interessiert's? Wahrscheinlich die gleichen Leute, die auch in der Avenue G wohnen. Also, sei kein Frosch, Jessie, komm morgen einfach mit.«

»Ich glaube nicht; es ist ...« Wie ein Blitz durchfuhr mich plötzlich ein Schmerz im Unterleib. Ich krümmte mich und fiel auf die Knie.

»Was ist los, Jessie?« fragte Carla und warf sich neben mich auf den Boden.

Ich gab keine Antwort. Ich konnte nicht.

»Gütiger Himmel!« Sie stand auf, winkte und schrie in Richtung des Instituts: »Hilfe! Zu Hilfe!«

Ich hatte das Gesicht, das auf mich herabblickte, schon einmal gesehen. Die Züge waren merkwürdig verzerrt, wie in einem Vexierspiegel. Allmählich wurden die Einzelheiten deutlicher: die platte Nase, die dicken Lippen ... »Erinnern Sie sich an mich, Jessica? Ich bin Dr. Shannon.«

»Ich ... wo bin ich?«

»Nicken Sie nur mit dem Kopf.«

Ich nickte. »Wo bin ich?«

»Im Institut. Sie haben geschlafen, Jessica. Ich habe Sie bereits untersucht und ein paar Tests gemacht.«

Ich setzte mich auf. »Es tut gar nichts weh ...« In meinem Kopf drehte sich alles, und ich fiel auf das Kissen zurück.

»Es tut Ihnen deshalb nichts weh, meine Liebe, weil wir Ihnen Medikamente verabreicht haben, um die Schmerzen zu lindern. Ich möchte, daß Sie sich jetzt ausruhen.«
»Ich will nach Hause.«
»Ich fürchte, das wird nicht möglich sein. Sie sind nicht in der Verfassung, um irgendwohin zu gehen. Zunächst einmal müssen wir herausfinden, was Sie haben, und dann erst können wir mit der Behandlung beginnen.« Er drehte sich um und ging zur Tür.
»Verständigen Sie meinen Mann. Holen Sie Rich.«
»Wir haben uns schon um alles gekümmert, Jessica. Nun machen Sie sich mal keine Sorgen.« Damit verschwand er.
Ich sah mich in dem Zimmer um. Es war winzig und hatte weiß tapezierte Wände. Es gab nur ein einziges Bett, und in einer Ecke war das Bad. Ein großes Aussichtsfenster nahm fast die ganze Wand ein. Ein Fenster! Ich war im zweiten Stock des Instituts ... nicht unter der Erde! Meine Augenlider wurden schwer. Nein, nicht unter der Erde.

»Jessie ... Jessie.«
Ich öffnete die Augen – es war Rich. »Ich hab' mir solche Sorgen gemacht«, sagte er.
Ich fuhr mit der Zunge über meine trockenen Lippen. »Ich möchte nach Hause. Die Kinder ...«
Rich zog einen Stuhl an das Bett und setzte sich. Er nahm meine Hand. »Mach dir keine Sorgen wegen der Kinder, Jessie. Carla war großartig. Sie hat sie die ganze Zeit versorgt, und sie haben die letzten beiden Nächte bei ihr geschlafen.«
Ich starrte ihn an. »Zwei Nächte?«
»So lange bist du schon hier, Liebling. Du warst ganz schön krank. Ich habe solche Angst um dich gehabt, daß ich fast durchgedreht wäre.« Er blickte zu Boden, dann hob er die Augen wieder und sah mich an. »Du weißt, wenn dir jemals

irgend etwas zustoßen sollte ...« Er drückte meine Hand und biß sich auf die Unterlippe. Da erst merkte ich, daß er geweint hatte.
»Was ist denn passiert?«
»Laut Dr. Shannon hattest du eine Gebärmutterhalsentzündung. Er hat gestern eine Ausschabung vorgenommen ... er kann dir das genauer erklären, Jessie. Ich weiß nur, daß er gesagt hat, du wirst wieder gesund werden.«
»Kann ich nach Hause?«
»Noch nicht. Er will dich noch ein paar Tage hierbehalten. Es dauert nicht mehr lange, das verspreche ich dir.« Dann sagte er: »Jessie, wegen des Vertrags ... Ich bin ...«
Ich streckte meine freie Hand aus und legte die Finger auf seine Lippen. »Sprich nicht darüber, Rich. Ich möchte jetzt nicht daran denken. Nicht jetzt.«

Als ich wieder aufwachte, war Rich gegangen. Statt dessen war Dr. Shannon da. »Nun, wie fühlen wir uns denn, Jessica?«
Ich zuckte mit den Achseln.
»Haben Sie irgendwelche Beschwerden?«
»Nein, überhaupt keine. Rich sagte, sie würden mir erklären, was passiert ist.«
»Selbstverständlich.« Er setzte sich auf den Stuhl an meinem Bett. »Sie hatten Cervicitis, Jessica; so bezeichnet man einen Riß oder eine Infektion des Gebärmutterhalses. Normalerweise treten in diesem Bereich selten Schmerzen auf, aber Ihre Infektion war sehr stark. Wie Ihr Mann Ihnen vielleicht bereits gesagt hat, haben wir eine Kürettage, also eine Ausschabung, vorgenommen. Das ist ein einfacher chirurgischer Eingriff, bei dem die Gebärmutter gedehnt wird, damit das infizierte Gewebe entfernt werden kann.« Er stand auf. »Noch weitere Fragen?«

»Werden irgendwelche Nebenwirkungen auftreten?«
»Überhaupt keine, Jessica. In zwei Tagen werden Sie wieder zu Hause sein und sich wieder fast ganz gesund fühlen.«
»Danke.«
Er lächelte; seine dicken Lippen blieben dabei fest zusammengepreßt. Dann drehte er sich um und ging.
Ich seufzte. Es sah so aus, als ob alles wieder in Ordnung kommen würde. Ich hatte ihn zwar nicht danach gefragt – denn es wäre ihm bestimmt peinlich gewesen –, aber ich wunderte mich doch, daß er eine Infektion, die schon so weit fortgeschritten war, nicht schon vor ein paar Wochen bei der Kontrolluntersuchung bemerkt hatte.

Rich kam am nächsten Morgen und versprach, mittags wieder vorbeizuschauen. Um zehn Uhr sauste Carla mit einem kleinen Geschenkpaket herein und ließ es auf mein Bett fallen. »Nichts Besonderes, nur etwas Jean Naté.«
»Das wäre wirklich nicht nötig gewesen, Carla. Rich hat mir erzählt, wie du dich um die Kinder gekümmert hast. Ich weiß nicht, wie ich dir jemals dafür danken soll ...«
Sie winkte ab. »Hör sofort auf damit. Dankbarkeit macht mich nervös.«
Ich mußte lachen. »Gott sei Dank bin ich nicht genäht worden.«
Sie schaute mich an und schüttelte den Kopf. »Wow, hast du mich aber erschreckt, Jessie. So, wie du zusammengeklappt bist und dabei ausgeschaut hast, habe ich geglaubt, du würdest dort auf der Stelle abkratzen.«
»Es kam für mich völlig überraschend. Ich hatte nie Beschwerden. Nicht ein einziges Mal. Eben bis zu dem Moment, als ich umkippte.«
Carla sah sich zum ersten Mal in dem Zimmer um. Dann sah sie das Fenster, die Vorhänge waren weit offen. »Immer-

hin, ein Zimmer mit Aussicht. Das sollte dich doch etwas aufmuntern.«

»Siehst du, so hat alles seine positiven Seiten. Und außerdem werde ich morgen schon entlassen.«

»Klasse, in Krankenhäusern wird mir nämlich immer ganz anders – ganz zu schweigen von dem Theater, bis ich endlich hier raufdurfte. Falls du an der Qualität der Sicherheitsvorkehrungen des Ortes und der Klinik zweifeln solltest, mußt du nur mal versuchen, hier jemanden zu besuchen. Drei Sicherheitskontrollen. Bei einer hatte ich schon Angst, daß sie mich auch noch filzen würden.«

»Glaubst du, daß sie hier ihre Forschungen betreiben?«

»Als ich den Korridor entlangkam, habe ich nur eine Menge Zimmer gesehen, die so aussahen wie dieses hier. Die meisten waren leer. Ich kann mir nicht vorstellen, was es hier zu schützen gibt.« Ihre Augen blickten verschmitzt. »Es sei denn dich.«

»Das fehlte mir gerade noch zu meinem Glück. Vielen Dank.«

Rich besuchte mich mittags und dann wieder nach dem Abendessen. Um neun Uhr war ich schon wieder müde. Eine grauhaarige Krankenschwester, die sich wie ein texanischer Cowboy bewegte und ein Namensschild aus Plastik mit der Aufschrift »Vera« trug, kam mit einem weißen Pappbecher herein. Sie leerte den Inhalt in ihre Hand und gab mir zwei Tabletten und ein Glas Wasser. »So, das nehmen wir jetzt schön ein, Jessica«, sagte sie.

»Wofür sind die Tabletten?«

»Die große enthält Erythromycin, und die kleine ist ein Beruhigungsmittel.«

Außer bei der Geburt der Kinder hatte ich nur einmal im Krankenhaus gelegen, aber ich hatte die Erfahrung ge-

macht, daß die Beruhigungsmittel in den Krankenhäusern für mich in den frühen Morgenstunden weitaus sinnvoller waren, wenn ich unweigerlich aufwachte und nicht mehr einschlafen konnte. Ich schluckte zunächst das Antibiotikum, dann nahm ich die zweite Tablette, hielt die Handfläche mit der kleinen weißen Pille an den Mund, senkte die Hand wieder und ließ die Tablette auf das weiße Bettlaken fallen. Dann nahm ich einen weiteren Schluck Wasser.
Um ein Uhr nachts wachte ich auf, zog meine Pantoffeln und den Morgenrock an und ging ins Badezimmer. Auf dem Rückweg trat ich zur Tür und sah hinaus. Der lange Gang war schwach beleuchtet, und es war niemand im Schwesternzimmer. Ich ging hinaus und wanderte den Gang entlang, wobei ich in jedes Zimmer, an dem ich vorbeikam, einen Blick warf. Wie Carla gesagt hatte, waren die meisten leer.
Schließlich kam ich zum Schwesternzimmer. Hier ging der Gang in den nächsten über. Ich stieß die Schwingtüren auf. Auf dem graugefliesten Boden liefen drei rote Linien den Gang entlang: eine in der Mitte und je eine rechts und links davon. Verglaste Räume mit Vorhängen lagen auf beiden Seiten des Ganges, aber die Vorhänge waren zurückgezogen. Ich blieb an einem der Fenster stehen und schaute hinein. Der Raum hatte die Größe eines Kinos. Ich erblickte ungefähr zweihundert kleine Kinderbetten, die nebeneinander aufgestellt waren. Gene Royce hatte die Zahl der Familien des Ortes auf rund siebenhundert geschätzt. Sicher brauchte man hier eine Säuglingsstation, aber eine so große? Der Säuglingssaal war leer. Er wartete noch auf seine »Patienten« ... vielleicht würde Maggie Simpsons Baby der erste sein.
Ich hatte bisher keine Laboratorien entdecken können, aber der Gang zog sich auch noch endlos hin, und ich war

viel zu müde, um ihn noch weiter zu erforschen. Ich drehte mich um, um zurückzugehen. »Was machen Sie denn hier?« sagte eine Stimme.
Ich fuhr zusammen. Dann atmete ich erleichtert auf. Es war Vera. »Gott, haben Sie mich erschreckt! Ich wußte nicht ...«
»Was haben Sie denn außerhalb Ihres Zimmers zu suchen?«
»Nichts. Ich bin nur herumgegangen. Ich fand nichts Schlimmes dabei.«
Sie packte mich am Arm, so fest, daß sich ihre Finger in mein Fleisch bohrten. »Lassen Sie das!« sagte ich und versuchte, mich von ihrem Griff zu befreien. Schließlich faßte ich mit meiner freien Hand nach oben, packte den Ausschnitt ihrer Uniform und zerrte daran. Ein Ruck, dann flog ein weißer Knopf auf den Boden. Sie ließ los.
Später saß ich auf dem Bettrand und rieb mir die schmerzende Stelle am Arm. Ich schob den Ärmel des Morgenmantels ganz nach oben. Deutlich waren die Spuren von fünf Fingernägeln auf meinem Arm zu sehen.

Am nächsten Tag erzählte ich Rich auf dem Heimweg von diesem Vorfall. »Ich glaube nicht, daß sie dir weh tun wollte«, sagte er. »Ich glaube, sie war nur ziemlich aufgebracht, daß du da oben einfach so durch die Gegend gelaufen bist. Es überrascht mich, daß du so weit gekommen bist.«
»Ich habe dort keine Sicherheitsbeamten gesehen.«
»Dort gibt es auch keine, dafür aber sind dort eine Menge sensibler Stellen, durch die Kameras und Alarmvorrichtungen in Gang gesetzt werden. Es ist fast unmöglich durchzukommen, ohne eine dieser Stellen zu passieren.«
»Was meinst du mit ›sensiblen Stellen‹?«
Er antwortete nicht sofort, dann aber sagte er: »Das ist streng vertraulich, Jessie, du mußt mir also versprechen,

niemandem etwas davon zu erzählen.« Ich nickte. »Man muß nur eine dieser Stellen berühren oder drauftreten, dann wird sofort ein Signal ausgelöst. Das kann zum Beispiel ein Punkt an der Wand oder auf dem Tisch sein – ein roter Punkt. Die sensiblen Stellen sind immer durch etwas Rotes gekennzeichnet.«
Ich dachte einen Augenblick nach. »Du meinst zum Beispiel die roten Linien auf dem Korridor?« Er nickte. »Wie kann das Personal alle diese sensiblen Stellen umgehen?«
»Das brauchen sie nicht. Jeder, der befugt ist, sich dort aufzuhalten, ist im Computer gespeichert und löst kein Signal aus.«
»Warst du schon mal dort oben, Rich?«
»Ein- oder zweimal, hauptsächlich in den Computerräumen. Die befinden sich im zweiten Stock, aber auf der anderen Seite des Gebäudes. Wenn etwas nicht in Ordnung ist, kann man es von dort aus regeln.«
»Hast du schon eines der Laboratorien gesehen?«
»Nein, aber ich habe auch nicht darauf geachtet.«
Ich lehnte mich im Sitz zurück und sah zu, wie unser Wagen den Ausgang passierte und auf die Hauptstraße hinausfuhr. »Ich bin so froh, daß ich da raus bin.«
Er lächelte. »Nicht nur du. Mir scheint, ich bin einfach so an dich gewöhnt. Wenn ich nur daran denke, daß nächste Woche Thanksgiving ist. Wer, zum Teufel, würde mir Jessicas Spezial-Mandel-Aprikosen-Dressing herzaubern?«
»Das wäre zweifellos ein gewaltiges Problem.«
»Irgendwelche Anweisungen von Dr. Shannon?«
»Ich soll nur die Antibiotika weiter einnehmen.« Meine Stimme wurde leiser. »Und er will mich am nächsten Freitag und dann einmal pro Woche sehen.«
Rich sah mich an. »Beunruhigt dich das?«
»Nein, überhaupt nicht.«

17

Ich hatte mich eben auf das Sofa gelegt, als Carla hereinkam. Überrascht schaute ich hoch. »Was machst du denn hier?« fragte ich. »Donnerstag ist doch immer dein Bowlingtag?«
»Ich habe mich krank gemeldet. Sie werden schon einen Ersatz für mich finden. Ich konnte dich doch nicht allein zu Hause sitzen lassen. Schließlich bin ich immer noch Mitglied des Begrüßungs-Komitees.«
Ich setzte mich auf, wickelte mich in die Decke ein und erinnerte mich wieder daran, wie Carla mir zu Beginn hier alles gezeigt hatte. Das schien jetzt schon hundert Jahre her zu sein. »Ich kann es kaum erwarten, die Kinder wiederzusehen«, sagte ich. »Wie ging es mit Buddy? Hatte er Alpträume, Carla?«
»Nicht, daß ich wüßte. Lou behauptet allerdings auch, daß ich wie eine Tote schlafe.«
»Weißt du, ich möchte Rueben noch einmal sehen, bevor er geht. Ich weiß nicht, ob ich schon wieder soweit okay bin, aber vielleicht können wir ja auf einen Imbiß bei ihm vorbeischauen.«
»Dafür ist es zu spät. Vergiß es.«
»Wieso? Heute ist doch erst der zwanzigste.«
»Nun, anscheinend hat er seine Pläne geändert. Ich war gestern bei Eagles und – laut Benny – ist Rueben an dem Tag weggegangen, an dem du krank wurdest.«
»Hat er irgend jemandem was gesagt? Was hat Benny erzählt?«
»Es ist gar nicht so einfach, etwas Vernünftiges aus Benny herauszubekommen. Die meiste Zeit über ist er auf Sauf-

tour, so daß man nie genau weiß, was er sich einbildet und was tatsächlich passiert ist. Aber er behauptet, Rueben hätte mit ihm nie darüber gesprochen.«

»Woher wußte er dann, daß Rueben weg ist?«

»Er hat einen Anruf vom Institut bekommen.«

Ich fühlte, wie mich eine jähe Hitze erfaßte, und wickelte mich aus der Decke. »Carla, woher sollten sie das wissen? Rueben hätte ihnen nie von seiner Absicht erzählt. Im Gegenteil, was er am meisten gefürchtet hatte, war ja gerade, daß sie es herausfinden würden.«

Sie zuckte mit den Schultern. »Vielleicht haben sie es von jemandem aus seiner Familie erfahren. Die haben es sicher gewußt.«

Ich stand vom Sofa auf und lief in die Küche, um das Telefonbuch von Grads Village zu holen. Carla folgte mir.

»Wen willst du anrufen?«

»Ruebens Mutter.« Ich blätterte die Seiten durch, bis ich zu »M« kam; dann suchte ich weiter, bis ich bei »MacAlister« war. Es gab zwei MacAlisters. Ich blickte zu Carla auf. »Lawrence oder Jonathan?«

»Lawrence. Jonathan, glaube ich, ist einer der Typen vom Komitee.«

Ich wählte und ließ es läuten. Endlich, als ich schon wieder einhängen wollte, meldete sich eine Frauenstimme. »Hallo?« kam es in einem beinahe singenden Tonfall vom anderen Ende der Leitung.

»Mrs. MacAlister, mein Name ist Jessie Platt. Mein Sohn Buddy ist ein Freund von Max. Ich bin sicher ...«

»O ja, natürlich, Mrs. Platt. Ich wollte Sie schon anrufen, um Sie willkommen zu heißen, aber Sie wissen ja, wie hektisch es manchmal zugeht. Auf jeden Fall hat Maxwell uns schon in den höchsten Tönen von Ihrem kleinen Jungen vorgeschwärmt.«

»Eigentlich rufe ich ja nicht wegen Buddy oder Max an, sondern wegen Rueben.«

»Oh?« Mrs. MacAlisters Stimme klang jetzt eine Oktave tiefer.

»Ich muß Ihnen das wohl erst einmal erklären. Rueben und ich, wir kennen uns aus dem Eagles. Ich bin dort oft hingegangen, und wir haben uns dann immer unterhalten und sind so Freunde geworden.«

»Ich verstehe. Dann wissen Sie vielleicht mehr über meinen Sohn als ich.«

»Nun, das kann ich mir kaum vorstellen.«

»Mrs. Platt, ich würde vorschlagen, wir kommen zur Sache. Offensichtlich wissen Sie darüber Bescheid, daß Rueben von zu Hause weggegangen ist. Deshalb rufen Sie doch an, oder?«

»Ja, ich habe davon gehört. Und ich war eigentlich überrascht zu erfahren, daß er fort ist – vor allem, daß es so schnell ging. Deshalb wollte ich Sie fragen, ob er mit Ihnen vorher darüber gesprochen hat. Vor allem: Hat er Ihnen gesagt, wann er weggehen wollte?«

»Ich fürchte, wir haben überhaupt nicht sehr viel miteinander gesprochen. Sie wissen ja, wie verschlossen und abweisend Teenager sein können. Nun, und Rueben machte da keine Ausnahme. Um ehrlich zu sein, von dem Augenblick an, als wir hierherzogen, hat er uns nichts als Schwierigkeiten gemacht. Und dann hat mich natürlich sein plötzlicher Entschluß, von zu Hause fortzugehen, völlig aus der Fassung gebracht. Ich bin seither ganz durcheinander.«

»Das kann ich mir gut vorstellen. Aber er ist fast achtzehn. Ich bin sicher, er wird schon zurechtkommen.«

»Das hoffe ich natürlich auch. Vielleicht war es tatsächlich das Beste für ihn. Das sagt jedenfalls dauernd mein Mann zu mir. Wissen Sie, Maxwell gefällt es hier sehr gut, und er blüht richtig auf in dieser Umgebung. Wir hatten Angst,

Rueben würde ihm mit seiner negativen Haltung das Leben hier verleiden.«

»Mrs. MacAlister, seit wann wissen Sie, daß Rueben weg ist? Und wer hat es Ihnen gesagt?«

»Ich habe es erst vor zwei Tagen erfahren. Ich war gerade dabei, sein Zimmer sauberzumachen – Sie wissen ja, wie schlampig Jungs in seinem Alter sind. Na ja, und da habe ich ganz hinten im Schrank einen von Lawrences Koffern gefunden. Natürlich habe ich ihn geöffnet. Er war gepackt.«

»Ich verstehe nicht ganz. Heißt das, daß er noch gar nicht weg ist?«

»Das könnte man eigentlich annehmen, oder? Ich rief dann sofort im Geschäft an, um ihm ins Gewissen zu reden, aber er war nicht da. Dann habe ich die Zentrale angerufen, um herauszubekommen, wo sich der Junge befindet. Keine zwanzig Minuten später haben sie zurückgerufen, um mir zu sagen, daß er das Gelände verlassen hätte. Und das ist das letzte, was ich von ihm gehört habe.«

»Das ergibt doch keinen Sinn, Mrs. MacAlister. Warum hätte er wohl seinen Koffer zurückgelassen?«

»Offensichtlich war Rueben dahintergekommen, daß ich sein Geheimnis entdeckt hatte, und wollte mir keine Gelegenheit geben, ihn aufzuhalten. Sie wissen ja, wie Jungs sind: Sie meinen, mit einem Taschenmesser und einem Flaschenöffner in der Tasche sind sie bestens ausgerüstet, um überall durchzukommen.« Mrs. MacAlisters Stimme überschlug sich fast. »Wozu, denken sie sich, brauchen sie da noch etwas zum Anziehen?«

Als ich den Hörer auflegte, sah ich wortlos zu Carla hin.

»Ich hab's gehört«, sagte sie.

»Aber das Ganze ergibt doch keinen Sinn. Erstens hatte er

die Absicht gehabt, am 21. wegzugehen – an seinem Geburtstag. Und zweitens, warum sollte er ohne seinen Koffer gehen?«

»Ich weiß es nicht. Was hat denn seine Mutter dazu gemeint?«

»Sie meint, er habe irgendwie herausgefunden, daß sie den Koffer entdeckt hat, und er habe dann daraus geschlossen, sie kenne seinen Plan. Daraufhin habe er seine Pläne über den Haufen geworfen und sei sofort verschwunden.«

»Das wäre schließlich möglich. So könnte es doch gewesen sein.«

Später, als Carla schon gegangen war, ging ich noch mal ans Telefon. Als ich dann feststellen mußte, daß ich kein Telefonbuch von Maine und Umgebung hatte, wählte ich 411. »Auskunft«, meldete sich eine Stimme.

»Könnten Sie mir bitte die Telefonnummern von den Busbahnhöfen und Bahnstationen in Bangor geben?«

Ein Seufzer. »Können Sie mir nicht irgendwelche Namen nennen?«

»Es tut mir leid, aber ich kenne mich hier in der Gegend nicht aus.«

Noch ein Seufzer. »Einen Moment bitte.« Wenige Sekunden später teilte mir die Stimme die Telefonnummern von Buslinien, lokalen Eisenbahnlinien und die Nummer der Maine–New-Hampshire-Linie mit. Ich notierte sie mir. »Vielen Dank.«

»Soll ich für Sie eine Verbindung herstellen?« fragte die Stimme.

»Kann ich nicht direkt durchwählen?«

»Es gibt keine Durchwahl nach draußen.«

Ich hielt einen Moment inne. »Bin ich denn überhaupt mit der Auskunft verbunden?«

»Natürlich. Aber mit der Auskunft von Grads Village. Wenn Sie eine Nummer von außerhalb wählen möchten, muß ich Sie verbinden.«

»Aha.« Ich zögerte kurz. »Könnten Sie mich dann bitte mit der Zugauskunft verbinden?«

»Einen Moment.«

Es klickte in der Leitung, dann hörte ich das Freizeichen, und schließlich meldete sich eine männliche Stimme. »Zugauskunft.«

»Könnten Sie mir vielleicht eine Auskunft geben?« fragte ich.

»Ich will sehen, was sich tun läßt, Ma'am. Was möchten Sie denn gerne wissen?«

»Hatten Sie am Montag oder Dienstag dieser Woche eine Buchung auf den Namen Rueben MacAlister? Ich weiß leider nicht, wohin, aber ...«

»Fürchte, das würde uns auch nicht weiterhelfen. Die Leute kaufen ihre Fahrkarten direkt hier am Schalter. Wir führen keine Namenslisten.«

»Trotzdem, vielen Dank«, sagte ich und legte den Hörer auf.

Den ganzen Nachmittag über zermarterte ich mir das Gehirn, wie ich etwas über Rueben herausfinden konnte, aber mir fiel absolut nichts ein. Schließlich schlief ich auf dem Sofa ein. Das nächste, was ich wahrnahm, waren die Kinder, die zur Tür hereinstürmten und *»Mom, Mom!«* schrien.

Ich umarmte alle beide auf einmal, und wir gingen in die Küche, um uns eine Kleinigkeit zuzubereiten. »Was war denn los mit dir, Mom?« rief Buddy.

»Ich hatte eine Infektion, Liebling.«

»Wo?« fragte Buddy.

»In meinem Gebärmutterhals.«
Buddy dachte einen Moment lang nach. »Hat das was mit dem Hals zu tun?«
Ich schmunzelte. »In gewissem Sinne schon, aber in meinem Fall war es mehr der Hals meiner Gebärmutter. Das ist ein Fortpflanzungsorgan, das jede Frau hat.«
Buddy machte ein ganz ernstes Gesicht. »Hat es sehr weh getan?«
»Eine Zeitlang schon. Aber als sich dann der Doktor um mich kümmerte, ging es mir gleich wieder besser.«
Jill war bis jetzt sehr still gewesen. Plötzlich wollte sie wissen: »Wie hat der Doktor denn herausgefunden, daß du eine Infektion hast?«
»Nun, ich hatte sehr große Schmerzen – an dieser Stelle.« Ich legte beide Hände auf meinen Unterleib, um ihr zu zeigen, wo. »Und dann hat mich der Doktor natürlich untersucht, um herauszufinden, wo der Schmerz herkam.«
»Wie macht er denn das?«
Ich zögerte einen Moment. »Na ja ... eine Frau muß der Doktor von innen untersuchen.«
»Aha.« Sie überlegte kurz. »Kann ich so etwas auch bekommen?«
»Das ist nicht sehr wahrscheinlich, Liebling. Solche Sachen kommen nur bei erwachsenen Frauen vor. Nicht bei Mädchen. Warum möchtest du das wissen, Jill?«
»Oh, aus keinem besonderen Grund. Nur so.«
»Jetzt aber Schluß damit, wir haben genug über mich geredet. Ich möchte wissen, was ihr zwei die ganze Zeit über getrieben habt. Hat es euch bei Carla gefallen?«
»Sie ist nett«, sagte Jill, »sie zwingt einen nie dazu, etwas zu tun, was man nicht machen will. Das einzige, was nicht so toll war, war, daß ich mit Rebecca in einem Zimmer schlafen mußte.«

»Was war denn daran so schlimm? Rebecca hat mir sehr gut gefallen.«

»Doch, sie ist schon nett und so, das meine ich auch gar nicht. Aber sie hat mich fast keine Nacht schlafen lassen. Ich war immer fürchterlich müde, wenn ich morgens in die Schule mußte.«

»Du meinst, sie redet dauernd?«

»Nein, das nicht. Sie geht schon ins Bett und so, aber dann wacht sie wieder auf. Sie ist aber dann nicht richtig wach, glaube ich. Ihre Augen sind offen, aber ich glaube nicht, daß sie wirklich etwas sieht. Es ist direkt unheimlich, sie steht auf, läuft im Zimmer herum und summt dabei vor sich hin. Keine Melodie oder so was, sondern immer wieder denselben Ton. Es klingt so ähnlich wie das Freizeichen im Telefon.«

»Hast du denn versucht, sie wieder zurück ins Bett zu bringen?«

»Aber natürlich hab' ich das versucht. Manchmal ist mir das auch gelungen, aber wenn ich dann das nächste Mal aufgewacht bin, ist sie schon wieder im Zimmer herumgelaufen. Und wenn ich sie dann morgens ausgeschimpft habe, konnte sie sich nie an etwas erinnern. Sie hat sogar behauptet, ich würde lügen.«

Noch bevor ich Carla anrufen konnte, um ihr von meiner Unterhaltung mit Jill zu erzählen, rief sie mich an. »Sie haben Maggie heute morgen ins Krankenhaus gebracht«, sagte sie, »sie hat so gegen Mittag ein Mädchen bekommen. Es wiegt über dreieinhalb Kilo.«

»Das ist ja wunderbar. Sie hat ja immer gesagt, daß sie ein Mädchen wollte. Schön, daß es eines geworden ist, und dazu noch so ein Brocken. Wie geht es den beiden denn?«

»Tom sagt, den beiden geht's sehr gut. Sie wollen das Baby

Melinda nennen. Laut Tom sieht sie keinem von beiden ähnlich, aber sie muß eine richtige Schönheit sein, wie man sie nicht alle Tage zu sehen bekommt: blondes Haar, blaue Augen, Grübchen ... wirklich gute Arbeit.«

Ich lachte. »Wir können sie in den nächsten Tagen ja mal besuchen. Ich würde dem Baby gern etwas mitbringen.«

»In der ersten Woche ist kein Besuch erlaubt, aber wir können ja später hingehen.«

»Warum, ist was nicht in Ordnung?«

»Nein. Das ist nur wegen der Vorschriften.«

»Aber heutzutage werden doch junge Mütter schon drei oder vier Tage nach der Entbindung wieder aus dem Krankenhaus hinauskomplimentiert.«

»Hier ist das anders. Hier kannst du schreien und toben, und es dauert doch zwei Wochen. Und die ganze erste Woche sind keine Besuche erlaubt, mit Ausnahme des Ehemannes natürlich.«

»Also ganz, wie es den Herrschaften hier beliebt. Hör mal, Carla, ich wollte mit dir eigentlich etwas besprechen.«

»Schieß los.«

»Wußtest du, daß Rebecca schlafwandelt?«

»Wer behauptet das?«

»Jill. Sie hat erzählt, daß Rebecca die halbe Nacht wach ist, im Zimmer umherläuft und dabei vor sich hinsummt.«

»Ach du meine Güte! Die Kinder machen mich noch ganz krank; ich weiß nie, wann ich mich nun aufregen soll und wann nicht. Warum können sie nicht mit achtzehn auf die Welt kommen und damit die ganze Sache vereinfachen?« Sie seufzte. »Was meinst du, Jessie, glaubst du, daß es etwas Ernstes ist.«

»Ich weiß es nicht. Vielleicht bedrückt sie etwas. Warum sprichst du nicht einfach mit ihr und versuchst herauszufinden, ob sie sich an etwas erinnert? Und wenn das nicht der

Fall ist, dann solltest du vielleicht doch lieber mit ihrem Arzt sprechen ...«

»Sie ist ja schon zweimal in der Woche bei ihm. Wie oft soll sie denn noch zu ihm hingehen?«

»Bei welchem Arzt ist sie denn?«

»Bei einem dieser Seelenklempner.«

»Bei einem Psychiater? Warum?«

»Weil sie alles viel zu schwer nimmt. So wie du. Alles muß bei ihr seine Ordnung haben, sonst kippt sie gleich aus den Pantinen. Der Arzt meint, sie sieht sich selbst als Erwachsene und fühlt sich für Andrew, mich und Lou verantwortlich. Sie übertreibt da sicher, aber ich habe nie gedacht, daß das so ein großes Problem wäre. Aber was weiß ich denn schon? Jedenfalls sind die Ärzte der Meinung, das sei ungesund für sie und wenn das so weitergehe, dann würde es bestimmt – ich zitiere – ›ihre Entwicklung behindern‹!«

Ich sagte kein Wort.

»Jessie, bist du noch dran?«

»Ja, ich bin noch da.«

»Was ist denn los?«

»Ach, nichts. Ich wunderte mich nur gerade, wie viele Kinder hier zum Psychiater gehen ...«

»Außer Rebecca und Buddy wüßte ich niemanden. Ich weiß nur, daß die Krasner-Zwillinge irgendein Abmagerungsprogramm mitmachen und daß Eric Simpson wegen einer Allergie behandelt wird. Ich glaube, die sind alle in Behandlung. Aber die haben keine seelischen Probleme, nichts Psychisches oder so. Warum interessiert dich das, Jessie?«

18

Noch am gleichen Abend erzählte ich Rich die Geschichte von Ruebens Verschwinden. »Das weiß ich schon«, sagte er mit Nachdruck.

»Woher?«

»Wie du dich vielleicht erinnern kannst, habe ich mit den Sicherheitsmaßnahmen zu tun. Du kannst dir ja sicher vorstellen, daß sie mir deswegen ganz schön Dampf gemacht haben!«

»Dann ist Rueben also problemlos hinausgekommen?«

»Jessie, ich weiß ja nicht, was du unter ›problemlos‹ verstehst, aber wenn du damit sagen willst, daß er um die Abschlußuntersuchung herumgekommen ist, dann ja. So sehr dir auch dieser ganze Vertrag gegen den Strich geht, seine Familie hat ihn nun mal unterschrieben, und das Institut kann mit Recht verlangen, daß die Bedingungen eingehalten werden.«

»Vielleicht wollte er deshalb warten, bis er achtzehn ist.«

»Was hat das denn damit zu tun?«

Ich zuckte mit den Achseln. »Nun, dann wäre er volljährig und somit rechtsfähig. Denn schließlich hat ja nicht er den Vertrag unterschrieben, sondern seine Eltern. Vielleicht hat er gedacht, daß er mit achtzehn keinerlei Verpflichtungen mehr hätte.«

»Was du anscheinend nicht einsehen willst, Jessie, und Rueben offensichtlich auch nicht, ist, daß dieser Vertrag ausgearbeitet wurde, um eine gewisse Schutzfunktion zu erfüllen. Nicht unbedingt für die Leute hier im Ort, sondern für die Leute draußen. Ob achtzehn oder nicht, auch er hat eine moralische Verpflichtung.«

Ich seufzte. »Ich bin trotzdem richtig erleichtert darüber, daß er draußen ist. Wie hat denn der Sicherheitsdienst sein Verschwinden bemerkt?«
»Seine Mutter rief an. Da haben wir das zum ersten Mal überprüft; doch er tauchte bei keiner unserer Computerkontrollen auf. Er hat sich ein paar ganz schön raffinierte Dinger einfallen lassen, um den Computer auszutricksen. Offensichtlich ist er da ein ziemlicher Experte.«
»Das würde mich nicht überraschen. Der kleine Max ist jedenfalls einer.«
»Du kannst also ganz beruhigt sein. Mit deinem Freund ist alles okay, aber dein Mann guckt belemmert aus der Wäsche.«

Am Wochenende versuchte ich mich zu erholen. Rich hätte wirklich nicht netter und aufmerksamer sein können. Obwohl ich erleichtert war, daß Rueben wohlbehalten nach draußen gekommen war, mußte ich aus irgendeinem Grund ständig an ihn denken. Ich würde ihn wirklich vermissen. Und dann war da noch die Geschichte mit Rebecca, die mich beschäftigte. War die Erklärung, die sie Carla gegeben hatten, wirklich schlüssig? Nun, wenn man berücksichtigte, daß Rebecca schlafwandelte, hatte sie vielleicht doch Hand und Fuß ...
Jill verbrachte fast das ganze Wochenende bei Toby, doch Buddy irrte durch das Haus und sah ganz verloren aus.
»Wo ist Max?« fragte ich ihn schließlich am Sonntagmorgen.
»Zu Hause.«
»Warum lädst du ihn nicht ein?«
»Das habe ich schon gemacht, aber er will nicht kommen.«
»Habt ihr euch gestritten?«

»Nein. Aber sein großer Bruder ist von zu Hause weggelaufen, und jetzt ist er richtig traurig, er hat zu nichts mehr Lust. Einmal hat er sogar in der Schule geweint.«
»Sicher, er vermißt ihn, aber er wird darüber hinwegkommen, Buddy. Außerdem ist es ja nicht so, daß er nie wieder ... mit ihm sprechen kann.« Ich hätte fast »sehen« gesagt, aber Rueben konnte ihn ja nicht besuchen. Nachdem er sich auf diese Weise verabschiedet hatte, war das ja unmöglich. »Ich bin sicher, daß er ihn anrufen wird, wenn er sich mal irgendwo eingelebt hat«, sagte ich schließlich.
Buddy nickte.
»Da kommt mir 'ne Idee. Überrede ihn doch, morgen nach der Schule zu uns zu kommen! Ich wollte morgen nämlich das Auto abholen. Vielleicht können Jill, du, ich und Max nach Bangor fahren und dort ins Kino gehen und zu Abend essen. Das muntert ihn bestimmt auf – und uns wahrscheinlich auch.«
Buddys Augen leuchteten auf. »Meinst du das im Ernst?«
»Ja. Aber sorg dafür, daß Max zuerst seine Mutter fragt.«
Buddy wollte gerade loslaufen, blieb aber noch mal stehen. »Ach, das hätte ich fast vergessen.« Er zog zwei zerknitterte Briefumschläge aus seiner Hosentasche und warf sie mir zu. »Ich hab' gestern die Post rausgenommen.« Dann rannte er zum Telefon.
Post von gestern ... nun ja, beide Briefe waren aus Grads Village. Ich lächelte: Bei auswärtiger Post wäre ich bestimmt nicht so nachsichtig gewesen. Ich öffnete einen Umschlag und las dann den Brief:

Am Mittwoch, den 25. November, findet ein Elternabend statt. Sie sind für 19.30 Uhr bei Mrs. Denise Gundermann (S-12) angemeldet und um 20.30 Uhr bei Dr.

Daniel Frugleman (PE-5). Da wir an einen genauen Zeitplan gebunden sind, ist es dringend erforderlich, daß Sie pünktlich erscheinen.

Hochachtungsvoll
Harvey Gleason
Direktor

Ich öffnete den nächsten:

Am Montag, den 23. November, findet um 14 Uhr eine Versammlung des Stadtrates von Grads Village im Rathaus statt. Alle Interessenten sind herzlich dazu eingeladen. Im Anschluß an die Versammlung werden Kaffee, Tee und ein kleiner Imbiß gereicht.

Hochachtungsvoll
Jonathan MacAlister,
Vorsitzender des Komitees
Vorstand

So sehr ich Carla auch drängte, ich konnte sie einfach nicht dazu bewegen mitzukommen. Also ging ich allein. Ich fand, daß es ein sehr merkwürdiger Zeitpunkt für eine Stadtratssitzung war. Entweder wollten sie keine Männer dabeihaben, oder es war ihnen sowieso egal, ob jemand kam oder nicht. Ich nahm Ausgang drei und drängte mich mit ungefähr fünfzig anderen Frauen in den Sitzungssaal. Dort suchte ich mir ganz hinten einen Platz. Fünf der sieben Komiteemitglieder waren Männer. Jonathan MacAlister trug ein dunkelblondes, schlechtsitzendes Toupet, das die ihm verbliebenen grauen Haare an den Schläfen nur unvollkommen bedeckte. Hin und wieder hob er die Hand an den Kopf und berührte es, als ob er überprüfen wollte, ob es noch richtig saß.

Er eröffnete die Sitzung mit den folgenden Worten: »Auf der Tagesordnung steht heute der Punkt ›Unbefugtes Betreten‹. Zunächst aber wird Margery das Protokoll der letzten Sitzung verlesen.«

Eine Frau mittleren Alters mit kurzgeschnittenem Pagenkopf stand auf und las: »Wie wir erfuhren, betrieb Sharon Fargate, die in C 24 wohnt, einen privaten Lebensmittelhandel von ihrer Wohnung aus. Es wurde darüber abgestimmt und beschlossen, daß dies nicht im Interesse der Allgemeinheit sei, da solche Geschäfte sich jeglicher Kontrolle entziehen. Privater Lebensmittelhandel ist deshalb ab sofort in Grads Village verboten. Es wurde ein entsprechender Brief mit der Entscheidung des Komitees an Mrs. Fargate geschickt. In der nächsten Ausgabe des *Villager* wird ein entsprechender Artikel erscheinen, der diese Praktiken auf das schärfste verurteilt. Mit vorzüglicher Hochachtung, Margery Shernoff, Geschäftsführerin.«

Nachdem sie diese aufgebauschte Belanglosigkeit gegen den privaten Handel losgeworden war, setzte sie sich wieder. Der Vorsitzende ergriff erneut das Wort: »Nun zur heutigen Tagesordnung. Es ist uns zu Ohren gekommen, daß junge Leute sich in Vierteln, in denen sie nicht wohnen, herumgetrieben haben sollen. Allein in diesem Monat erreichten uns drei diesbezügliche Beschwerden von Bewohnern des äußeren Gürtels.« Er blickte zunächst die anderen Vorstandsmitglieder an, dann sah er ins Publikum. »Die Diskussion ist hiermit eröffnet.«

Eine Frau stand auf. »Ich heiße Sarah Eggert«, sagte sie. Während sie sprach, vibrierte die herabhängende Haut an ihrem Hals. »Man sollte es den Kindern wirklich nicht erlauben, einfach so in der Gegend herumzustreunen. Ich beantrage hiermit, daß das Komitee ein Gesetz beschließt, das diesen Mißstand in der Gemeinde beseitigt.« Sie setzte sich, und sofort fand sich jemand, der ihren Antrag unterstützte. »Noch weitere Meldungen?« fragte der Vorsitzende. Stille. Er schaute am Vorstandstisch in die Runde und unterdrückte ein Gähnen. »In diesem Fall ... es wurde der Antrag gestellt, daß die Bewegungsfreiheit der Kinder in stärkerem Maße eingeschränkt werden soll. Kommen wir nun zur Abstimmung.«

Es wurde einstimmig beschlossen, daß die Kinder, außer zu Besuchen, andere Wohngegenden nicht mehr betreten und sich nur noch in der Straße, in der sie lebten, aufhalten durften.

Mr. MacAlister tätschelte sein Toupet und stand auf. »Meine Damen, die Erfrischungen werden im Vorzimmer gereicht. Ich wünsche Ihnen viel Vergnügen.« Er gesellte sich noch ein wenig zu den anderen Mitgliedern, die sich ebenfalls erhoben hatten, und verschwand dann durch die Tür, die hinter dem Vorstandstisch gelegen war. Unmittelbar darauf erfüllte lautes Geschnatter den Saal. Ich schaute auf die Uhr; die Versammlung hatte genau sechs Minuten gedauert.

Ich stand auf, folgte den Frauen in das benachbarte Zimmer und stellte mich am Büfett an. Nachdem ich eine Tasse Tee ergattert hatte, blieb ich an einem der Tische stehen und setzte mich neben eine Frau, die gerade dabei war, einen Teller belegte Brote in sich hineinzustopfen. »Hi, ich bin Jessie Platt«, sagte ich. »Haben Sie etwas dagegen, wenn ich mich zu Ihnen setze?«

Sie schluckte das Brot, an dem sie gerade kaute, schnell hinunter, klimperte mit ihren falschen Wimpern und lächelte. An ihren dicken Lippen hingen noch einige Krümel. »Aber ich bitte Sie, meine Liebe. Ich bin Celia Shannon. Nennen Sie mich doch einfach Celia. Sie sind wohl neu hier.«

Ich wußte sogleich, woher ich den Namen Shannon kannte, sagte jedoch nichts. Statt dessen erwiderte ich: »Ja, wir wohnen seit ungefähr einem Monat hier. Sagen Sie, sind die Versammlungen eigentlich immer so kurz?«
Sie kicherte. »Ja, gewöhnlich erledigen wir solche Angelegenheiten sehr rasch. Um die Wahrheit zu sagen, es gibt nicht viele solcher Probleme in Grads Village. Der Ort ist so gut organisiert, daß eigentlich immer alles glatt und reibungslos läuft. Finden Sie nicht auch?«
»Sicher. Ich war neugierig, deshalb ... warum wurde denn gegen diesen Lebensmittelhandel vorgegangen? Das war doch wirklich eine harmlose Geschichte.«
»Oh, meine Liebe, keineswegs. Wir wollen verhindern, daß die hiesigen Einwohner Lebensmittel zu sich nehmen, die nicht von unserer Ernährungs- und Gesundheitsabteilung geprüft worden sind. Jedes Restaurant und jeder Supermarkt innerhalb der Gemeinde verkauft und bietet schließlich nur solche Artikel an, die den Bestimmungen der Verordnung LF002 entsprechen. In jenem Fall hatte sich herausgestellt, daß die Frau sich Waren von außerhalb besorgt hatte. Nun, das konnte unmöglich so weitergehen.«
»Ich habe bis jetzt wirklich noch keinen Unterschied bemerkt. In den Supermärkten gibt es beinahe alles, was ich brauche.«
Celia hob einen ihrer dicken Finger. »Das beweist, daß Sie Bescheid wissen, wie man sich richtig ernährt.« Sie senkte die Stimme. »Einige weniger privilegierte Leute hier, die nicht über diese Kenntnisse verfügen, kennen nichts anderes, als ihre Familien mit Junk food vollzustopfen – mit Fertiggerichten voller Konservierungsstoffe, Süßigkeiten, Limonade, Gebäck, Artikeln also, die nur aus Zucker bestehen und keinerlei Nährwert besitzen. Das ist Gift. Pures Gift für den Körper und den Geist. Ich fürchte, sie

wissen es einfach nicht besser, und deshalb ist es Aufgabe der Gemeinde, nach bestem Wissen und Gewissen dafür Sorge zu tragen, daß sie sich richtig ernähren und gut versorgt werden. Besonders natürlich die Kinder.«

Wenn ich den Anfang ihrer Rede nicht gehört hätte, hätte ich leicht den Eindruck gewinnen können, sie hielte einen Vortrag über Haustierhaltung. Doch ich nickte zustimmend. »Vielleicht könnten Sie mich auch über den heutigen Beschluß aufklären; mir ist nämlich nicht ganz klar, worin denn nun eigentlich das Problem bestand. Was haben die Kinder angestellt?«

»Ich glaube nicht, daß sie viel Schaden angerichtet haben. Eigentlich handelt es sich nur um eine ganz kleine Gruppe von Kindern. Sie werden hier jedenfalls nicht dem Rowdytum und der Brutalität begegnen, wie man sie draußen antrifft.«

»Warum dann die ganze Aufregung? Wenn sie nichts angestellt haben ...«

»Trotz alledem, sie sollen sich dort aufhalten, wo sie hingehören. Es geht nicht an, daß die Kinder aus dem inneren Gürtel sich außerhalb ihres Viertels herumtreiben und anderen zur Last fallen.«

»Ich fürchte, ich verstehe nicht ganz, wen sie damit meinen. Wer sind denn diese Kinder aus dem inneren Gürtel?«

»Na, meine Liebe, das sind doch die, die von Avenue B bis F wohnen.«

Ich hatte den Kindern versprochen, daß wir einen Ausflug nach Bangor machen würden. Laut Buddy hatte Max begeistert zugesagt. Als ich nun die Versammlung verließ, wollte ich nur noch nach Hause und ins Bett. Ich wollte über nichts mehr nachdenken. Aber den ganzen Nachhauseweg über zermarterte ich mir ununterbrochen das Gehirn ...

Dieses Komitee – oder sollte ich besser Avenue G sagen? – war also die sogenannte »Elite« der Gemeinde. Was war dann der Rest? Ich dachte über Celia Shannons Worte nach. Sie sprach über uns so, als seien wir ein Haufen netter lieber Haustiere, die ausgelassen herumhüpften und sich dabei im Takt irgendeiner Musik bewegten. Wir waren zwar vielleicht in Käfige eingesperrt, aber nur zu unserem eigenen Schutz. Aber waren die Leute aus dem inneren Gürtel wirklich eingesperrt? Das war doch verrückt. Oder etwa nicht? Wenn es aber wirklich so war, mußte die nächste Frage logischerweise lauten: »Warum?«

Dann war ich zu Hause. Die Kinder würden erst in einer Stunde auftauchen. Ich setzte mich in die Küche, trank Kaffee und rauchte. Ich überlegte, ob ich Carla oder Rich anrufen sollte, ließ es dann aber bleiben. Ich würde bis zum Abend warten und dann mit Rich darüber sprechen.

Sobald die Kinder nach Hause kamen, machten wir uns auf den Weg zur Werkstatt. Ich vermied es, Rueben zu erwähnen, doch Max begann selbst, über ihn zu sprechen. »Wissen Sie, daß mein Bruder von zu Hause weggelaufen ist?« fragte er mich.

Ich nickte. »Buddy hat es mir erzählt. Ich weiß, daß du ihn vermißt, aber denk doch mal daran, wieviel Spaß er da draußen haben wird. Sobald er etwas gefunden hat, wird er dich bestimmt anrufen oder dir schreiben, damit du weißt, wo er ist.«

»Glauben Sie das wirklich?«

»Ich bin oft in den Sandwich-Laden gegangen, um mit Rueben zu reden. Und weißt du, die ganze Zeit über hat er immer voller Stolz von dir erzählt und ist dabei wie ein Pfau herumstolziert. Er wird dich auf gar keinen Fall vergessen, Max.«

Für ein paar Augenblicke war es still. »Meinen Sie, daß ich ihn irgendwann mal besuchen kann?«

»Ich sehe keinen Grund, warum du das nicht könntest.«
Meine Worte klangen für mich selbst nicht sehr überzeugend, aber sie waren es anscheinend für Max. Es dauerte nicht lange, und er unterhielt sich mit Jill und Buddy darüber, daß sie es kaum erwarten konnten, nach draußen zu kommen.
Ich hielt in der Nähe von Als Werkstatt und stieg aus dem Auto. Al nickte mir zu. »Ihr M-M-Mann hat mir er-er-erzählt, daß Sie krank waren. G-g-geht's wieder besser?«
»Viel besser, danke. Was schulde ich Ihnen für das Auto, Al?« Ich öffnete meine Handtasche und zog mein Scheckbuch heraus.
»R-R-Rich hat es schon bezahlt. A-a-aber habe ich es Ihnen schon erzählt?«
Ich schaute zu ihm hoch. »Was erzählt?«
»Sch-sch-scheint so, als wenn die Er-Er-Ersatzteile nicht wie geplant kommen würden.«
»Soll das heißen, Al, daß das Auto noch nicht fertig ist?«
Er griff sich mit seiner großen Hand verlegen an seine Kappe und nickte zaghaft.
»Aber jetzt sind doch schon fast drei Wochen vergangen. Sie haben mir versprochen, daß es zehn Tage oder maximal zwei Wochen dauern würde.«
Er zuckte mit den Achseln. »Ich b-b-bin nicht verantwortlich für die Er-Er-Ersatzteile.«
Ich holte tief Luft. »Wer dann, Al?«
»G-G-Gene Royce.«
Ich rannte zum Auto zurück, sagte den Kindern, daß sie warten sollten, und ging dann zum Fahrstuhl.

Da ich die Sicherheitskontrolle passiert hatte, wunderte es mich nicht, daß Gene Royce schon auf mich wartete. Aber diesmal wollte ich ihm auch gar nicht aus dem Weg gehen.

»Ich möchte mit Ihnen sprechen«, sagte ich und versuchte dabei, meine Stimme so ruhig wie möglich klingen zu lassen. Wie immer lächelte er und bat mich, Platz zu nehmen. »Nun, Jessica, was kann ich für Sie tun? Oh, bevor ich es vergesse, ich war so beunruhigt, als ich von Ihrer Erkrankung hörte. Gott sei Dank, daß wir unsere Ärzte haben. Wie Rich mir erzählte, geht es Ihnen ja inzwischen wieder gut.«

»Ja, das stimmt. Ich bin aber eigentlich wegen meines Autos hier. Al meinte, daß er den Anlasser vor fast drei Wochen bestellt habe. Bis jetzt ist er immer noch nicht da. Er sagt, daß Sie für die Beschaffung der Ersatzteile verantwortlich sind.«

»Nun, nicht ich persönlich. Eines meiner Mädchen kümmert sich darum. Aber«, er hob einen Finger in die Höhe und fuhr fort, »es ist immer dasselbe: Am Ende bleibt doch alles an mir hängen.«

»Dann können Sie mir vielleicht diese Verzögerung erklären.«

»Ich fürchte, es ist einfach nicht so leicht, diese Lieferungen so rasch zu bekommen, wie wir es gerne hätten.«

»Warum nicht?«

Royce lachte vor sich hin und schüttelte den Kopf. »Ganz einfach: Die Industrie ist schlichtweg unfähig. Sie haben so etwas sicherlich schon mal erlebt?«

»Es fällt mir schwer zu glauben, daß es für eine solche superleistungsfähige Gemeinde wie Grads Village ein Problem sein sollte, einen dämlichen Anlasser zu organisieren.«

»Aber, aber, Jessica. Ich wollte wirklich nicht, daß Sie sich so aufregen. Dr. Shannon würde das bestimmt überhaupt nicht gefallen. Ich frage mich sogar, ob er nicht etwas dagegen hätte, daß Sie da draußen herumspazieren.«

Ich stand auf. »Ich weiß wirklich nicht, was Sie mein Kommen und Gehen angeht.« Ich wartete einen Moment. »Woher wissen Sie überhaupt den Namen meines Arztes?«
Er zuckte mit den Achseln und sagte: »Ich glaube, Rich hat ihn mal erwähnt.«
Gab es eigentlich irgend etwas, das Rich nicht erwähnte?
»Bis wann können Sie denn den Anlasser besorgen?« fragte ich ungeduldig.
»Ich mache Ihnen einen Vorschlag, Jessica«, sagte Royce, indem er sich vorbeugte und etwas auf einem Block notierte, »ich werde mich darum kümmern. Ich werde sogar höchstpersönlich anrufen. Wie finden Sie das?«
Ich nickte und eilte zum Aufzug zurück. Ich lehnte mich fest an die Fahrstuhlwand, während der Käfig hinabfuhr. Eine Stimme flüsterte mir warnend ins Ohr: Er lügt ... er lügt ... er lügt ...

»Buddy ... Jill ... Max.« Die Garage hallte wider.
»Buddy ... Jill ... Max ... antwortet mir!«
Der Sicherheitsbeamte kam auf mich zu. »Mrs. Platt?«
»Meine Kinder. Ich habe sie im Wagen zurückgelassen.« Ich deutete auf den Wagen, der neben Als Werkstatt stand. Er war leer. »Ich muß sie finden. Ich weiß nicht, was passiert sein könnte. Ich sagte ihnen noch, daß sie hierbleiben sollten. Und ich war wirklich nur für ein paar Minuten weg.«
»Beruhigen Sie sich doch, Mrs. Platt, ich bin sicher ...«
Plötzlich begann ich, wie wild durch die Gänge zu rennen. Zwischen die Autos, um die Autos herum. »Buddy ... Jill ... Max. Antwortet mir doch!«
Der Beamte rannte hinter mir her und packte mich um die Hüfte. Ich schlug mit den Armen wild um mich, aber ich traf nur ins Leere. Mit einer weiteren Bewegung preßte er

mir meine Arme an den Körper. »Beruhigen Sie sich. Was ist denn mit Ihnen los, Ma'am?«

Und dann hörte ich auf einmal ein Stampfen auf dem Boden. »Wir sind doch hier, Mom. Wir kommen schon!«

Buddy! Es war Buddy!

19

Nach dem Abendessen ging Rich ins Wohnzimmer und schaltete alle Lampen außer der Tischlampe aus, so wie es seine abendliche Gewohnheit geworden war. Er nahm sich den *Villager* und ließ sich auf dem Sofa nieder. Ich folgte ihm und setzte mich ebenfalls. »Ich habe dir etwas zu sagen und möchte, daß du mir zuhörst, bevor du wieder explodierst«, sagte ich.

Er faltete die Zeitung auf seinem Schoß zusammen. »Fang an.«

»Ich wollte heute den Wagen abholen, und er war nicht fertig. Laut Al ist der Anlasser immer noch nicht gekommen. Das Büro von Royce ist dafür zuständig, Ersatzteile zu bestellen, und so bin ich zu ihm gegangen.« Rich öffnete den Mund und schloß ihn dann wieder. Ich fuhr fort: »Er versprach, sich persönlich darum zu kümmern.«

»Und deswegen hast du dich darum gekümmert?«

»Er lügt, Rich, ich weiß es genau. Vielleicht klingt das verrückt für dich, aber ich glaube, daß der Wagen deshalb noch nicht wieder in Ordnung ist, weil sie nicht wollen, daß ich das Gelände verlasse.«

»Sie? Wer sind *sie*?«

»Ich weiß es nicht genau. Ich vermute, das Institut.« Ich machte eine abwehrende Geste. »Warte! Laß mich ausreden, bevor du etwas sagst. Ich war heute bei einer Stadtratssitzung und habe dabei herausgefunden, warum wir bis jetzt keinen der Wissenschaftler dieses Ortes zu Gesicht bekommen haben. Sie wohnen in der Avenue G. Ich vermute, dort leben all die Ärzte und Physiker, die am Institut arbeiten.«

Rich stöhnte. »Du behauptest also, daß es hier Klassenunterschiede gibt.«

»Ich will noch mehr damit sagen, nämlich, daß Leute, die in der Avenue G wohnen, eine besondere Bezeichnung haben. Sie heißen ›Bewohner des äußeren Gürtels‹, während wir anderen alle ›Bewohner des inneren Gürtels‹ genannt werden. Rich, ich habe das Gefühl, daß hier irgend etwas vor sich geht. Etwas sehr Sonderbares.«

»Was denn zum Beispiel?«

»Ich weiß es nicht. Ich werde nur das Gefühl nicht los, daß wir zu irgend etwas benutzt werden.«

»Hör mal, Jessie, kann ich auch mal was dazu sagen?«

Ich nickte.

»Ich glaube, du regst dich nur darüber auf, daß es hier *deiner* Ansicht nach Klassenunterschiede geben soll. Zugegeben, mir würde diese Vorstellung auch nicht besonders gefallen. Falls du wirklich damit recht haben solltest, dann ist das Ganze eine Sauerei. Aber was deine andere Theorie betrifft, so fehlt dafür jegliche Grundlage. Sie erscheint mir ziemlich weit hergeholt.«

»Das kann schon, sein. Ich weiß nur, daß ich diesem Ort hier nicht mehr traue. Er macht mir Angst. Als ich heute das Büro von Royce verlassen hatte, konnte ich eine Zeitlang die Kinder nirgends finden. Und ich bin ausgeflippt, Rich. Ich bin total ausgeflippt. Erst ein Sicherheitsbeamter konnte mich wieder beruhigen. Sicherlich werden sie dir morgen alles erzählen.«

»Du scheinst dir nicht klar darüber zu sein, was du in letzter Zeit alles durchgemacht hast: erst der Umzug, dann deine Krankheit ... Ich erinnere mich, irgendwann einmal gelesen zu haben, daß ein Umzug eine der größten emotionalen Belastungen für einen Menschen ist. Und in unserem Fall handelt es sich ja nicht um einen simplen Wohnungswechsel, im Gegenteil, wir haben einschneidende Veränderungen durchgemacht – fast so, als ob wir von einem Planeten zu einem anderen umgezogen wären.«

»Genau das ist es, Rich. Verstehst du denn nicht? Ich hasse diesen Planeten. Ich will hier raus!«

Er runzelte die Stirn und streckte die Hand nach mir aus. »Willst du damit sagen, daß du das alles, was wir hier haben, so mir nichts dir nichts aufgeben würdest?« fragte er schließlich.

Ich nickte und legte meine Hand auf die seine. »Es gibt noch andere Jobs, Rich. Du bist noch immer einer der Besten in diesem Geschäft, und vielleicht kann dir Royce ja eine Empfehlung geben.«

Mit einer heftigen Bewegung zog er die Hand weg. »Aber sicher. Ich kann mir lebhaft ausmalen, wie diese Empfehlung aussehen wird: ›Der Typ war einfach toll, er kam großartig zurecht. Sicher, er war nur ungefähr einen Monat bei uns, und in dieser Zeit ist ihm auch noch ein kapitaler Fehler unterlaufen ...‹ O ja, Jessie, natürlich. Mit dieser Empfehlung kriege ich sofort einen anderen Job.«

»Dann arbeite ich eben; nur so lange, bis du wieder etwas gefunden hast.«

»Ich verstehe überhaupt nichts mehr. *Du* wolltest doch unbedingt hierher. Du warst ganz versessen darauf. Jetzt machst du einen Rückzieher, als ob das alles nur ein Spaß gewesen wäre. Wenn du es schon nicht von der finanziellen Seite her siehst, dann denk doch wenigstens an die Kinder. Selbst wenn wir uns die besten Privatschulen leisten könnten, wären wir immer noch nicht in der Lage, den Kindern eine so gute Erziehung zu bieten, wie sie sie hier bekommen. Sie wachsen hier in einer Umgebung auf, in der es keine Umweltverschmutzung gibt, keine Kriminalität ... Ich könnte noch mehr aufzählen.«

»Bitte nicht. Das wird mich auch nicht überzeugen. Und wenn du hier schon mit Vorzügen argumentierst, das kann ich auch: Wie wäre es denn, wenn deine Kinder in der wirklichen Welt mit echtem Sonnenschein und echtem Gras und Bäumen und mit einem richtigen Privatleben aufwachsen würden ... statt in einem Untergrundkäfig zu leben, in dem man ständig das Gefühl hat, belauert und beobachtet zu werden?«

Rich stand auf und lief im Zimmer umher. »Ich kann hier nicht weg, Jessie, ich kann nicht.«

»Du willst damit sagen, daß du nicht willst.«

»Das wäre doch wirklich idiotisch. Wir würden unsere ganze Zukunft wegwerfen.«

Ich mußte schlucken. »Vielleicht kannst du hier nicht weggehen, aber die Kinder und ich, wir können es.«

Er ging aus dem Zimmer, und ich hörte, wie er die Tür zuknallte.

Rich blieb die ganze Nacht unten und kam nicht ins Bett. Ich lag stundenlang wach. Endlich schlief ich ein, aber als ich das Schreien hörte, hatte ich das Gefühl, als ob nur ein paar Minuten vergangen wären. Ich sprang aus dem Bett und lief in Buddys Zimmer. Er stand da mit dem Gesicht zur Wand; seine Hände, zu Fäusten geballt, hämmerten auf die Wand ein. »Sentrier ... sentrier ... sentrier!« schrie er.

Ich packte ihn bei den Schultern und versuchte, ihn von der Wand wegzuziehen, doch es gelang mir nicht. Es war, als ob seine Füße festgewachsen wären. Er schrie weiter: »Sentrier ... sentrier!«

Ich schlang meine Arme von hinten um ihn: »Es ist alles in Ordnung, Buddy, ich bin's, Mom! Wach auf. Bitte, wach auf.«

»Sentrier ... sentrier!«

»Nein, Buddy, nein! Es ist doch nur ein Traum.«
Plötzlich drehte er sich um und begann nach mir zu schlagen. Es gelang mir, eine seiner Fäuste unter Kontrolle zu bringen, während er mit der anderen wild um sich schlug und mich zweimal am Mund traf. »Wach auf, Buddy!« rief ich.
Seine Augen öffneten sich und starrten mich verständnislos an. Seine Arme sanken zur Seite, und er stand regungslos da.
»Buddy, ich bin's, deine Mom. Komm schon, wach auf.« Meine Stimme versagte plötzlich.
»Mom«, sagte er. Er blinzelte verwundert und fiel in meinen Armen zusammen. Ich brachte lange kein Wort heraus, hielt ihn nur ganz fest. Schließlich ließ ich ihn los. »Kannst du dich an den Traum erinnern, Liebling? An irgend etwas?«
Er runzelte angestrengt die Stirn. Dann sagte er: »Sentrier.«
»Das hast du in deinem Alptraum gesagt, Buddy. Was bedeutet das?«
»Ich weiß nicht, aber ...« Er machte eine Pause.
»Aber was, Buddy? Was?«
»Ich habe Angst. Und es tut weh.«
»Wo tut es dir weh?«
»In meinem Kopf.« Er streckte die Hand nach der Stelle an meiner Lippe aus, die blutete. »Was ist passiert, Mom?« fragte er.

Ich erwachte früh an diesem Morgen – sogar noch vor Buddy – und ging hinunter, um mir Kaffee zu machen. Buddys Alptraum letzte Nacht bestärkte nur noch meine Befürchtungen. Es ging ihm schlechter denn je. Vielleicht ein anderer Arzt, einer von draußen ... Aber der Gedanke, Rich hier allein zu lassen ...

Ich wollte jetzt nicht darüber nachdenken. Noch nicht. Ich konnte nicht.

Rich erwachte. Als er nach oben ging, um sich zu duschen, kam Jill gerade herunter. »Guten Morgen, Daddy«, sagte sie im Vorübergehen auf der Treppe. Sie sah die Decke und das Kissen auf dem Sofa und kam dann in die Küche. »Morgen, Mom.«

Ich beugte mich vor und küßte sie. »Möchtest du Weizenkleie mit Bananen?« fragte ich.

»Ja, ist okay.« Dann linste sie wieder ins Wohnzimmer hinüber. »Warum hat Daddy hier unten geschlafen?«

»Wir hatten einen ... eine Meinungsverschiedenheit.« Sie schaute mich an. »Man beruhigt sich manchmal leichter, wenn man allein ist«, sagte ich.

»Dieselbe Art von Meinungsverschiedenheit, wie ihr sie in Orlando hattet?«

»Nein, anders, Jill. Hier ging's um etwas anderes. Wo ist dein Bruder?«

»Ich glaube nicht, daß er schon auf ist. Ich habe ihn jedenfalls noch nicht gehört.«

Ich stellte ein Glas Orangensaft und die Schüssel mit dem Müsli vor Jill. »Ich geh' nach oben und schau' mal nach, was los ist. Du frühstückst inzwischen.« Ich ging nach oben in Buddys Zimmer. Er lag im Bett und war noch blasser als sonst, wodurch die Sommersprossen in seinem Gesicht noch stärker hervortraten.

»Geht's dir nicht gut, Liebling?«

Er drehte sich zu mir um; seine Wimpern waren zu kleinen, nassen Klümpchen verklebt, als ob er geweint hätte. »Sag mir doch, was los ist«, sagte ich.

»Du weißt doch, daß ich manchmal aufwache und mich daran erinnere, daß mir in der Nacht der Kopf weh getan hat?« Ich nickte. »Ja, und letzte Nacht hat es wieder so weh getan, und ich kann es immer noch spüren.« Er legte die Hand mitten auf seinen Kopf. »Genau hier.«

Rich kam zur Tür und deutete mit dem Kinn fragend auf Buddy. Sein Haar war naß, und ein Handtuch hing über seinen breiten Schultern. »Stimmt irgendwas nicht?« fragte er.

»Ich weiß nicht, er fühlt sich nicht besonders wohl, ich werde ihn heute nicht in die Schule schicken.«

»Er sieht ja wie ein Gespenst aus. Vielleicht sollten wir einen Arzt holen.«

»Nein!« sagte ich mit Nachdruck. Rich schaute mich verwundert an. »Es tut mir leid ... ich wollte dich nicht so anfahren, es ist nicht notwendig. Wahrscheinlich hat er nur eine kleine Grippe. Ich werde ihm ein Aspirin und Saft geben.« Ich drehte mich wieder zu Buddy und zog ihm die Decke bis unters Kinn. »In Ordnung, Bleichgesicht? Viel, viel Saft.« Ich küßte ihn auf die Stirn. Er hatte kein Fieber. Ich ging aus dem Zimmer an Rich vorbei zum Medizinschrank im Bad.

Eigentlich hätte es mich nicht mehr überraschen sollen, daß das Telefon um 8 Uhr 30 läutete und ich Lisas Stimme am anderen Ende hörte.

»Was ist los mit Buddy?« fragte sie.

»Nichts Ernstes. Er hat letzte Nacht nur sehr schlecht geschlafen, und als ich merkte, wie erschöpft er heute morgen war, da habe ich ihn im Bett gelassen. Sie bekommen Ihre Meldungen aber sehr früh, Lisa?«

»Wie bitte?«

»Ich bin nur immer wieder überrascht, wie gut hier alles organisiert ist. Die Schule kann doch höchstens vor ein paar Minuten angefangen haben.«

»O ja, Jessica, wir sind gerade eben darüber unterrichtet worden. Dr. Olson hat sich einen Termin für Buddy freigehalten.«

»Sie können ihm ausrichten, daß das wahrscheinlich nicht nötig sein wird. Wenigstens jetzt noch nicht. Wenn ich glaube, daß Buddy einen Arzt braucht, dann werde ich es Sie wissen lassen!«

»Meiner Meinung nach wäre es besser, Sie würden ihn jetzt herbringen. Wenn irgend etwas nicht in Ordnung ist, dann ist es auf jeden Fall besser, es rechtzeitig zu erkennen und zu behandeln. Meinen Sie nicht?«

»Nun, ich denke, daß ich als seine Mutter die Entscheidung treffe. Wie ich Ihnen schon erklärt habe, es fehlt ihm eigentlich nichts. Falls er wirklich krank werden sollte, werde ich Sie darüber informieren. Wenn Sie mich jetzt bitte entschuldigen würden ...«

Ich legte auf, setzte mich hin und schloß die Augen. Eins, zwei, drei, vier, fünf. Ich konnte direkt hören, wie die Drähte heißliefen.

Ich versorgte Buddy mit Aspirin und Säften, und gegen zwei Uhr nachmittags hatte er wieder etwas Farbe bekommen.

»Mir geht's viel besser«, verkündete er.

Ich beugte mich zu ihm hinunter und küßte ihn auf die Stirn. »Sehr schön. Aber du wirst auf jeden Fall den ganzen Tag im Bett bleiben. Nur, um sicherzugehen.«

Buddy schaute auf die Bettdecke und zupfte daran herum.

»Es tut mir leid, daß ich dich geärgert habe, Mom.«

»Geärgert? Wieso hast du mich geärgert?«

»Na ja, gestern, als du uns in der Garage nicht mehr finden konntest und dich so aufgeregt hast.«

Ich schmunzelte. »Ich war eigentlich nicht ärgerlich, nur besorgt. Mehr, als es eigentlich nötig gewesen wäre. Ich habe mich über etwas aufgeregt, das mit euch Kindern gar nichts zu tun hatte.«

»Bist du immer noch so aufgeregt?«

»Nein, jetzt geht's mir wieder gut.«
»Kann ich dir dann erzählen, was ich gesehen habe?«
»Natürlich. Was hast du denn gesehen?«
»Den Wagen.«
»Welchen Wagen?«
»Kannst du dich noch daran erinnern, als wir hierherkamen?«
Ich nickte. »Kannst du dich an den Mann erinnern, der uns gefolgt ist?«
Ich nickte noch einmal. »Nun, ich habe seinen Wagen gesehen.«
»Das ist unmöglich, Buddy, das kann nicht sein.«
»Das hat Jill auch die ganze Zeit gesagt. Sie sagt, sie hätte schon Millionen von großen, schwarzen Cadillacs gesehen, und sie würden alle gleich aussehen.«
»Und?«
»Und ich glaube immer noch, daß es seiner war.«
»Was ist mit der Autonummer? Kannst du dich an die erinnern?«
»Ja, ich habe sie mir gemerkt, aber es war eine andere.«
»Was macht dich dann so sicher, daß es derselbe Wagen war?«
»Da war eine Beule im Kotflügel. Die gleiche Beule wie bei dem Wagen gestern.«
»Viele Autos haben Beulen, Buddy.« Er zog ein Gesicht.
»Hab' ich nicht recht?« Er nickte. »Ich gehe jetzt runter und hol' dir was zu essen. Und du vergißt diesen Wagen. Jill hat wahrscheinlich recht, es war nur irgendein großer, schwarzer Cadillac.«
»In Ordnung. Kann ich in meinem Computerbuch lesen?«
Ich ging zu seinem Schreibtisch und holte das dicke, blaue Buch. Darauf stand *Computer-Programmieren III*.
»Ist das ein neues?« fragte ich, als ich es ihm gab.

»Ja, ich hab's gestern bekommen. Mit Band eins und Band zwei bin ich schon fertig.«

»Mann, du bist ja ziemlich schnell.«

»Das liegt nur an Max. Er ist der beste Computerfreak in der ganzen Klasse. Ich bin so froh, daß sie ihn mir als Partner gegeben haben.«

»Hast du ihm das gesagt?«

»Das brauche ich nicht. Er weiß es schon.«

»Ich verstehe. Ich vermute, daß Max viel von seinem älteren Bruder über Computer gelernt hat.«

»Du meinst Rueben?«

Ich nickte.

»Nein«, sagte Buddy. »Max hat mit den Computern schon angefangen, als er vier Jahre alt war. Also genau in meinem Alter. Er hat erzählt, daß er eines Tages zu seinem Onkel ins Büro gegangen ist, und bevor er überhaupt wußte, was geschah, hatte er schon ganz allein ein ganzes Spiel entworfen.«

»Nun, Rueben war auf dem Gebiet aber auch ganz gut.«

»Mh-mh!« Buddy schüttelte den Kopf. »Max sagt, daß Rueben sich mit Motoren gut auskennt. Du weißt schon, Automotoren. Aber er kann nicht einmal Basic.«

»Weißt du das ganz sicher, Buddy? Jemand sagte mir ...«

»Sicher weiß ich das.« Er bekam ganz große und ernste Augen. »Warum glaubst du mir eigentlich nichts mehr, Mom? Das hast du doch sonst immer getan.«

20

Obwohl ich Rich am Morgen, als er aus dem Haus ging, an den Elternabend erinnert hatte, war er bis 19.15 Uhr noch nicht wieder zurückgekommen. So beschloß ich, ohne ihn zu gehen. Ich gab Jill einen Zettel für Rich, auf dem die Nummern der Klassenzimmer und die Sprechzeiten standen. Ich hoffte, er würde nachkommen.

Jeder Lehrer hatte neben seinem Klassenzimmer noch ein Büro. Ein Schild im Klassenzimmer wies die Eltern darauf hin, daß sie bis zu der ihnen angegebenen Zeit warten und erst dann ins Büro gehen sollten. Da ich fünf Minuten zu früh dran war, ging ich im Klassenzimmer umher und betrachtete die Wände, die mit Schülerzeichnungen und festlicher Thanksgiving-Dekoration bedeckt waren. Ich blieb vor einem Bild stehen und mußte lächeln, als ich Jills Namen darunter entdeckte. Eine Gruppe fein angezogener Truthähne war um einen Tisch versammelt. In der Mitte des Tisches lag eine riesige Pizza.

Eine Stimme hinter mir sagte: »Sie ist künstlerisch sehr begabt, finden Sie nicht auch?«

Ich drehte mich um. »Wollen Sie mit dieser Bemerkung die Truthähne schonen?«

Die junge Frau war klein und reichte mir eine weiche, schlanke Hand mit langen, zarten Fingern. Sie trug fast an jedem Finger einen Ring. »Denise Gunderman«, sagte sie. Ich schüttelte ihr die Hand. »Wir bemühen uns, die Kreativität der Kinder anzuregen, und Jill kommt damit sehr gut zurecht.«

»Sie sieht Thanksgiving wirklich aus einer ganz anderen Perspektive als ich.«

Sie lächelte. »Kommen Sie in mein Büro. Ich zeige Ihnen dann, wie es bei ihr aussieht.« Ich folgte ihr in das Nebenzimmer, und sie zog eine stählerne Schublade, auf der Jills Name stand, aus dem Aktenschrank. Zu jedem Fach gab es eine Karteikarte. Ich nahm mir die Karte »Angewandte Mathematik«. »Kann ich mal sehen, wie sie in diesem Fach steht?«

»Sicher.« Sie zog einen Stapel Papiere heraus und legte sie auf den Tisch, dann stand sie auf und nahm einen großen Pappkarton aus dem Regal. Sie brachte ihn zu mir und stellte ihn neben die übrigen Unterlagen. »Das ist Jills Projekt. Sie nennt es ›Das Traumhaus‹. Sie hat es selbst entworfen. Beim Bauen hat ihr einer der anderen Schüler etwas geholfen. Nun ist sie gerade dabei, es einzurichten.«

Denise Gunderman hatte recht: Jill war wirklich künstlerisch begabt. Das Haus hatte drei Stockwerke, über die gesamte Rückseite und die beiden Seiten des Hauses lief ein Balkon. Im Hof waren ein J-förmiges Schwimmbecken aus Lehm, ein Zaun und ein Baum mit einem Eichhörnchen in den Ästen.

»Das ist wirklich sehr hübsch.«

»Ja, und wenn Sie diese Papiere durchsehen, werden Sie feststellen, daß jeder Raum entsprechend verkleinert wurde. Sie hatte genaue Maßstäbe als Vorgabe. Sogar für das Schwimmbecken war eine bestimmte Menge Wasser vorgeschrieben.«

Ich sah mir die Papiere mit den Berechnungen an und mußte lächeln. »Ich bin wirklich beeindruckt. Und wenn ich mir dabei auch noch vorstelle, daß Sie sie die ganze Zeit über in dem Glauben ließen, das alles sei gar keine Mathematik. Kann ich jetzt etwas aus einem anderen Fach sehen?«

Die Lehrerin blätterte schnell die übrigen Karteikarten

durch. »Jill hat bis jetzt in den anderen Fächern noch nicht angefangen. Im Moment steckt sie ihre ganze Energie in ihr ›Traumhaus‹.«

»Und was ist mit Literatur oder Sozialkunde?«

Miss Gunderman legte ihre Hand auf meine. »Nun, darüber machen Sie sich mal keine Sorgen. Wenn es an der Zeit ist, dann wird sie sich sicher auch mit anderen Dingen beschäftigen. Freuen Sie sich doch an dem, was sie jetzt schon zustande bringt.«

Ich widersprach nicht – ich konnte nicht widersprechen. Ich war mir nicht einmal im klaren darüber, ob ich mir zu Recht Sorgen machte. Hauptsache, Jill lernte Mathematik und hatte Spaß daran.

Ich kam zehn Minuten zu früh in Buddys Klassenzimmer. Daher wanderte ich auch hier herum und schaute mir die Arbeiten und Zeichnungen an, aber ich konnte keine von Buddy entdecken.

Schließlich schlenderte ich zum Pult, das ganz vorne im Zimmer stand. Noch mehr Arbeiten. Plötzlich trat ich auf etwas; ich blieb stehen und hob es auf. Es war ein kleiner, silberner Schlüssel. Ich schaute auf die Schubladen – vielleicht war es der Schlüssel für die mit den Akten? Und dann, ohne lange zu überlegen, steckte ich den Schlüssel ins Schloß, drehte ihn herum, und die Schublade war offen! Ich zog sie heraus. Ein paar Ordner lagen darin. Ich beugte den Kopf darüber und las die Beschriftung auf der ersten Akte: P. E. Matthew Fenton. Ich sah mich vorsichtig in dem leeren Zimmer um und zog dann die Schublade noch etwas weiter heraus. P. E. Max MacAlister, P. E. Michelle Cott. Ich griff in die Schublade und blätterte die Ordner durch. P. E. Richard Platt jr.

Ich zögerte nur einen Augenblick lang, dann zog ich

Buddys Ordner aus der Lade und öffnete ihn. Auf dem ersten Blatt stand: Primärer Einwohner: Richard Platt jr., geboren am 24. 02. 82. Dem Institut am 24. 12. 85 übergeben.
Vor fast einem Jahr ... das war doch nicht möglich! Ich schaute noch einmal auf das Datum – Buddy war damals drei Jahre alt gewesen: kurz vor Weihnachten. Dann fiel es mir wieder ein: Buddy war im Memorial Hospital operiert worden – der Leistenbruch. Es gab Komplikationen, und er mußte zwei Wochen im Krankenhaus bleiben. Fingen nicht damals auch die Alpträume an?
Ich las weiter: Dem assoziierten Mitglied von GRADS, Dr. Andrew Silver M. D., Orlando/Florida am 19. 01. 86 bis zu seiner endgültigen Übersiedlung am 24. 09. 86 übergeben.
Das verschlug mir den Atem. Buddys Psychologe war also ein assoziiertes Mitglied von Grads Village? Alles um mich herum schien stillzustehen, mit Ausnahme der Worte auf dem Papier, die mir vor den Augen tanzten und sich unauslöschlich in mein Hirn brannten. Jemand aus der Klinik hatte Buddy an Dr. Silver, an Grads Village empfohlen. Aber als Buddys Alpträume begonnen hatten, da hatte ich doch den Kinderarzt um eine Empfehlung gebeten. Mein Gott, war auch er in die Sache verwickelt? Plötzlich hörte ich einen Stuhl über den Holzfußboden schleifen. Das brachte mich wieder in die Gegenwart zurück.
Ich hörte eine Stimme aus dem Nebenzimmer. »Und wenn Sie noch Fragen haben sollten, lassen Sie es mich wissen.«
Hastig schloß ich den Ordner und stopfte ihn wieder zwischen die anderen. Dann schloß ich die Schublade und drehte mich zur Tür um. Ein großer, dünner Mann und seine schwangere Frau verließen gerade das Klassenzimmer.

Schritte näherten sich mir. »Sie müssen Mrs. Platt sein. Ich bin Dr. Daniel Frugleman.«
Ich fuhr herum. Er streckte mir seine behaarte Hand zur Begrüßung entgegen und berührte dabei fast mein Gesicht. Ich schaute hoch und sah einen dunklen Stoppelbart, eine Nickelbrille und ein müdes Lächeln. Ich mußte kräftig schlucken. »Entschuldigen Sie mich bitte«, sagte ich schließlich. »Mir ist nicht gut.« Mit diesen Worten drehte ich mich um und rannte aus dem Zimmer.
»Aber so warten Sie doch ... kommen Sie zurück«, hörte ich ihn rufen. »Ich hole Ihnen einen Arzt!«
Rich ... Ich mußte es unbedingt Rich erzählen. Dann würde auch er endlich begreifen, daß wir von hier weg mußten. Er mußte es einfach begreifen. Aber ich konnte mir immer noch nicht zusammenreimen, was das alles zu bedeuten hatte. Ich wußte jetzt nur soviel, daß es aus irgendeinem Grund Buddy war, den sie die ganze Zeit über gewollt hatten und nicht Rich. Nicht sein Sicherheits-Know-how, sondern Buddy. Aber warum ... wegen der Alpträume? Nein, das ergab keinen Sinn. Viele Kinder hatten Alpträume. Oder etwa nicht? Ich fuhr auf die Auffahrt. Mist, Richs Auto war noch nicht da. Ich stellte den Wagen ab und ging ins Haus. »Jill! Buddy!« rief ich.
Jill kam die Treppe herunter und hatte die Finger auf ihre Lippen gelegt. »Schscht, nicht so laut, Mom. Buddy schläft.«
»Tut mir leid, ich wollte nicht so laut sein. Ist alles in Ordnung? Geht es Buddy gut? Hat er keine Kopfschmerzen mehr?«
Sie nickte. »Es geht ihm gut. Ich habe mit Toby telefoniert. Daddy ist noch nicht nach Hause gekommen.«
»Vielleicht hat er versucht anzurufen. Ist dir das nicht in den Sinn gekommen?«
»Ich hab' gar nicht so lang telefoniert!«

»Mach, daß du rauskommst! Sofort! Hast du denn keine Hausaufgaben auf?«
Sie schüttelte den Kopf. »Hast du mit meiner Lehrerin gesprochen? Hat sie dir mein Traumhaus gezeigt?«
Ich zwang mich zu einem Lächeln. »Ja, natürlich, Liebling. Und es ist wirklich wunderschön.«
»Warum bist du dann so sauer?«
»Bin ich doch gar nicht. Ich mach' mir nur Sorgen wegen Daddy.«
»Ach so. Hat dir das Haus wirklich gefallen?«
»Ehrlich. Ich würde gern selbst darin wohnen.«
»Hast du gemerkt, wo das Haus steht?«
»Was meinst du damit?«
»Ich meine, hast du den Zaun gesehen und den Baum und das Eichhörnchen auf dem Baum?«
»Ja, das habe ich alles bemerkt, Jill.«
»Und dann weißt du immer noch nicht, wo es steht?«
»Um Himmels willen, Jill, jetzt sag es mir doch endlich. Also, wo steht das Haus?«
»Es steht natürlich draußen. Außerhalb von Grads Village.«
Ich starrte sie an. »Jill, ich dachte immer, es gefällt dir hier.«
»O ja, schon. Aber draußen gefällt es mir auch. Jetzt ist es schon ganz okay hier, aber ich möchte bestimmt nicht mehr hier wohnen, wenn ich einmal groß bin.«

Ich nahm Papier und Bleistift aus der Küchenschublade, zündete mir eine Zigarette an und setzte mich dann hin. Oben auf die Seite schrieb ich: P. E. (Primärer Einwohner – Buddy). Dann notierte ich: Erstens: Rich hat die Stelle im Sicherheitsbereich ungefähr Anfang September angeboten bekommen. Ich dachte darüber nach. Wieso ausgerechnet er? Weil er Buddys Vater war. Ein Schauer lief mir über den Rücken.

Aber dennoch, er brauchte den Job. Er brauchte ihn sogar ganz dringend. Hatte er einfach nur Glück gehabt? Und wenn nicht, was war es dann gewesen? Ein Plan, irgendein Plan, um sicherzugehen, daß er den Posten annehmen würde. Was war mit seinen Geschäften gewesen? Hatte er mir das nicht x-mal erzählt? »Ganz plötzlich, aus heiterem Himmel haben Kunden Aufträge storniert«, hatte er mir gesagt. Wann war das gewesen? Ungefähr zu der Zeit, als er zu trinken anfing ... vor einem Jahr. Ungefähr zu der gleichen Zeit war Buddy aus dem Krankenhaus entlassen worden ...

Gab es eine Verbindung zwischen Buddys Überweisung zu Dr. Silver und Richs Schwierigkeiten im Geschäft? Carla hatte mir erzählt, daß Lou kurzarbeiten mußte, bevor er sein Angebot bekam. Gab es auch da eine Verbindung? Und auf wen hatten sie es in Carlas Familie abgesehen? Andrew oder Rebecca? Rebecca natürlich. Sie war es, die zum Psychiater ging.

Ich dachte an die anderen Familien, die ich kannte. An Toby und die Zwillingsschwestern. Carla hatte erzählt, daß die Zwillinge wegen ihres Übergewichts regelmäßig zum Doktor gingen. Sie gingen aber nicht zum Psychiater. Dann war da noch Eric, der Junge von den Simpsons. Er hatte Asthma. Wie paßte das alles zusammen? Wurde vielleicht eine Untersuchung zum Thema »Kinderkrankheiten« durchgeführt? Aber nein, die Probleme von Buddy und Rebecca waren psychischer Natur. War das vielleicht bei Eric und den Zwillingen auch der Fall?

Und dann waren da noch Max und Rueben. Hatten sie es auf Rueben abgesehen? War er in Behandlung gewesen? Er hatte nie irgend etwas dergleichen erwähnt. Und trotzdem war er besorgt gewesen, ob er Grads Village auch wirklich ungehindert verlassen konnte. Aber genau das hatte er dann ja schließlich getan. So hatte Rich es mir erzählt ... er hatte geradezu geschworen, daß Rueben weggegangen war. Irgendwie hatte er die Computer überlistet. Aber nein, das war ja unmöglich. Buddy hatte doch gemeint, daß Rueben nicht die geringste Ahnung von Computern habe.

Ich hatte mich bis jetzt dagegen gewehrt, darüber nachzudenken, aber wenn Buddy recht hatte, hieß das, daß Rich log.

Ich schrieb weiter, bis die Seite voll war mit Fragen und Antworten und noch mehr Fragen. Schließlich sah ich auf die Uhr. Es war 23.15 Uhr. Ich hatte fast zwei Stunden in der Küche gesessen. Ich schaute auf die Anrichte, wo der Truthahn stand und vor sich hintaute. Morgen war Thanksgiving.

Um zwei Uhr morgens hörte ich, wie die Tür geöffnet und wieder geschlossen wurde. Ich warf mir schnell meinen Morgenmantel über und rannte hinunter. »Rich?« rief ich. Keine Antwort.

Als ich unten auf der Treppe ankam, griff ich zum Schalter und machte die Wandbeleuchtung an. Rich stand mitten im Zimmer und hielt einen Rosenstrauß in der Hand. »Blumen für die Blume«, sagte er, torkelte auf mich zu und legte dann den Blumenstrauß in meine Arme. »Fröhliches Thanksgiving, mein Liebling.«

»Du lieber Himmel, wie konntest du nur?« sagte ich.

»Hast du wirklich geglaubt, daß ich vergesse, etwas zur Tischdekoration beizusteuern? Schäm dich, Jessie, wirklich. Weißt du denn nicht, daß der perfekte Mann seine perfekte Frau an einem perfekten Thanksgiving-Tag nicht vergißt? Perfekt, perfekt, perfekt!«

»Sei endlich still, Rich! Du weckst noch die Kinder auf.« Ich ging zu ihm und packte ihn am Arm. »Komm, ich bring' dich ins Bett.«

Er riß sich los. »Ich will no' nich' ins Bett!« Er ging zum Schalter und machte die Wandbeleuchtung aus, so daß der ganze Raum im Dunkeln lag. Durch einen Lichtstrahl, der von oben kam, konnte ich gerade noch erkennen, wo er stand. »Ich will mein perfektes Eheweib auf der Stelle vögeln.« Er stampfte auf den Teppich. »Genau hier!«

Ich starrte ihn einen Augenblick lang an, dann drehte ich mich um und wollte nach oben gehen. Er packte meinen Arm und drehte mich zu sich herum. »Was'n los, stimmt was nich'?«

Ich stieß seine Hand von mir weg. »Laß mich bloß in Ruhe!«

Ich rannte nach oben, aber ich hörte ihn hinter mir herrufen: »Es is' alles in Ordnung ... mach dir keine Sorgen, keine Sorgen. Du kannst dich ruhig hier von mir vögeln lassen. Hier isses sicher. Jetzt kann uns niemand mehr sehen. Die Lichter sind alle aus!«

21

Um sechs Uhr morgens wachte ich auf. Ich zog mich an, ging hinunter und brühte mir einen Kaffee auf. Dann ging ich mit einem Becher schwarzen Kaffee für Rich ins Wohnzimmer zurück. Er lag vollständig angezogen auf dem Sofa. Ich schaltete zuerst die Wandlampe ein, ging dann zu ihm und rüttelte ihn an der Schulter.

Seine Augen öffneten und schlossen sich dann wieder. Er gab einen grunzenden Laut von sich, seufzte und drehte seinen Kopf von mir weg.

Ich stellte den Becher auf den kleinen Tisch. »Bitte, Rich ... ich kann nicht länger warten.«

Immer noch keine Antwort.

»Dann werde ich sprechen, und du wirst mir zuhören. Die Kinder und ich, wir werden heute gehen. Ich habe letzte Nacht entdeckt, daß es Buddy ist, auf den es das Institut abgesehen hat, nicht du. Ich weiß nicht, warum, aber ich habe auch nicht die Absicht, noch länger hierzubleiben, um es herauszufinden. Ich weiß nur, daß es etwas mit ihrer Forschung zu tun hat. Ich werde vorher noch Carla anrufen und ihr erzählen, was ich weiß, und dann werde ich gehen ...«

Plötzlich öffnete Rich die Augen. Er glotzte verständnislos drein, dann griff er nach dem Schalter und schaltete das Licht aus. Er stand vom Sofa auf und stellte sich vor mich hin. Seine Augen funkelten.

Ich starrte ihn an. »Was ist denn los?«

Sein Mund öffnete und schloß sich wieder.

»Das Licht?« Ich erinnerte mich daran, wie oft er dieses

Licht ausgeschaltet hatte. »Stimmt mit den Lampen irgend etwas nicht?« fragte ich schließlich.
Sein Adamsapfel hob und senkte sich.
»Sag's mir doch! Verdammt noch mal, sag's mir endlich!« schrie ich.
»Kameras, Mikrophone.«
Ich drehte mich um und betrachtete erst die drei Wandlampen im Wohnzimmer, dann den großen Leuchter im Eßzimmer. »Ich verstehe nicht ganz ...«
»Ein Videoband. Es geht zum Zentralcomputer und wird dort aufgezeichnet.«
»Aufgezeichnet?« wiederholte ich verständnislos. »Aufgezeichnet?« Ich dachte an die Lampen in allen anderen Räumen: die Neonröhre in der Küche, die Badezimmerlampe, die Hängelampe im Kinderzimmer. Und an die Lampe in unserem Zimmer. »Auch im Schlafzimmer?« fragte ich.
Er nickte.
Aus Angst, schreien zu müssen, preßte ich die Hände auf den Mund. Erst nach einer Weile nahm ich sie wieder fort. »Wie konntest du nur?« flüsterte ich, dann stürzte ich mich auf ihn und schlug ihm mit den Fäusten immer wieder ins Gesicht. »Du Mistkerl! Du verdammtes Schwein! Wie konntest du nur?«
Er bewegte sich nicht und leistete auch keinen Widerstand. Er stand einfach mit geschlossenen Augen da und ließ die Schläge über sich ergehen. Schließlich ließen meine Kräfte nach, und ich fiel zu Boden. Wütend starrte ich ihn an. »Was ist hier sonst noch alles versteckt? Sag's mir!«
Er ließ sich neben mir auf die Knie fallen. Ich betrachtete die Möbel, die Teppiche, die Vorhänge. Wie gut das alles zusammenpaßte. Sie hatten alles gewußt ... »Sind sie auch in unserem Haus in Orlando gewesen?«

»Nur der eine Mann ... nur einmal!«
»Welcher Mann?«
»Der, der uns hierher begleitet hat.«
Der große, schwarze Cadillac. Ich hielt mir beide Ohren zu.
»Ich will nichts mehr hören! Ich will nicht mehr!«
Rich griff nach meinen Händen und versuchte sie wegzureißen. »Du mußt mir zuhören, Jessie. Du mußt das alles verstehen. Sie haben mir mein Geschäft mit Absicht ruiniert, sie haben alles, was ich mir aufgebaut hatte, kaputtgemacht. Sie haben es so hingedreht, daß ich nirgends mehr Arbeit bekommen konnte. Sie hatten mich in ihren Klauen, und sie hätten mich nie wieder losgelassen. Ich schwöre dir ...«
»Wer?«
»Die Regierung. Das Projekt wird von der Regierung finanziert. Ich habe dich nicht angelogen! Und es kann auch nichts passieren, niemand wird dabei Schaden nehmen! Du wirst doch wohl nicht glauben, ich würde Buddy in Gefahr bringen, oder? Oder sonst jemanden von uns?«
Meine Augen schwammen in Tränen, und sein Gesicht begann sich zu verändern; ich hatte ihn vorher nie so gesehen. Ich musterte seine verzerrten Züge; sie kamen mir vor wie die eines Fremden. Schließlich rieb ich mir die Augen, um wieder klarer sehen zu können. »Worum geht es denn?« fragte ich schließlich. »Das Projekt, Rich. Worum geht es dabei?«
»Es ist eine Studie über Kindheit und Erwachsenwerden, über Probleme und Krankheiten, die damit zusammenhängen. Wie Erziehung und soziale Faktoren die Gesundheit beeinflussen können. Solche Fragen eben. Es ist nichts Schlimmes dabei, Jessie. Im Gegenteil, es kann für die Kinder sogar sehr nützlich sein. Du siehst es ja selbst, die Gesundheitsfürsorge hier ist ausgezeichnet. Auch das Schulsystem ist viel besser als an den staatlichen Schulen.«

»Wieso haben sie dann ausgerechnet uns ausgesucht?«
»Sie haben es mir genau erklärt, Jessie. Sie haben Vertreter aller sozialen Gruppen des Landes gesucht, und wir wurden ihnen dabei empfohlen.«
»So? Ich sehe nur untere und mittlere Einkommensgruppen. Wo sind denn die anderen?«
»Die sind auch hier, Jessie. Das hast du doch selbst gesagt. Vielleicht sind sie von uns übrigen getrennt, aber sie sind hier.«
»Du lügst mich doch nur an!«
»Nein, das tue ich nicht. Ich schwör' dir, das ist die Wahrheit.«
»Sie wollen Buddy! Verstehst du das nicht? Aus irgendeinem Grund war es Buddy, der ihnen empfohlen wurde. Sie wollen unseren Sohn!«
Er legte seine Hände auf meine Schultern, aber ich befreite mich aus seinem Griff. Seine Arme blieben in der Luft hängen. »Sie wollen alle Kinder, Jessie. Nicht bloß Buddy.«
»Seit wann weißt du das?«
»Seit ich das Angebot bekommen habe.«
»Und wann war das?«
Er starrte auf den Teppich und fuhr sich mit der Hand über die Augen. »Es ist jetzt fast ein Jahr her. Ich war mir zuerst nicht ganz sicher ... ich meine, ich wußte nicht, ob es richtig war. Aber je länger ich mich damit beschäftigte, um so vorteilhafter kam mir die ganze Sache vor. Um diese Zeit warst du drauf und dran, die Kinder zu nehmen und zu verschwinden.« Seine blutunterlaufenen Augen sahen mich flehend an. »Und so habe ich dann ›Ja‹ gesagt.«
Ich stand auf. »Ich werde meine Kinder nehmen und von hier weggehen, Rich. Sofort. Kann ich einfach so gehen? Oder werden sie versuchen, mich aufzuhalten?«

»Na ja, da sind noch der Vertrag und die ganzen Untersuchungen, bevor man hinauskann.«

»Nein!«

»Aber das ist Teil der Abmachung.«

»Warum? Wenn sie hier keine Versuche mit tödlichen Substanzen machen, dann verstehe ich nicht, warum?«

Nach einer kurzen Pause sagte er: »Das sind nun mal die Gesundheitsvorkehrungen. Ein Teil der Vorsichtsmaßnahmen.«

»Ich will, daß du uns hier herausbringst, ohne daß wir durchs Institut müssen.«

Plötzlich klopfte es an der Tür, und ich fuhr zusammen. Ich blickte erst zur Tür, dann sah ich Rich an. »Es ist noch ziemlich früh – zu früh für einen Besuch.«

Rich sagte: »Ich gehe schon hin. Geh du in die Küche und warte dort.«

Ich verzog mich hinter die Küchentür und lauschte.

»Jessica Platt und Richard Platt jr.« Die Stimme klang rauh wie Schmirgelpapier.

»Worum geht es denn?« fragte Rich.

»Das Institut wurde davon in Kenntnis gesetzt, daß die beiden genannten Personen erkrankt und nicht zur ärztlichen Behandlung erschienen sind.«

»Da sind Sie aber falsch informiert. Hier ist niemand krank.«

Man hörte Papier rascheln. »Richard Platt jr. fehlte gestern aus unbekannten Gründen in der Schule. Wie uns berichtet wurde, fühlte sich Jessica Platt gestern beim Elternabend unwohl. Wir haben Anweisungen, sie zur Untersuchung zu bringen.«

»Ich bin Richard Platt, der Chef der Sicherheitsabteilung. Stecken Sie sich Ihre Anweisungen an den Hut. Die beiden fühlen sich ausgezeichnet.«

»Es tut mir leid, Mr. Platt, aber wir erhalten unsere Anweisungen nicht von Ihnen, sondern direkt vom Institut.«
Ich konnte hören, wie jemand ins Haus kam. Ich rannte auf den Gang und ins Wohnzimmer, zur Treppe. Gerade in dem Moment, als ich hinauf wollte, sah ich, daß Buddy oben an der Treppe stand und uns beobachtete. »Buddy, geh sofort in dein Zimmer!« schrie ich. »Auf der Stelle. Verstehst du mich? Sofort!«
Aber da stand schon ein Sicherheitsbeamter neben mir. Ein anderer deutete auf Buddy. »Komm schon, Söhnchen. Du und deine Mutter, ihr werdet jetzt zum Onkel Doktor gehen. Das ist keine große Affäre, du mußt keine Angst davor haben. Na, komm schon.«
Buddy stieg die Treppen hinunter, und ich begann zu schreien. »Rich! Das dürfen sie nicht tun! Halte sie auf!«
Mit einem Griff packte ich Buddy am Arm und zerrte ihn in die Küche. Aber auch hier gab es keinen Ausweg, ich saß in der Falle. Ich preßte meinen Rücken gegen die Anrichte und schlang die Arme um Buddy.
»Lassen Sie mich mal«, hörte ich Rich sagen.
Er kam herein, die zwei Männer folgten ihm. Er beugte sich über Buddy, fuhr ihm durchs Haar und richtete sich wieder auf. »Es ist alles in Ordnung, Jessie«, sagte er in beruhigendem Tonfall. »Sie werden euch beide untersuchen und feststellen, daß ihr nicht krank seid. Ehe du dich versiehst, werdet ihr wieder hier sein. Vertrau mir. Bitte, Jessie, vertrau mir.«
Buddy nahm die Hand des Sicherheitsbeamten und ließ sich von ihm durchs Wohnzimmer führen. Ich folgte ihnen. Als ich zur Küche hinausging, warf ich noch einen Blick zurück. Der Truthahn war aufgetaut. Kleine, rosafarbene Wassertropfen rannen von der Anrichte auf den Boden.

Wir saßen hinten in einem kleinen, verdeckten Elektroauto. Eine Trennwand aus Kunststoff zog sich mitten durch den Wagen und trennte dabei – wie in einem Polizeiauto – den Rücksitz von den vorderen Sitzen. Die zwei Sicherheitsbeamten saßen vorne. Ich umklammerte Buddys Hand. »Warum bringen sie uns weg, Mom?« flüsterte er.

»Sie denken, wir sind krank. Sie wollen nur sichergehen, daß wir beide wirklich okay sind.«

Seine großen, braunen Augen suchten die meinen. »Warum hast du dann solche Angst?«

Ich fühlte, wie mir eine Träne übers Gesicht rann, aber noch bevor ich sie wegwischen konnte, fuhr Buddy mit der Hand über meine Wange und wischte sie weg. »Ist schon okay, Mom, du wirst sehen, sie werden dir nicht weh tun. Auch Daddy hat das gesagt.«

Ich nickte und versuchte den Kloß in meinem Hals hinunterzuschlucken. »Jetzt schau mich bloß an ... soviel Aufregung wegen einer lächerlichen Untersuchung. Ich benehme mich doch wirklich sehr albern, oder?«

»Sie werden dir nichts Böses tun.« Seine Stimme klang heiser. »Jedenfalls nicht, wenn du mich ihnen überläßt.«

»Was soll das heißen, Buddy?«

»Ich habe gehört, wie du mit Daddy gesprochen hast. Wie du gesagt hast, daß sie mich wollen. Und sie wollen mich auch, Mom, das weiß ich.«

»Oh, Liebling, aber das weiß ich doch selbst gar nicht so genau. Ich habe nur so geredet. Wir werden von hier fortgehen, wir alle.«

»Ich wahrscheinlich nicht, Mom.«

»Ich will nicht, daß du so etwas sagst. Natürlich kommst du mit. Wo wir hingehen, wirst auch du hingehen.«

»Aber nicht in meinen Alpträumen ...«

Es war das erste Mal, daß er seine Alpträume erwähnte. »Kannst du dich daran erinnern, Buddy?«
»Ja, an ein paar Sachen schon. Aber das ist gar nicht so wie im Traum, es wirkt alles so echt. Manchmal weiß ich nicht, ob das jetzt wirklich passiert ist oder nicht.«
»Was zum Beispiel?«
»Da war mal ein Traum, in dem hat Daddy mich geschlagen. Ins Gesicht.« Buddy sah mich an. »War der echt?«
Ich zögerte zuerst, dann aber nickte ich. »Er war betrunken, Buddy. Er wußte nicht, was er tat. Erzähl mir noch andere Sachen.«
»Ein Mann mit einem irrsinnig großen Kopf steht über mir und schreit ständig ›Sentrier, Sentrier, Sentrier‹. Immer und immer wieder, so lange, bis mir mein Kopf so weh tut, daß ich ihn am liebsten auseinanderreißen würde.« Wieder sah er mich an. »Ist das auch passiert?«
Ich preßte ihn an mich. »Nein, natürlich nicht. Das war nur ein Traum, ein böser Traum.«
Der Wagen fuhr jetzt Richtung Ausgang vier; nach und nach passierten wir alle Avenuen: Avenue C. Avenue D. Avenue E. *Bitte, lieber Gott, laß mich recht haben. Mach, daß das hier nicht wahr ist. Mach, daß das alles nur ein böser Traum ist.*

Die Sicherheitsbeamten führten uns an dem roten Zementpfosten vorbei ins Institut. Die Korridore und die Eingangshalle waren fast leer, nur einige Gesundheitsfürsorge-Betreuer liefen emsig umher. Ich versuchte Lisa zu entdecken, konnte sie aber nirgends sehen. Wir machten vor einer Reihe von Aufzügen halt, und einer der Sicherheitsbeamten griff nach Buddys Hand. »Komm, mein Söhnchen. Du mußt hier entlang, zur Kinderabteilung.«
Ich wollte ihm nach, aber eine schwere Hand auf meiner Schulter hielt mich zurück. Ich drehte mich zu dem

anderen Beamten um. »Bitte, lassen Sie mich mit ihm gehen«, sagte ich.
»Es tut mir leid, Mrs. Platt, aber Sie haben jetzt einen Termin beim Internisten.«
Buddy drehte sich um. Zum ersten Mal konnte ich Tränen in seinen Augen sehen, aber er hatte die Augen weit aufgerissen und versuchte, sie zurückzuhalten. »Wir werden bald zusammen nach Hause gehen, Buddy. Okay?« sagte ich.
Er nickte und ließ sich dann von dem Beamten wegführen. Er trug immer noch seinen Schlafanzug und Hausschuhe.

Der Beamte, der bei mir geblieben war, drückte auf den Fahrstuhlknopf. »Ich war schon mal in der Inneren. Sie ist auf diesem Stockwerk«, sagte ich, »nicht oben.«
»Wir fahren auch nicht nach oben.« Der Aufzug hielt, und die Türen öffneten sich. Mein Wächter stieß mich hinein, und die Türen schlossen sich hinter uns wieder.
»Wo fahren wir denn hin?« fragte ich.
»Das werden Sie schon sehen, Ma'am. Sie brauchen sich keine Sorgen zu machen.« Es gab nur einen Knopf, auf dem eine Zwei stand, aber statt auf diesen Knopf zu drücken, kniete er sich hin und öffnete einen kleinen Kasten, der nur wenige Zentimeter über dem Boden angebracht war. In diesem Kasten waren zwei Knöpfe: auf dem einen stand 00, auf dem anderen 000. Er drückte auf den zweiten.
Der Aufzug setzte sich nach unten in Bewegung. Tiefer und tiefer. Mein Herz begann wild zu schlagen. »Oh, bitte nicht!« Ich stürzte mich auf den Wächter, krallte mich an seiner Jacke fest und zerrte daran. »Bringen Sie mich nach oben ... bitte bringen Sie mich wieder nach oben!«
Plötzlich wurde mein Atem immer schneller – und dann fiel ich in eine tiefe Ohnmacht.

22

Ich öffnete die Augen und sah mich in dem Zimmer mit den weißen Backsteinwänden und dem weiß gefliesten Boden um ... und mit einem Mal, ganz plötzlich, fiel mir die Fahrt im Aufzug wieder ein. Wie lange war ich wohl schon hier? Ich trug ein weißes Krankenhausnachthemd. Ich bewegte meine Arme, meine Beine – nichts hinderte mich daran. Langsam und schwerfällig setzte ich mich auf. Ich fühlte mich ganz benommen, so als ob ich betäubt gewesen wäre.

Ich griff nach einem roten Plastikball, der mit einer Kordel am Nachttisch befestigt war, zog ihn zu mir herüber und schaute ihn mir genau an. Dann fiel mir wieder ein, was Rich mir über alles Rote gesagt hatte, und ich legte ihn schnell auf den Nachttisch zurück, als ob ich mir die Finger daran verbrannt hätte.

»Guten Morgen, meine Liebe«, sagte die Krankenschwester, die ins Zimmer kam. »Ich bin Mrs. Haggert, aber nennen Sie mich doch einfach Granny. Das tut jeder.« Sie hatte kurzes, ordentlich gewelltes, blaugraues Haar. Ihre Haut war rosig, weich und voller Fältchen. Wahrscheinlich hatte sie deswegen diesen Spitznamen. Ich erwartete schon fast, daß sie einen Teller mit gebratenem Fleisch auf den Krankenhaustisch stellen würde, aber sie brachte statt dessen bloß einen tiefen Teller mit klarer Brühe und Salz.

»Hunger, meine Liebe?« fragte sie.

Ich nickte.

»Nun, das ist nicht gerade ein Festessen, aber es ist besser, langsam anzufangen und kleine Fortschritte zu machen.

Sie waren ganz schön krank.« Sie stellte das Tablett vor mich hin, dann ging sie ans Fußende und schüttelte das Bett auf.
»Krank?« sagte ich. »Nein, das kann nicht stimmen. Vor ein paar Stunden ging es mir noch sehr gut.«
»O nein, wirklich nicht! Als Sie hierhergebracht wurden, waren Sie bewußtlos.«
Ich dachte zurück an die Fahrt nach unten in diesem Fahrstuhl. An meine Atemnot. »Ich hatte Angst«, sagte ich. »Als wir so weit nach unten fuhren, muß ich in Ohnmacht gefallen sein.«
Sie lächelte; dabei leuchteten ihre weißen Zähne. »Das kann schon sein, meine Liebe, aber es gibt überhaupt keinen Zweifel daran, daß Sie krank waren. Noch vor drei Tagen hatten Sie 42 °C Fieber. Erst seit heute morgen haben Sie keine erhöhte Temperatur mehr.«
Ich starrte sie an, und sie fuhr fort: »Aber ja, bestimmt. Die Ärzte haben sich große Sorgen um Sie gemacht. Aber als ich Sie zum ersten Mal sah, wußte ich sofort, daß Sie hart im Nehmen sind.« Sie hob mahnend ihren Finger und machte einen Schmollmund. »Natürlich dürfen Sie deshalb trotzdem keinen Raubbau mit Ihrer Gesundheit treiben. Man hat mir schon erzählt, daß Sie letztes Mal nicht schnell genug aus dem Krankenhaus herauskommen konnten und sich überall herumgetrieben haben. Aber ich wette, daß die Ärzte Sie dieses Mal nicht so schnell aus ihrer Obhut entlassen werden.«
»Mein Sohn. Was ist mit meinem Sohn?«
Sie sah mich neugierig an. »Soweit ich weiß, ist Ihr Sohn nicht hier. War er etwa auch krank?«
»Nein. Aber sie dachten, er wäre es. Sie brachten ihn zu einer Untersuchung her. Sein Name ist Buddy . . . Richard.«
Ich versuchte aufzustehen, aber in demselben Augenblick

wurde mir schwindlig. Ich hielt mich an der Matratze fest. Mein Gott, was hatten sie bloß mit mir gemacht? »Ich muß ihn finden«, sagte ich. »Jetzt gleich.«

»Aber, aber, meine Liebe«, schimpfte Granny und griff nach meinem Arm. »Sie gehen jetzt schön wieder ins Bett zurück. Sie wollen doch keinen Rückfall riskieren, oder? Ich werde jetzt in der Zentrale anrufen und mich nach Ihrem Sohn erkundigen.« Sie ging zur Tür. »Sie bleiben schön ruhig da liegen und essen brav alles auf. Sie brauchen jetzt nahrhafte Kost, damit Sie wieder zu Kräften kommen. Und Sie dürfen sich nicht aufregen. Haben Sie mich verstanden? Keine Aufregung!«

Ich lehnte mich in die Kissen zurück und nahm den Löffel vom Tablett. Jeder Knochen, jeder Muskel tat mir so weh, als ob ich einen Marathonlauf hinter mich gebracht hätte. Ich löffelte gehorsam die Suppe.

Als ich fast fertig war, kam Granny in das Zimmer zurück. Sie strahlte über das ganze Gesicht. »Ich habe in der Zentrale angerufen, meine Liebe. Richard Platt jr. wurde am Donnerstag entlassen. Ihm fehlte nichts, und er ist gesundheitlich in bester Verfassung. So, jetzt wissen Sie Bescheid und brauchen sich keine Sorgen mehr zu machen. Ihr kleiner Junge ist zu Hause und ist gesund und munter.«

»Mein Mann. Darf ich ihn sehen?«

»Nicht, solange Sie noch auf der Intensivstation sind. Wenn Sie erst einmal wieder zu Kräften gekommen sind, werden Sie in den zweiten Stock verlegt. Dort kann Sie Ihr Mann dann besuchen.«

»Ganz bestimmt?«

»Ja, ganz sicher, meine Liebe. Auf Granny ist immer Verlaß.«

Zweimal versuchte ich aufzustehen, aber meine Beine versagten mir jedesmal den Dienst, und ich fiel wieder ins Bett zurück. Die Stunden vergingen rasch; ich schlief und schlief, und obwohl ich immer wieder bei Granny nachfragte, war ich mir nie sicher, ob es Tag oder Nacht war. Es war, als ob ich in einer Welt ohne Zeit und Raum leben würde, in der ich nichts mehr zu erwarten hätte.

Die einzigen Menschen, die ich sah, waren Granny und ein schweigsamer Mann mit ausdruckslosen Augen, der immer ein Baseball-Käppi auf dem kahlen Kopf trug und stets mit einem Eimer Wasser und einem Scheuerlappen herumschlurfte. Und, nicht zu vergessen, Dr. Shannon. Er kam einmal am Tag zu einer kurzen Visite vorbei. Jedesmal schloß ich meine Augen ganz fest, ballte meine Hände zu zwei Fäusten zusammen und zählte langsam, bis es vorbei war. Nachdem er die Untersuchung beendet hatte, erkundigte er sich, ob ich irgendwelche Fragen hätte.

»Wann werde ich nach oben verlegt?« war die einzige Frage, die ich hatte.

»Bald«, versicherte er mir jedesmal.

Der dritte Tag war vergangen, seit ich das Bewußtsein wiedererlangt hatte. Die Deckenbeleuchtung war bereits seit einer Stunde ausgeschaltet, da beschloß ich, noch einmal zu versuchen, ob ich nicht doch aufstehen konnte. Zuerst drehte ich mich zum Nachttisch und schaltete die Lampe aus. Licht war gefährlich; sie konnten mich vielleicht sehen. Ich stand auf, hielt mich am Bett fest und machte die ersten Schritte. Langsam aber sicher gelangte ich zur Tür, öffnete sie und schaute mich vorsichtig um. Der Korridor lag im Dunkeln, nur die Lampen der Nachtbeleuchtung, die in die Backsteinwände eingelassen waren, spendeten etwas Licht. Auf dem weiß gefliesten Boden entdeckte ich die gleichen drei roten Linien, die ich schon oben gesehen hatte. Niemand war zu sehen.

Ich ging ganz vorsichtig aus dem Zimmer, um ja nicht die Linien zu berühren, dann preßte ich meinen Rücken gegen die Wand und glitt an ihr entlang, so vorsichtig, als ob ich auf dem Fenstersims eines Wolkenkratzers balancieren müßte. Ich kam an mehreren offenen Türen vorbei und schaute in jedes der Zimmer. Sie waren leer. Dann kam ich zu einer der Lampen. Neben ihr war ein kleiner Stahlkasten angebracht. Ich öffnete ihn: ein Metallstift stand auf »an«. Ich biß mir auf die Unterlippe und drehte langsam den Stift um. Das Licht in der Wand ging aus. Ich ging schnell daran vorbei, griff zurück und stellte den Stift wieder auf »an«. Dann schloß ich den Kasten wieder, vorsichtig legte ich dabei meine Hände über das Schloß.

Ich ging weiter, bis ich wieder zu einer Tür kam. Diese war geschlossen. Vorsichtig und ganz leise drückte ich die Klinke hinunter und schaute hinein. Ich konnte ein Nachtschränkchen und ein Bett erkennen. Die weiße Bettdecke war hochgezogen. Man konnte nur einen kahlen Kopf erkennen. Vielleicht war das der alte Mann, der immer saubermachte. Ich ging vorsichtig auf Zehenspitzen näher, um ja nicht die »sensiblen Stellen« auf dem Boden zu berühren und um den schwachen Lichtstrahl zu vermeiden, der auf den Kopf des Mannes gerichtet war. Eigentlich wollte ich meine Hand ausstrecken und die Bettdecke zurückschlagen, aber ich konnte es nicht riskieren; mein Arm wäre in das Blickfeld der Kamera geraten. Und außerdem, was wollte ich ihm eigentlich sagen? Ich saß da und wartete. Obwohl ich noch nicht wußte, was ich sagen würde, flüsterte ich schließlich: »Wachen Sie auf. Bitte wachen Sie auf.«

Langsam wurde die Bettdecke zurückgeschlagen, und ein Paar grüne Augen öffneten sich.

Ich wollte etwas sagen, aber ich brachte keinen Ton heraus.

Das war überhaupt nicht der alte Mann, der immer saubermachte ... das war Rueben!
Ich mußte mich an der Kante des Nachttischchens festhalten, denn mir zitterten die Knie. Ruebens Augen glänzten merkwürdig und wirkten glasig, aber er erkannte mich wieder. Er streckte einen langen, dünnen Arm aus und schaltete die Nachttischlampe aus, so daß der Raum völlig im Dunkeln lag. »Jessie«, sagte er, dann hörte ich nur noch, wie er keuchte und tief Luft holte.
Ich setzte mich auf sein Bett und legte meine Arme um seine Schultern, die mir viel schmaler vorkamen als zuvor. Er hob seinen glatten, kahlen Kopf und legte ihn an meine Brust. Dann umschlang er mich mit beiden Armen. »Oh, mein Gott, was haben sie nur mit dir gemacht?« sagte ich.
Schließlich zog er seinen Kopf weg und klammerte sich wie ein verlorenes Kind an meiner Hand fest. »Jessie, warum sind Sie hier?«
»Ich weiß es selbst nicht genau. Ich wollte mit den Kindern zusammen weggehen. Rueben, wir müssen unbedingt weg von hier.«
Seine Stimme erstarb. »Ich nicht. Es ist zu spät für mich. Wieviel wissen Sie über die Dinge, die hier vorgehen?«
»Ich weiß etwas über die Sicherheitsvorkehrungen. Die Videokameras werden durch die Lichter hier ausgelöst. Es gibt sensible Stellen auf dem Boden. Und ich weiß, daß die Leute im Ort nicht einfach nur Bewohner von Grads Village sind. Sie sind Bestandteil eines Forschungsprojekts. Aber bis jetzt habe ich nicht die geringste Ahnung, was das Institut macht. Ich weiß nur, daß jede Familie aus einem bestimmten Grund ausgesucht wurde, meine wegen Buddy. Rich behauptet beharrlich, daß sie nur eine harmlose Studie über alle Kinder machen, aber ich glaube ihm nicht. Er wußte davon, Rueben. Er wußte es die ganze Zeit über.«

»Das Schwein. Ich wette, meine Familie wußte auch Bescheid. Ich wette, alle wußten es. Ich wünsch' mir inständigst, daß sie jetzt hier anstelle von mir lägen. Es ist so ungerecht! Ich wollte doch nur weg von hier.« Er schlug sich mit den Händen an den Kopf. »Scheiße, verdammt noch mal. So 'ne verdammte Scheiße!«

Ich zog seine Hände vom Kopf weg. »Hör auf, Rueben. Du darfst jetzt nicht aufgeben. Wir werden hier herauskommen.« Ich hörte merkwürdig erstickt klingende Geräusche, die halb nach Lachen, halb nach Weinen klangen. »Ach ja? Haben Sie Clements gesehen?«

Es dauerte etwas, bis ich mich wieder erinnerte. »Meinst du den Chef der Sicherheitsabteilung vor Rich?«

»Ja. Haben Sie ihn gesehen?«

»Die einzigen, die ich hier unten gesehen habe, sind eine Krankenschwester, die Granny heißt, Dr. Shannon und ein alter Mann, der immer saubermacht und der nicht gerade aussieht ...« Ich stockte.

»Dann haben Sie ihn also doch gesehen. Oder zumindest das, was sie von ihm übriggelassen haben. Und genauso wird es mir auch ergehen, Jessie.« Seine Stimme wurde ganz schrill. Ich preßte schnell meine Hand auf seinen Mund. Ich fühlte, wie Tränen über meine Finger und dann auch über mein Gesicht rannen. Ich legte meine Wange an seine. »Es wird alles wieder gut werden, Rueben. Du wirst sehen.«

»Ich hab' solche Angst, so 'ne Scheißangst. Ich kann nicht einmal mehr aufstehen. Ich liege nur noch hier herum und warte darauf, daß sie kommen und mich holen und mich in ihre Folterkammer fahren und noch mehr von diesen Kopftests mit mir machen.«

»Warum machen sie das?«

»Ich weiß es nicht. Ich weiß nur, daß es bei mir Alpträume

erzeugt, was immer sie auch machen. Ganz schreckliche Alpträume. Es ist, als ob Schlangen in meinem Hirn herumkriechen würden. Nein, ich hab' wohl nicht mehr lange zu leben«, sagte Rueben mit einer Stimme, die plötzlich ganz nüchtern klang. »Und wissen Sie, woher ich das weiß?«

»Woher?« flüsterte ich, obwohl ich mir nicht sicher war, daß ich es überhaupt erfahren wollte.

»Weil die Ärzte ganz ungeniert in meiner Gegenwart reden. Verstehen Sie denn nicht? Es spielt überhaupt keine Rolle, ob ich etwas erfahre, denn eines Tages, wenn sie mich in mein Zimmer zurückbringen, wird es bei mir genauso wie bei Clements sein. Ich werde nur noch vor mich hin vegetieren. Und dann ist alles egal. Wirklich alles.«

Es dauerte sehr lange, bis ich wieder etwas sagte. Meine Stimme klang so zittrig, daß ich sie kaum wiedererkannte.

»Warum, Rueben?« fragte ich. »Warum haben sie dich ausgesucht?«

»Sie interessierten sich eigentlich gar nicht für mich. Ich bin nur ein Unfall. Einfach zusätzliches Material. Sie konnten mich ja schlecht gehenlassen und riskieren, daß ich den Ort hier schlechtmache, und deshalb haben sie alles mögliche an mir ausprobiert. Der, auf den sie es wirklich abgesehen haben, ist Max. Ich bin nicht der P. E. in meiner Familie, ich bin einfach nur Rueben-S.«

Ich erinnerte mich an Jills I.D.-Armband, ihre Klassennummer. »Was hat das zu bedeuten?«

»GeSchwister. Eigentlich wollen sie nur den Primären Einwohner.« Er streckte mir seine Hände entgegen. »Versprechen Sie mir, Jessie, daß Sie, falls Sie hier herauskommen sollten, auch Max von hier wegbringen. Bitte. Bitte versprechen Sie mir das.«

Dummerweise nickte ich, bis mir wieder einfiel, daß er mich ja gar nicht sehen konnte. »Euch beide, Max und dich. Ich habe nicht die Absicht, dich hier zurückzulassen. Wenn mir die Flucht gelingen sollte, werde ich mit der Polizei zurückkommen.« Ich brach ab, denn mir fiel ein, daß das hier ja angeblich ein Regierungsprojekt war. Wenn dem wirklich so war, was konnte mir dann die Polizei helfen? »Du mußt mir nur noch eins sagen, Rueben«, sagte ich schließlich, »warum sind die P. E. so etwas Besonderes? Und warum hat das Institut gerade Buddy und Max ausgesucht?«

Rueben preßte meine Hand so stark zusammen, daß es schmerzte. »Das wissen Sie nicht?«

»Nein ...« Während ich auf seine Antwort wartete, kam mir jeder einzelne Muskel meines Körpers wie die Saite einer Geige vor, die gestimmt werden soll und deshalb immer stärker und stärker angespannt wird.

Schließlich antwortete er. Er sagte: »Weil sie Genies sind, Jessie. Jeder Primäre Einwohner hat einen IQ von über 150. Sie sind alle Genies.«

Ich ging denselben Weg zurück. Paß auf die Lichtschranken auf. Achte auf die sensiblen Stellen. Denk über nichts weiter nach – weine nicht. Konzentrier dich nur auf die Lichtschranken, nur auf die sensiblen Stellen.

Als ich in mein Zimmer zurückkam, ertastete ich mir den Weg zum Bett und sank dann völlig erschöpft hinein. Ich war so müde. Total müde. Schlaf ein. Denk nicht darüber nach. Nicht jetzt.

Aber ich konnte nicht einschlafen. Ruebens verängstigtes Gesicht war in mein Hirn eingebrannt, und seine Worte liefen in meinem Kopf wieder und wieder ab, wie bei einer Schallplatte, die einen Sprung hat. Genie. Buddy war ein

Genie. Gut, ich hatte immer gewußt, daß er intelligent war. Intelligenter als andere. Aber ein Genie? Und deshalb wollte das Institut ihn, meinen Sohn.
Ich schloß die Augen, und mir war, als ob das Gewicht von Tausenden Tonnen Erde auf mir lastete und mich vom Rest der Welt trennte ... von Buddy.

23

Granny brachte um sieben das Frühstückstablett. »Was meinen Sie, werde ich morgen entlassen?« fragte ich.

»Das hängt ganz von Dr. Shannon ab, meine Liebe. Er ist momentan im OP, und wahrscheinlich wird er dort den ganzen Tag zu tun haben. Aber machen Sie sich nur keine Sorgen, er wird Sie schon nicht vergessen.« Sie stellte das Kopfteil meines Bettes höher und schob das Tablett vor mich hin. »Wenn Sie erst mal weg sind, meine Liebe, dann wird's hier sehr ruhig werden. Granny wird Sie vermissen.«

»Es gibt hier doch noch andere Patienten, oder nicht?«

»Zur Zeit sind's nur wenige, meine Liebe. In erster Linie Frischoperierte. Wenn die sich dann nach der Operation wieder etwas erholt haben, kommen sie nach oben, es sei denn, es treten weitere Komplikationen auf, so wie bei Ihrer Infektion.«

»Wie viele Patienten haben Sie denn hier herunten?«

»Normalerweise sind es nie mehr als drei oder vier zur gleichen Zeit. Meistens junge Damen wie Sie. Die ganze Arbeit bleibt fast immer an mir hängen, aber vor der Arbeit habe ich keine Angst. Nicht sooo viel. Eigentlich ist es ja genau das, was ich brauche. Das hält mich jung und rüstig.«

»Haben Sie denn keine Helfer hier?«

»Doch, eine Hilfsschwester, einen Putzmann und zwei junge, stramme Pfleger in meiner Schicht. Natürlich gibt's tagsüber noch andere Krankenschwestern, aber die gehören zum Nordflügel, zur Operations- und Behandlungscrew. Die haben da ganz schön zu tun, wirklich.«

Ich fragte mich, ob meine Ausschabung wohl hier vorgenommen worden war. »Kommen die Patienten hier alle wieder raus?«

Sie lachte; es war ein sehr kräftiges und tiefes Lachen für eine so zarte Frau. »Meine Liebe, wir haben hier am Institut einige der besten Ärzte des ganzen Landes. Es passiert sehr selten, daß wir einen Patienten verlieren. Zerbrechen Sie sich deshalb nicht Ihr hübsches kleines Köpfchen. Bevor Sie überhaupt wissen, wie Ihnen geschieht, werden Sie wieder wohlbehalten bei Ihrer Familie sein. Und jetzt essen Sie Ihr Frühstück und machen dann hier im Zimmer einen kleinen Spaziergang. Die Bewegung wird Ihnen gut tun. Jetzt müssen Sie mich aber entschuldigen, ich muß mich noch um meine anderen Patienten kümmern.«

Sie ging hinaus. Ich beendete rasch mein Frühstück, zog meinen Morgenmantel an und ging zur Tür. Aber der Korridor war hell erleuchtet; das Deckenlicht war an. Nein, ich würde warten müssen, bis die Lichter aus waren.

In der Nacht schlich ich mich wieder hinaus. Wie üblich waren die Gänge leer. Dieses Mal schlug ich die entgegengesetzte Richtung ein, in der Hoffnung, eine Treppe oder vielleicht sogar einen Aufzug zu finden. Ich mußte versuchen, einen Weg nach draußen zu finden. Wie in der Nacht zuvor schlüpfte ich die Wand entlang und knipste im Vorbeigehen die Nachtlichter aus. Kein einziger Ausgang ... nur Zimmer und immer wieder Zimmer. Die Türen standen alle offen. Schwache Lichter an den Fußleisten sorgten gerade für genügend Licht, daß man sich orientieren konnte.

Ich schaute in ein Zimmer und sah eine riesige, stählerne Maschine, die an der Decke befestigt war und über einem lederbezogenen Untersuchungstisch hing. Am Tisch waren Armstützen befestigt, die zu beiden Seiten überstanden. An drei Stellen liefen blaue Gurte über den Tisch; sie baumelten jetzt an den Kanten herunter. Die Unterseite der Maschine war wie ein Helm geformt und endete knapp über der Tischplatte. Daneben stand ein riesiger Computer. Ich ging in den nächsten Raum. Die gleiche Maschine und der gleiche Computer. Aber außerdem standen noch zwei Ärzte im Zimmer, und auf dem Tisch lag jemand. Ich schlüpfte rasch zurück auf den Gang und verbarg mich hinter der Tür. Ich hörte erst einen tiefen, beruhigenden Summton, dann drang eine Stimme an mein Ohr. »Das Summen wirkt direkt auf das zentrale Nervensystem ein. Innerhalb von dreißig Sekunden sind unsere Versuchsobjekte bewußtlos. Später können sie sich an nichts mehr erinnern.«

»Erstaunlich, das wirkt ja besser als Natrium-Pentothol.«

»Jetzt werde ich das PX-Band eingeben. Ist es erst mal im Computer, dann wird die Information direkt an das Gehirn weitergegeben. Fünftausend Wörter werden so pro Minute weitergeleitet. Wir haben inzwischen zwei Primäre Einwohner, die auf dem Stand von zwanzigtausend Wörtern sind. Meiner Erfahrung nach liegt der Durchschnitt hier bei ungefähr zwölftausend Wörtern.«

Ich hörte ein surrendes Geräusch, das sich wie ein langsam laufender Mixer anhörte.

»Wird die Information vollständig gespeichert werden?«

»Hundertprozentig. Natürlich immer vorausgesetzt, daß der Level nicht zu hoch angesetzt wird. Es ist äußerst schwierig zu beurteilen, wo bei jedem einzelnen der Höchstbelastungsgrad liegt.«

»Und woher wissen Sie dann, wann Sie aufhören müssen?«

»Wir wissen es überhaupt nicht. Deswegen benötigen wir ja auch die begleitende Psychotherapie. Wir müssen uns vollständig darauf verlassen, daß uns die Psychotherapeuten ein adäquates Bild der aus der Behandlung entstehenden psychischen Probleme geben. Und lassen Sie mich Ihnen eines sagen, es gibt da allerhand Probleme, wie zum Beispiel Freßsucht, Asthma, Stottern, Bettnässen, Muskelkontraktionen und Depressionen. Es ist erstaunlich, was das Hirn so alles erzeugen kann. Aber bis jetzt hielten sich die aufgetretenen Komplikationen noch in Grenzen; auf jeden Fall war nichts dabei, mit dem wir nicht hätten umgehen können. Das Ganze ist eine ungeheure Gratwanderung, und unsere Arbeit besteht darin, diese Grenze herauszufinden, sie aber nicht zu überschreiten.«

»Aber man kann da doch niemals völlig sicher sein.«

»Leider ist in der Forschung überhaupt nichts völlig sicher, Stanley; das brauche ich Ihnen ja wohl nicht zu sagen.«

»Natürlich nicht. Aber trotzdem wäre es doch eine Katastrophe, eines dieser Individuen zu verlieren. Jedes verfügt über ein so enormes Potential. Bei diesem hier verhält es sich natürlich anders, wie Sie eben gesagt haben.«

»Der hier ist ja nur ein S-Objekt, ein Bruder. Er hat nur einen IQ von 114. In so einem Fall sind wir durchaus bereit, weiter zu gehen als bei den anderen. Wir können dabei eine ganze Menge lernen, was uns bei den anderen von Nutzen sein wird. Beobachten Sie ihn, Stanley. Sehen Sie nur, wie seine Hautfarbe immer fahler wird, wie sein Mund sich öffnet und sofort wieder fest schließt. Wir hatten hier mal ein Kind, das hätte sich fast die Zunge abgebissen. Deswegen benutzen wir jetzt einen Beißring, um solche Zwischenfälle zu vermeiden.«

Eine Zeitlang war es still. »Sehen Sie nur, wie sich seine Muskeln anspannen, dabei sieht man kaum die Venen hervortreten.«

Das Surren wurde stärker; es klang, als ob man einen Mixer auf Hochtouren laufen ließe.

»Das Band läuft jetzt mit voller Geschwindigkeit. Konzentrier dich, Junge. Konzentrier dich ... konzentrier dich!«
Nach ein paar Minuten hörte das Geräusch plötzlich auf.
»Das reicht fürs erste. Ich werde ihm jetzt den Helm abnehmen. So, das wär's. Wir werden die Gurte noch befestigt lassen. In wenigen Minuten wird er aufwachen, aber es wird mindestens noch eine Stunde dauern, bevor wir die Speicherung überprüfen können. Holen wir uns was zu essen, solange er sich ausruht. Ich hatte den ganzen Tag lang noch keine ruhige Minute, um etwas zu essen.«
Gelächter. »Man scheint Sie hier ja ganz schön auf Trab zu halten.«
»Oh, Sie können sich davon gar keine Vorstellung machen. Ich arbeite im Schnitt fünfzehn Stunden am Tag.«
Das Licht wurde ausgeschaltet, dann näherten sich Schritte der Tür. Ich fuhr zusammen und kniff meine Augen zu. Die Schritte gingen an mir vorbei den Korridor entlang.
»Es wäre eigentlich Zeit für einen Urlaub. Sagt man nicht, ein müder Verstand ist wie ein leerer Eimer, Myron?« Die Stimmen wurden schwächer.
»Meine Frau und ich überlegen, ob wir nicht nach Aruba fahren sollen, vielleicht so zwischen Weihnachten und Neujahr. Um diese Zeit müßte es doch hier etwas ruhiger zugehen.«
»O ja, ich war in Aruba. Ganz anders als die anderen Inseln.«
»Das habe ich auch gehört. Man sagt, es sei ...« Die Stimmen verschwanden.

Ich mußte wohl ganze fünf Minuten so hinter der Tür gestanden haben – unfähig, mich zu bewegen. Aber ich fühlte mich immer noch nicht sicher. Schließlich kam ich doch hinter der Tür hervor und trat in das Zimmer. Es brannte nur die Nachtbeleuchtung. Ich machte einen weiteren Schritt und ging näher an den Tisch heran. Ich mußte sehen, wer da lag. Ich schlug meine Hände vors Gesicht, ich hatte Angst zu schreien ... Ich durfte nicht schreien. Von dem Moment an, als ich begann, die Unterhaltung der beiden zu belauschen, hatte ich es eigentlich gewußt. Aber ich hatte es nicht wahrhaben wollen – bis zu diesem Moment. Ich schaute auf den Mann hinunter. »Rueben«, flüsterte ich.

Keine Antwort. Seine Augen waren weit geöffnet und ausdruckslos. »Das Licht, Rueben. Mach das Licht aus.«

Immer noch nichts.

»Ich bin's, Jessie.« Ich wartete. Schließlich schlich ich mich auf Zehenspitzen ans Ende des Tisches, streckte den Arm aus und schaltete die Lampe aus. »Sprich mit mir, Rueben, bitte.« Ich packte ihn fest an beiden Schultern und schüttelte ihn. »Sag doch was, irgendwas.«

Sein Körper wurde von Krämpfen geschüttelt. »Konzentrier dich«, murmelte er monoton. »Konzentrieren, konzentrieren, konzentrieren ...«

Ich befreite ihn von den Gurten an seinen Armen, legte meine Arme um ihn, aber er hielt sich nicht an mir fest. *Scheiße. Oh, Scheiße, Scheiße, Scheiße* ... Ich fühlte, wie die Tränen über meine Wangen liefen. Mit dem Handrücken wischte ich sie weg; ich legte meinen Kopf auf seine Brust. »Stell dir vor, Rueben«, sagte ich schluchzend, »ich habe seit Tagen keine Zigaretten mehr. Mensch, ich könnte jetzt eine vertragen. Wie geht's dir, Rueben? Komm, wir schauen, daß wir irgendwo welche finden. Was meinst du dazu?«

»Konzentrieren, konzentrieren ... konzentrieren ...« hörte ich seinen monotonen Singsang.

Ich gab ihm einen Kuß auf die Wange, richtete mich auf und befestigte die Gurte wieder; dann eilte ich in mein

Zimmer zurück. Warum er? Wenn doch nur sein Plan geklappt hätte! Mir fiel ein, daß ich Carla von seinen Fluchtplänen erzählt hatte. Sie hatte mir geschworen, niemandem etwas davon zu sagen. Hatte sie es vielleicht doch erzählt?
Plötzlich dämmerte es mir – sie hatte es nicht zu erzählen brauchen. Das war ja gar nicht nötig. Ich erinnerte mich an unser Gespräch, als ob es gestern gewesen wäre. Wir saßen zusammen, tranken Kaffee ... und wie immer die Lichter ... Sie brannten auch an jenem Tag.
Ich vergrub mein Gesicht im Kissen und hämmerte mit den Fäusten verzweifelt auf die Matratze ein. Ich konnte immer noch Ruebens Stimme hören, seinen monotonen Singsang: Konzentrieren ... konzentrieren ... konzentrieren. Plötzlich hörte ich Buddys Stimme, Buddys Singsang, doch das Wort lautete jetzt »sentrier«.

Hinterher konnte ich mich nicht mehr erinnern, daß ich eingeschlafen war, aber es mußte wohl so gewesen sein, denn mein Schlaf war lang und tief, voller Visionen. Ich sah enthauptete Körper, Köpfe mit weit aufgerissenen Mündern, scharfe, schnappende Zähne und lange, rosa Zungen, die hin und her fuhren. Und sie jagten hinter den Kindern her ... ich versuchte, ihnen zu helfen, sie einzuholen. Aber wie schnell ich auch lief, ich konnte sie nie erreichen.
Als ich endlich aufwachte, sah alles um mich herum ganz anders aus. Das Zimmer war heller ... sehr viel heller. Ich richtete mich auf, sah ein Fenster, sprang dann aus dem Bett und rannte hin. Der Hof, ich konnte den Hof sehen. Und den Schnee. Ich hielt den Atem an. War das wirklich, oder träumte ich noch?
Mir blieb nicht viel Zeit, mich zu wundern. Eine äußerst

lebendige »Erscheinung« rauschte ins Zimmer. Ich erkannte Vera sofort. »Warum sind Sie denn nicht im Bett?« fragte sie, packte mich am Arm und führte mich zurück.
»Wann bin ich hierhergekommen? Ich kann mich nicht daran erinnern. Ich bin eingeschlafen und dann ...«
»Wovon, um Himmels willen, sprechen Sie eigentlich? Sie sind ja völlig durcheinander. Letzte Woche hat man Sie hierhergebracht.«
»Nein, das meine ich nicht. Ich rede von hier oben. Wann hat man mich hier heraufgebracht?«
»Sie bleiben jetzt schön liegen, und ich werde Ihnen ein Beruhigungsmittel bringen.« Sie wollte gerade das Zimmer verlassen.
Ich stand wieder auf. »Nein, bitte, ich möchte keines. Können Sie mir nicht einfach meine Frage beantworten?«
»Mrs. Platt, ich habe nicht die leiseste Ahnung, wovon Sie sprechen. Sie waren hier, in diesem Bett, die ganze Zeit über, seit Sie hierhergebracht wurden. Nun, wenn Sie sich nicht von selbst wieder beruhigen werden, dann habe ich Anweisungen ...«
»Nein, ich werde mich schon wieder beruhigen, ganz bestimmt, ich verspreche es Ihnen. Ich möchte nur noch eins wissen. Bitte.«
»Was?«
»Kann ich meinen Mann sehen?«
Ein tiefer Seufzer ließ ihren monumentalen Busen erbeben. »Na, das hat ja ganz schön gedauert, bis Sie wieder vernünftig geworden sind.«
Ich starrte sie an, voller Angst, weiterzufragen. Aber schließlich tat ich es doch. »Was hat so lange gedauert?«
»Ihn sehen zu wollen, natürlich. Der arme Mann war schon ganz krank aus lauter Sorge um Sie. Jeden Tag war er hier und wollte Sie sehen. Aber Sie wollten's ja nicht. Men-

schenskinder, das war vielleicht ein Geschrei und Geschimpfe, was der Mann mitmachen mußte! Warum bloß! Seit ich hier bin, habe ich so etwas noch nie erlebt. Nie!«

Minuten später stürzte Rich auf mich zu. »Ist alles okay, Jessie? Die Schwester hat mir gesagt, daß du mich sehen möchtest.«

Ich schaute ihn an und musterte dabei jeden einzelnen Zug seines Gesichts, so als ob ich ihn seit Jahren nicht mehr gesehen hätte. Die Tränensäcke waren noch ausgeprägter geworden. Lila-graue Schatten lagen unter seinen dunklen Augen. »Wir müssen hier weg ...«, begann ich.

Er beugte sich vor und legte mir einen Finger auf den Mund. »Red keinen Unsinn, Jessie. Es ist alles in Ordnung jetzt. Es geht dir viel besser, und die Ärzte wollen dich morgen schon entlassen.«

»Aber ...«

Wieder unterbrach er mich. »Buddy und Jill vermissen dich ganz schrecklich. Ich möchte, daß du jetzt nur daran denkst und an nichts anderes. Das wichtigste ist doch im Moment, daß wir alle wieder zusammen sein werden.«

»Hast du dich nicht gefragt, wo ich die ganze Zeit über gewesen bin?«

Er warf mir einen schiefen Blick zu. »Wovon redest du eigentlich? Du warst doch hier, und ich wollte dich so gerne besuchen, Jessie. Ich hatte schon fast meine Zelte hier aufgeschlagen; ich hoffte ständig darauf, dich sehen zu dürfen. Du mußt mir diese Meinungsverschiedenheiten, die wir hatten, verzeihen. Sobald wir zu Hause sind, werden wir alles wieder in Ordnung bringen. Hörst du?«

Ich gab ihm keine Antwort.

»Hast du gehört, was ich gesagt habe, Liebling?«

»Natürlich, Rich«, sagte ich schließlich.

»Du wirst schon sehen, ich werde mich anstrengen. Gib mir nur noch einmal eine Chance.«

Ich nickte und lehnte mich dann wieder in die Kissen zurück. »Ich bin müde, Rich.«

»Natürlich, du mußt schlafen. Und ich werde versuchen, dich morgen abzuholen. Warte nur, bis die Kinder davon erfahren. Und Carla, sie wird Purzelbäume schlagen.«

Er blieb noch und redete weiter auf mich ein, aber ich schloß die Augen. Ich wollte ihm nicht länger zuhören.

Endlich ging er.

24

Rich wollte mich am nächsten Tag vor dem Mittagessen abholen. Ich war bereits angezogen und wartete auf ihn. Sobald wir im Auto saßen und nicht mehr im Blickfeld der Kameras waren, versuchte ich es noch einmal. Aber kaum daß ich drei Worte gesagt hatte, unterbrach er mich auch schon. »Eins möchte ich ein für allemal klarstellen, Jessie, und ich habe nicht die Absicht, noch mal darüber zu diskutieren. Hier verdiene ich mein Geld, und deshalb werden wir hier auch bleiben.«

Ich widersprach nicht; es war ganz offensichtlich zwecklos. Wenn ich mich dazu entschließen sollte, Grads Village zu verlassen, dann mußte ich es allein tun. Ohne Rich. Sobald wir zu Hause angekommen waren, brachte er mich zum Sofa und schaltete die Wandbeleuchtung ein. »Es tut mir leid, Liebling, aber ich muß wieder gehen«, sagte er. »Die Anlage muß dringend repariert werden. Carla hat mir versprochen, vorbeizukommen und nach dir zu sehen.«

Ich nickte. Er wollte mich auf die Wange küssen, aber ich drehte meinen Kopf weg und war froh, als er weg war. Gleich darauf stand ich auf und schaltete alle Lichter aus. Dann ging ich in die Küche, nahm mir aus der Schublade eine Zigarette aus einer bereits angebrochenen Schachtel und zündete sie an. Ich setzte mich und begann zu überlegen, wie wir hier herauskommen konnten.

»Hey, was ist denn hier los? Hier ist es ja so finster wie in einer Leichenhalle«, sagte Carla, die hereinkam, ohne anzuklopfen. Sie rannte auf mich zu und umarmte mich

stürmisch. »Mensch, du hast mir vielleicht gefehlt. Was war denn eigentlich mit dir los? Rich hat nichts Genaues von sich gegeben. Er sagte immer nur, daß es etwas mit deiner früheren Infektion zu tun hat. Ich wollte dich besuchen – ich habe nämlich eine ganz große Neuigkeit für dich auf Lager –, aber er sagte, du seist auf der Intensivstation.« Sie ging einen Schritt zurück und betrachtete mein Gesicht. »Bist du okay, Jessie? Du schaust so merkwürdig.«
»Setz dich, Carla. Bevor du mir irgend etwas erzählst, muß ich dir etwas sagen.«
Sie setzte sich mir gegenüber. »Du siehst so verdammt ernst aus, du machst mir richtig Angst. Was ist denn los?«
»Carla, was ich dir jetzt erzähle, muß unbedingt unter uns bleiben. Verstehst du? Du mußt mir hoch und heilig versprechen, daß du nichts davon weitererzählst. Zu niemandem ein Wort.«
»Meine Lippen sind versiegelt, so wahr mir Gott helfe.«
Ich holte tief Luft und sagte dann: »Letzte Woche habe ich einiges über Grads Village herausbekommen. Zunächst einmal, das Institut erforscht nicht irgendwelche Krankheiten. Nein, ihre Forschung hat etwas mit unseren Kindern zu tun.«
Sie saß nur da und starrte mich an, ohne ein Wort zu sagen. Also fuhr ich fort.
»Ich weiß nicht alles darüber, aber was ich mit Bestimmtheit weiß, ist, daß jede Familie hier zumindest ein Kind hat, das ein Genie ist. Sie benutzen unsere Kinder als Versuchsobjekte, Carla. Rich wußte es die ganze Zeit über. Wahrscheinlich wissen es die anderen Ehemänner auch. Um sie dazu zu bringen, hier mitzumachen, hat man sie um ihre Arbeit gebracht.« Ich wartete – immer noch keine Reaktion. »Sag doch was!« meinte ich schließlich.
Carla sagte mit leiser Stimme: »Was soll ich denn dazu sagen?«

»Ich weiß nicht, reagier halt wenigstens ... geschockt, wütend, gleichgültig, irgendwie ...« Ich stockte, deutete dann mit dem Finger auf sie und sagte: »O mein Gott! Wie konnte ich nur so dumm sein? Du auch ...? Du hast es auch die ganze Zeit über gewußt?«

Carla nickte.

Ich stand auf. »Was ist denn bloß los mit dir? Bist du wirklich so gefühllos? Ist es dir wirklich scheißegal, was mit deinen Kindern passiert? Oder bist du nur zu blöd, um zu kapieren, was du damit anrichtest?«

»Alles hat seinen Preis, Jessie. Vielleicht bin ich dumm, aber das weiß ich. Selbstverständlich sind mir meine Kinder nicht gleichgültig, und das ist auch der Grund, warum ich eingewilligt habe, hierherzukommen. Da, wo ich herkomme, hängen die meisten Kinder schon mit zwölf an der Nadel oder an der Flasche. Die Schulen sind nicht dazu da, um den Kindern etwas beizubringen, sondern ein Tummelplatz für Dealer.« Sie stand auf. »Sie wollen also meine Rebecca untersuchen. Und? Sie sind Ärzte und keine Verrückten. Was soll, verdammt noch mal, daran so schlimm sein? Na, sag schon!«

»Carla, sie benutzen zum Beispiel Maschinen, die ihre Gehirne zerstören können. Sie versuchen herauszufinden, wieviel diese Kinder lernen können, bevor sie durchdrehen. Wie erklärst du es dir, daß deine Tochter schlafwandelt? Warum glaubst du wohl, daß Buddy Alpträume hat? Genau diese Ärzte sind der Grund dafür.«

»Wie kannst du so etwas sagen? Sie tun alles, damit die Kinder gesund aufwachsen: Sie haben hier saubere Luft, gesundes Essen, kostenlose medizinische Fürsorge. Warum sollten sie das alles für sie tun, wenn sie ihnen andererseits schaden wollen?«

Ich hob beschwörend meine Hände. »Vielleicht wollen sie

ihnen ja auch gar nicht schaden, aber sie werden es in Kauf nehmen, wenn es dem Forschungsprojekt dient. Auf jeden Fall!«

»Kannst du das irgendwie beweisen?« Sie stemmte ihre Arme in die Hüfte und baute sich dicht vor mir auf. »Jetzt laß uns mal Klartext reden, Jessie! Wir wissen beide, wie du bist. Du hast doch immer Angst, daß der große schwarze Mann im Dunkeln auf dich lauert, um dich zu vergewaltigen. Das sagt sogar dein Mann von dir. Um die Wahrheit zu sagen, du bist doch nicht normal! Du leidest ja unter Verfolgungswahn!«

Ohne zu wissen, was ich da tat, holte ich aus und schlug ihr ins Gesicht. Dann stand ich einen Augenblick lang da und starrte sie wütend an. »Okay, du willst also einen Beweis? Den kannst du haben! Rueben surft nicht irgendwo an der Westküste, so wie er es vorhatte. Er liegt genau ein paar hundert Meter unter uns. Und weißt du, was er da macht? Er starrt vor sich hin. Ja, er starrt vor sich hin ins Leere, wie eine Marionette. Verstehst du denn nicht, Carla, sie werden ihn nie gehen lassen! Sie haben ihn in ihre Labors verfrachtet, und sie experimentieren an ihm herum, so als ob er irgendein Tier wäre. Sie werden bald sein Gehirn zerstört haben – wenn sie es nicht schon getan haben.«

Carla ließ sich auf das Sofa fallen, ihr Mund stand vor Entsetzen weit offen. »Hast du ihn gesehen?« fragte sie schließlich. Ich wischte mir ein paar Tränen weg. »Ich hab' ihn gesehen. Ich war auf der Intensivstation, das stimmt, aber zwei Stockwerke tief unter dem Ort. Ich weiß nicht, warum sie mich wieder nach oben gelassen haben, aber ich werde mir auch keine Mühe machen, das herauszufinden. Ich werde meine Kinder nehmen und von hier weggehen, bevor sie ihnen das gleiche wie Rueben antun.« Plötzlich zögerte ich, ob ich noch weiterreden sollte, denn ich war

mir plötzlich nicht sicher, ob ich ihr überhaupt noch trauen konnte.
»Geht Rich auch?« fragte sie.
Ich antwortete nicht.
»Ich hab' dir doch mein Wort gegeben, Jessie. Ich schwöre, daß ich niemandem etwas sagen werde. Niemandem.«
Ich machte eine abwehrende Handbewegung. »Nein, Rich nicht. Er ist auf ihrer Seite, nicht auf meiner. Die Krankenschwester und er versuchten, mich zu überzeugen, daß ich gar nicht dort unten gewesen wäre. Sie wollten mir weismachen, daß ich die ganze Zeit oben gelegen und mein Gedächtnis verloren hätte. Sie wollten mir einreden, daß ich den Verstand verliere.«
»Wenn das alles stimmt, was du sagst, wie willst du dann von hier wegkommen?«
»Ich weiß es nicht. Ich habe bis jetzt noch keine Lösung gefunden. Alle Lichter, Carla, jede Lampe in deinem Haus ist an ein Videoband angeschlossen. Ich weiß nicht, wie es mit der Straßenbeleuchtung ist, aber in deinem Haus beobachten und kontrollieren sie dich fast ununterbrochen.«
Sie sah sich in der Dunkelheit um, dann schaute sie wieder zu mir, sagte aber noch immer nichts. Schließlich fragte sie: »Wann? Wann werdet ihr denn weggehen?«
Wieder zögerte ich. Aber an ihrem Gesichtsausdruck erkannte ich, daß ich ihr vertrauen konnte. »Heute nacht«, sagte ich, »sobald Rich eingeschlafen ist. Komm doch mit mir mit, Carla. Nimm Lou und die Kinder und komm mit.«
»Lou weiß von alldem nichts. Ich habe ihm nichts gesagt, weil ich wußte, daß er sonst nicht mitgekommen wäre. Wenn er das jemals herausfinden sollte ... ich weiß nicht, was er dann tun würde.«
»Sag es ihm jetzt. Carla, bitte! Mir ist es egal, welche

Schwierigkeiten ihr dann draußen haben werdet, und mich interessiert es auch nicht, wie wütend Lou auf dich sein wird. Aber alle Schwierigkeiten der Welt sind harmlos im Gegensatz zu unserer Lage hier, oder?«

»Ich weiß nicht, Jessie. Wenn wir geschnappt werden, kann es uns noch schlimmer ergehen. Nach allem, was du von Rueben erzählt hast, würden sie sogar so weit gehen, uns alle zu töten. Ich habe Angst davor, wegzugehen. Gerade jetzt.«

»Was meinst du mit ›gerade jetzt‹?«

»Das wollte ich dir ja eigentlich schon erzählen, als ich hereinkam. Ich habe es gestern erst erfahren ...« Ihre Stimme wurde immer leiser.

»Was denn? Um Himmels willen, was?«

»Ich bin schwanger, Jessie.«

Schweigen.

»Komm schon«, sagte Carla, »sag etwas.«

Ich legte meine Hand auf ihre und drückte sie ganz fest. »Da freu' ich mich aber für dich.«

»Du verstehst doch jetzt, Jessie, ich kann nicht ...«

Ich nickte. »Falls ... wenn ich hier herauskommen sollte, werde ich zur Polizei oder zu einer Zeitung gehen. Irgend etwas wird mir schon einfallen. Ich werde diesen Ort hier auffliegen lassen. Ich habe Rueben versprochen, daß ich Max hier rausholc. Irgendwie muß ich dieses Versprechen auch einlösen.«

Carla stand auf, und ich erhob mich ebenfalls. Plötzlich schlang sie ihre Arme um mich und drückte mich so fest, daß ich kaum noch Luft bekam. Dann ließ sie mich los. Tränen glitzerten in ihren grünen Augen. »Versprich mir, daß du vorsichtig bist?«

Sie ging zur Tür. »Warte«, sagte ich. Sie blieb stehen, drehte sich jedoch nicht um. »Es tut mir leid, Carla, ich wollte dich nicht ...«

»Vergiß es, Jessie«, sagte sie und schaute mich noch immer nicht an. »Du hattest schon recht.«

Buddy und Jill umarmten mich so stürmisch, daß ich fast umfiel. Schließlich gelang es mir, sie zu beruhigen. »Wir müssen etwas miteinander besprechen«, sagte ich.
»Warum ist es hier so dunkel, Mom?« fragte Jill.
»Weil in den Lampen Kameras sind«, sagte Buddy. »Wenn sie an sind, kann uns jeder sehen und hören.«
Jills Augen wurden ganz groß. »Stimmt das, was Buddy sagt?«
»Ja, das stimmt. Wir werden jetzt über etwas reden, was niemand wissen darf. Wenn ich die Lichter wieder anmache, dürfen wir das, wovon wir jetzt sprechen, nicht mehr erwähnen. Keiner Menschenseele gegenüber. Habt ihr mich verstanden?«
»Dürfen wir auch Daddy nichts davon erzählen?« fragte Jill.
Ich zögerte einen Moment lang, dann sagte ich: »Nein. Nicht einmal ihm.«
Beide nickten feierlich.
»Ich habe einiges über Grads Village herausgefunden, das mir nicht gefällt. Und deshalb möchte ich, daß wir von hier weggehen.«
»Was hast du denn herausgefunden?« fragte Jill.
»Ich kann jetzt nicht näher darauf eingehen. Ihr müßt mir einfach vertrauen. Ich kann euch nur so viel sagen, daß wir hier nicht so mir nichts, dir nichts weggehen können. Leider wird es nicht einfach werden.«
»Du meinst, man würde versuchen, uns daran zu hindern?«
»Ja, Jill. Genau das will ich damit sagen.«
»Wie können wir dann von hier wegkommen?«
»Heute nacht legt ihr euch angezogen ins Bett. Wir müssen unbedingt darauf achten, daß eure Nachttischlampen aus-

geschaltet sind. Wenn ich euch wecke, zieht ihr die warmen Sachen an, die ich euch damals in Bangor gekauft habe, und dann brechen wir auf. Leise, ganz leise.«

»Welchen Weg wollen wir denn nehmen, Mom?« fragte Buddy.

Ich erinnerte mich daran, daß Rich mehrere Notausgänge erwähnt hatte. Abgesehen davon, daß wir sie wegen der Kameras nicht benutzen konnten, hatte ich bisher auch noch keinen entdecken können. Wahrscheinlich war es nur wieder eine seiner Lügen gewesen. »Ich habe bis jetzt noch keine Entscheidung getroffen«, sagte ich. »Aber bis wir aufbrechen, habe ich einen Weg gefunden.«

»Ich kenne einen Weg.«

»Wirklich?«

»Mmh-mmh, Rueben ist diesen Weg gegangen. Das hat mir Max erzählt. Es ist Ausgang sieben.«

»Ist dort nicht auch die Zentrale der Sicherheitsabteilung?«

»Ja, aber auch noch 'ne Menge anderes Zeug: die Stromgeneratoren und die Wasser-, die Abfall- und die Belüftungsanlagen. Max sagte, daß Rueben durch einen der Belüftungsschächte kriechen wollte. Die sind groß genug.«

»Und was ist mit dem Luftdruck?«

»Genau neben den Schächten steht ein Computer. Ich wette, daß man den Luftdruck abstellen kann, wenn man den richtigen Code eingibt.«

»Wer hat dir das alles erzählt?«

»Dort ist doch auch die Zeitungsredaktion. Und letzte Woche war unsere Klasse da, und Max und ich sind mal rübergegangen und haben uns den Computer angeschaut.«

»Könntest du das, Buddy? Ich meine, den richtigen Code eingeben?«

»Ich bin mir nicht ganz sicher, aber ich könnte es versuchen.«

Ich dachte einen Augenblick lang nach, dann nickte ich. »Dann werden wir diesen Weg nehmen.«

»Gehen wir nach Orlando zurück?« wollte Jill wissen.

»Ich weiß es noch nicht. Immer schön der Reihe nach. Zuerst müssen wir aus Grads Village herauskommen.«

»Soll ich meine ganzen Anziehsachen einpacken?« fragte sie.

»Ich will nicht, daß wir irgend etwas mit uns herumschleppen, Jill. Dann kommen wir nur langsamer vorwärts.«

»Was wird dann aus meinen ganzen Postern, meinen Sachen, meinen Ketten? Muß ich wirklich alles hierlassen?«

Ich seufzte. »Okay, ein paar Sachen kannst du mitnehmen. Eine kleine, braune Papiertüte voll. Mehr nicht. Du gehst jetzt nach oben und überlegst, was du mitnehmen willst.«

Jill stand auf. »Und, denk dran«, ermahnte ich sie noch einmal, »sobald du oben bist und Licht machst, darfst du kein Wort über unser Gespräch verlieren. Und bevor du das Licht anmachst, packst du deine Tüte und legst sie unter das Bett.«

Sie nickte. »Darf ich Toby anrufen?«

»Nein, ich möchte nicht, daß ihr mit irgend jemandem darüber sprecht.«

»Ich werde ihr nicht sagen, daß wir weggehen. Ehrenwort.«

»Es könnte dir aus Versehen herausrutschen, Jill. Wenn wir erst einmal von hier weg sind, kannst du sie anrufen, aber jetzt nicht.«

Jill ging nach oben, und ich setzte mich Buddy gegenüber.

»Ist uns wirklich jemand gefolgt, als wir hierherfuhren, Mom?« fragte er.

»Ja, Buddy, du hattest recht.«

»Und warum?«

»Wahrscheinlich wollten sie sichergehen, daß wir auch wirklich hierherfahren.«

»Das ist hier ein schlechter Ort, oder?«

»Ja, Liebling, da hast du recht.«
»Erinnerst du dich an Dr. Silver, Mom?«
Ich mußte schlucken. Dann nickte ich.
»Weißt du, ich hatte immer vor ihm Angst. Ich dachte immer, daß er mein Gehirn auffressen wollte. Weißt du noch, daß Jill damals immer sagte, ich sei verrückt?« Ich nickte wieder.
»Nun, das wollen sie anscheinend hier. Sie wollen machen, daß ich verrückt werde.«
»Wieso glaubst du das?«
»Ich weiß nicht warum. Aber genauso fühle ich mich.«
»Buddy, erinnerst du dich daran, wie du Dr. Silver zum ersten Mal gesehen hast?« Er dachte kurz nach und nickte dann. »Wo war das? War das in seiner Praxis?«
»Nein, das war im Krankenhaus. Erinnerst du dich an die Zeit, als ich im Krankenhaus lag?«
»Aber sicher.«
»Nun, er besuchte mich dort. Der Mann mit der weißen Jacke brachte ihn extra zu mir.« Er sprach immer langsamer. Plötzlich riß er den Mund ganz weit auf. »Oh, du meine Güte«, rief er, »jetzt fällt es mir wieder ein!«
»Was, Buddy?«
»Der Mann im Institut – Calvin. Der, von dem ich dir erzählt habe, daß ich ihn nicht ausstehen kann.«
»Ja?«
»Er war es, Mom. Er brachte Dr. Silver zu mir.«
Ich starrte Buddy an, dann beugte ich mich vor und küßte ihn auf die Wange. »Geh jetzt nach oben und überleg dir, was du mitnehmen möchtest. Und denk daran, du darfst niemandem etwas davon sagen.«
Er rutschte von seinem Stuhl und sah mich unverwandt an. Zwei große Tränen kullerten aus seinen Augen und liefen die Wangen herunter. »Was hast du denn, Liebling?«

»Daddy. Du hast es zwar nicht gesagt, aber ich weiß, daß er nicht kommen wird. Ich wünschte mir so, daß er hier wäre.«
»Ich mir auch.«
Er ging zur Treppe und drehte sich noch einmal zu mir um. »Hab keine Angst, Mom. Wenn Daddy dich nicht beschützt, dann werde ich es tun.«

Ungefähr eine Stunde später kam Jill die Treppe herunter. »Kann ich mit dir sprechen, Mom?« fragte sie.
»Was gibt es denn?«
»Ich wollte dich etwas fragen, was Buddy nicht hören soll.«
»Nun, jetzt sind wir ja allein. Schieß los.«
Sie setzte sich auf den Küchenstuhl und sah zu Boden. »Als du jetzt das letzte Mal krank warst, hattest du da dieselbe Krankheit wie beim ersten Mal? Du weißt schon, diese Frauensache?«
»Nein, eigentlich nicht. Wieso fragst du, Jill?«
»Oh, nur so. Ich dachte, daß ich vielleicht die gleiche Krankheit habe.«
»Ich kann dir nicht ganz folgen. Wie kommst du denn auf so eine Idee?«
»Erinnerst du dich, wie du mir gesagt hast ...« Sie stockte und spielte nervös an ihren Fingern herum, dann schaute sie mich wieder an. »Nun, daß der Arzt eine Frau innen untersuchen muß, um solche Infektionen feststellen zu können?«
»Ja.«
»Und daß er deswegen so eine Untersuchung bei dir gemacht hat.«
Ich nickte.
»Mom, weißt du noch, wie Buddy und ich zur ärztlichen Untersuchung mußten? Im Institut?«
»Ja, das weiß ich noch.«

»Nun, ich habe es dir damals nicht gesagt. Vor allem, weil ich nicht daran denken wollte, wie schrecklich es war. Aber der Arzt hat, glaube ich, gedacht, daß ich vielleicht ...« Sie stockte, und ihre Augen füllten sich mit Tränen.

Plötzlich verstand ich sie. »O Jill.« Ich legte meine Arme um sie. »Es ist alles in Ordnung, Liebling. Du hattest bestimmt sehr große Angst, weil du nicht wußtest, was der Arzt da machte. Aber du mußt dich deswegen nicht schämen. So etwas nennt man eine gynäkologische Untersuchung, Liebling, und die wird bei jeder Frau gemacht. Vielleicht dachte der Arzt, daß du eine Infektion hast. Aber am Ende hat sich ja herausgestellt, daß du vollkommen gesund bist. Wirklich, Liebling. Du warst nicht krank.«

Sie ließ mich los. »Bist du da auch sicher?«

»Völlig sicher, Liebling.«

Jill stand auf; sie sah jetzt erleichtert aus. »Ich geh' jetzt nach oben und guck' etwas Fernsehen. Das darf ich doch, oder?«

»Nur, solange ihr beide nicht darüber sprecht, daß wir später weggehen wollen. Laßt am besten das Licht aus – dann macht es nichts aus, wenn es euch aus Versehen herausrutscht.« Sie nickte, und ich küßte sie auf die Wange. »Ich hab' dich so lieb«, sagte ich.

»Ich dich auch«, sagte sie, als sie die Treppe hinaufrannte.

Zornestränen schossen mir in die Augen. Doch was hätte ich ihr sonst sagen können? Ich erinnerte mich wieder, wie aufgeregt sie nach der Untersuchung gewesen war. Und ich hatte nicht verstanden, warum ... Ich schlug mit der geballten Faust voller Wut auf den Tisch. »Diese Schweine! Diese elenden Schweine!«

25

Ich machte den Kindern relativ früh ihr Abendessen und brachte sie dann ins Bett, denn sie sollten so ausgeruht wie möglich sein. Um sieben Uhr läutete das Telefon. Es war Rich.

»Es wird wahrscheinlich später werden, Jessie.«

»So?«

»Diese blöde Anlage hier macht mir Ärger. Ich kann nicht weg, bevor sie nicht wieder in Ordnung gebracht ist.«

»Macht nichts. Wann wirst du denn ungefähr kommen?«

»Das ist schwer zu sagen, aber ich schätze, so gegen elf. Warum legst du dich jetzt nicht etwas hin, so daß du dann fit bist, wenn ich heimkomme. Du hast mir so gefehlt, Jess.«

Ich antwortete nicht.

»Jess, bist du noch dran?«

»Ich bin noch dran. Du hast mir auch gefehlt.«

Ich schaltete absichtlich die Wandbeleuchtung ein und blätterte dann mehr als eine Stunde im *Villager.* Da Rich ja nun später heimkommen würde, hielt ich es für das beste, schon vor seiner Rückkehr zu verschwinden. Andererseits sollten die Kinder noch ein paar Stunden Schlaf haben.

Um 21.30 Uhr stand ich auf. Ich dehnte und streckte mich genau im Blickfeld der Kameras, um mich dann umzudrehen und die Lichter auszuschalten. Ich ließ nur die Tischlampe an und rannte dann in Buddys Zimmer hinauf. Es war stockdunkel. Ich rüttelte ihn, und er wachte sofort auf.

»Kann ich ...«

»Du kannst sprechen, Liebling, aber laß die Lichter aus.

Deine Kleider liegen über dem Stuhl. Die Wollmütze und die Fäustlinge stecken in deiner Manteltasche. Zieh dich rasch an und vergiß deine Tasche nicht. Ich werde jetzt Jill wecken.«

In fünf Minuten waren wir fertig. Ich holte noch eine Taschenlampe aus meiner Schreibtischschublade und stopfte sie in meine Manteltasche. Aus der Handtasche nahm ich meine Brieftasche, einhundertfünfzig Dollar, Zigaretten, Streichhölzer, Kreditkarten und den Führerschein. Ich bezweifelte zwar, daß ich den Wagen würde benützen können, aber ich steckte sicherheitshalber doch die Autoschlüssel ein. Dann machte ich mich auf den Weg nach unten. Jill schaute sich suchend im Zimmer um. »Wo ist Daddy?« fragte sie.

»Er ist nicht da, Jill. Er wird nicht mit uns kommen.«

»Er kommt nicht mit? Was soll das heißen? Wir können doch nicht einfach so gehen und ihn hierlassen.«

Ich griff nach Jills Hand. »Komm jetzt.«

Mit einem Ruck riß sie sich los und wich einen Schritt zurück. »Nein. Ich werde nicht ohne Daddy gehen!«

Ich biß mir so fest auf die Lippe, daß sie blutete. »Das werden wir auch nicht tun«, sagte ich schließlich. »Daddy wird später nachkommen.«

»Stimmt das?« fragte sie und kam wieder einen Schritt näher.

Ich nickte. »Okay«, sagte sie.

Ich öffnete die Tür und spähte hinaus. Der schwache Lichtschein der unterirdischen Straßenbeleuchtung spiegelte sich auf der Fahrbahn wider. Reichte das Licht wohl aus, um die Kameras auszulösen? Ich warf erst einen Blick auf mein rotes Auto, das in der Auffahrt stand, und dann auf die Rasenflächen vor den Häusern, auf die kein Licht fiel. Zweifellos war es sicherer, zu Fuß zu gehen. Aber das

wären mindestens drei, vielleicht sogar vier Meilen. Ich drehte mich zu den Kindern um. »Wir werden zu Fuß gehen und dabei immer auf den Rasenflächen bleiben. Wir gehen zuerst Avenue B hinunter und queren dann alle Ausgänge, bis wir zu Ausgang sieben kommen. So bleiben wir immer im Bereich der Wohngebiete.«
Sie nickten.
»Ich will, daß wir uns so schnell und so ruhig wie möglich bewegen. Keine Unterhaltung, verstanden? Nur, wenn es unbedingt nötig ist.«
Ich trat zur Seite, ließ sie an mir vorbeigehen und schloß dann die Tür hinter uns ab.

Es dauerte mehr als eine Stunde, bis wir Ausgang sieben erreicht hatten. Ich blickte die leere Straße hinunter. Bei den Ausgängen gab es weder Häuser noch Rasenflächen. Wir würden so dicht wie möglich an den Betonwänden entlangschleichen müssen. Ich ging als erste; ich trat auf den Seitenstreifen, der die Straße von der Mauer trennte, und tastete mich dann, mit dem Rücken zur Wand, vorwärts. Jill folgte mir, und Buddy kam als letzter. Leise, aber sehr langsam tasteten wir uns vorwärts. Viel zu langsam. Bei dieser Geschwindigkeit würden wir Stunden brauchen. Aber wir konnten es nicht riskieren, ins grelle Licht zu treten ...
Wir waren erst ein paar Meter vorangekommen, als die Lichter zu flackern begannen. Ich blieb stehen, preßte mich noch enger an die Wand und wartete ab. Ohne Vorwarnung gingen plötzlich alle Lichter aus, und die ganze Straße war in Dunkelheit gehüllt.
»Was ist passiert?« flüsterte Jill.
»Ich weiß nicht. Aber was immer es auch gewesen sein mag, wir sollten das ausnützen. Faßt euch an den Händen, und

lauft los. Wenn das Licht wieder angeht, dann kommt sofort auf den Seitenstreifen zurück.« Ich schaltete die Taschenlampe an, dann nahmen wir uns an den Händen und liefen los. In zehn Minuten waren wir am Ende des Ausgangs angekommen. Vor uns lag ein Tunnel, unmittelbar davor erblickte ich eine rote Signalmarkierung am Boden. Wieder blieb ich stehen; ich mußte erst einmal wieder Atem holen.

»Seht ihr diesen roten Fleck?« fragte ich die Kinder. Sie nickten. »Okay, wir werden darüber springen müssen. Habt ihr verstanden? Ihr dürft ihn nicht mit den Füßen berühren.«

Erst sprang Buddy und dann Jill. Schließlich trat ich zurück, nahm Anlauf und sprang ebenfalls. Ich schaffte es, wenn auch nur um ein Haar.

Ich leuchtete mit meiner Taschenlampe auf einen schmalen, silbernen Kasten, der beim Tunneleingang an der Wand hing. Von diesem Kasten aus führte ein langes Glasfaserkabel bis zum Boden. Die Oberkante des Kastens befand sich ungefähr einen Meter über meinem Kopf. Solange man keine I.D.-Karte in den Kasten steckte, konnten die Autos nicht weiterfahren. Ich überlegte, wie es damals gewesen war.

Aber ich mußte gar nicht weiter nachdenken, denn Buddy sagte in dem Moment: »Kannst du dich noch daran erinnern, als wir das erste Mal zum Institut kamen, Mom? Du hast zwar deine Karte benutzt, aber der Wachmann am Ende des Tunnels kannte bereits alle unsere Namen, nicht nur deinen.«

Buddy hatte recht. Und das bedeutete, daß die Kameras schon ausgelöst wurden, wenn man nur an dem Kasten vorbeiging. Aber vielleicht war es doch möglich, ungesehen vorbeizukommen – wegen dieses Stromausfalls. Nein, denn wahrscheinlich wurde er ja über einen separaten Generator versorgt. Ich beugte mich zu den Kindern hinunter und flüsterte: »Ich werde euch nacheinander über diesen Kasten hinüberheben und auf der anderen Seite wieder hinunterlassen.«

»Und wie willst *du* daran vorbeikommen?« gab Buddy zurück.

Ich betrachtete die felsige Wand mit den schmalen Spalten dazwischen. Würden sie ausreichen, meinen Füßen Halt zu geben? Ich schaute auf meine Stiefel: sie hatten Absätze. Niedrige zwar, aber immerhin. Ich zog die Stiefel aus und stellte sie auf den Boden. »Ich werde klettern«, meinte ich schließlich.

Ich hob Buddy zuerst hoch. Er war zwar erst vier, aber für sein Alter recht groß und ziemlich schwer. Ich mußte ihn höher heben, als ich selber war. Ich stemmte die Arme nach oben, doch plötzlich durchzuckte mich ein Krampf, und meine Arme fielen kraftlos herab. Ich hatte Tränen in den Augen, als ich die schmerzende Stelle massierte. Mit der anderen Hand versuchte ich wütend die Tränen wegzuwischen.

»Halt mich näher an die Wand, Mom«, sagte Buddy. »Du hältst mich hoch, und ich klettere.«

Wieder hob ich ihn hoch, und dieses Mal klammerten sich seine Hände und Füße an die Felswand. Er stützte einen Fuß in einer Felsspalte ab, streckte das andere Bein nach oben und stellte seinen Fuß dabei oben auf den Kasten. Während ich von unten seinen rechten Fuß abstützte, hievte er seinen ganzen Körper auf den Kasten. »Schnell, laß mich los!« sagte er. Ich ließ los, er sprang auf die andere Seite und landete bereits im Tunnel auf dem Boden.

Mit Jill ging es leichter; sie hatte längere Beine als Buddy und konnte sie weiter strecken. Sobald ihr rechter Fuß auf dem Kasten stand, griff Buddy nach ihrer Hand, zog sie zu sich hinüber und fing sie auf. Ich reichte Buddy meine Stiefel und die beiden braunen Papiertüten und begann dann, die Wand hochzuklettern. Ich krallte mich am Felsen fest. Erst ein Fuß, dann langsam der nächste. Gerade als mein einer Fuß für den nächsten Schritt Halt gefunden hatte, rutschte mir der andere weg. Ich versuchte noch, mich festzuhalten, aber meine Hände schabten am Felsen entlang, ich rutschte ab und schlug der Länge nach hin. Ich stand wieder auf und versuchte es noch einmal. Aber wieder rutschte ich ab. Ich fuhr mir mit den blutenden Händen über das Gesicht. »Steh auf, Mom«, flüsterte Buddy.

Ich stand auf und streckte meine Arme wieder nach oben. »Warte, jetzt noch nicht«, sagte Buddy, er sprach leise mit Jill, dann kniete sie sich hin. Buddy kletterte auf ihre Schultern und stützte sein ganzes Gewicht gegen die Wand ab. »Okay, jetzt, Jill«, sagte er. Langsam richtete sich Jill auf, und Buddy beugte sich zu mir herüber. »Okay«, sagte Buddy zu mir. »Versuch's noch mal.«

Dieses Mal kletterte ich noch langsamer und achtete genau darauf, wohin ich meine Füße setzte. Als ich weit genug oben war, löste ich meinen rechten Fuß von der Wand, und Buddy setzte ihn auf den Kasten. Dann lehnte er sich vor und umklammerte meine Taille. Ich zog meinen linken Fuß nach. Gerade als meine Hände sich vom Felsen zu lösen begannen, packte er mich und zog mich auf seine Seite hinüber. Mein Kopf schlug gegen die Felswand, und wir alle fielen nach hinten und landeten ineinander verknäult. Wir hatten es geschafft.

Buddy krabbelte unter mir hervor, beugte sich zu mir und fragte: »Ist alles in Ordnung?«

Ich nickte, setzte mich auf und stopfte schnell meine

eiskalten Füße in die fellgefütterten Stiefel. Buddy und Jill halfen mir hoch; sie packten mich einfach an den Armen und zogen. Ich beugte mich zu ihnen hinunter und legte meine Arme um ihre Schultern. »Ich werde jetzt die Taschenlampe ausmachen, und wir werden ganz leise durch den Tunnel gehen. Wenn ich stehenbleibe, bleibt ihr auch stehen. Dann werde ich erst mal vorausgehen, und ihr bleibt, wo ihr seid, und wartet. Wenn ihr seht, daß die Taschenlampe an- und ausgeht, dann ist das für euch das Signal, euch hinzuknien und auf Händen und Füßen weiterzukriechen. Und macht bloß keinen Lärm. Verstanden?«

Obwohl der Tunnel nur 150 Meter lang war, erschien er uns endlos. Als ich am Ende des Tunnels das Häuschen des Sicherheitsbeamten erblickte, blieb ich stehen. Dann kniete ich mich hin und bewegte mich auf allen vieren bis zu dem Häuschen hin, kroch unter dem Fenster vorbei und noch ein Stück weiter, bis ich nur noch einen Meter vom Ende des Tunnels entfernt war. Ich richtete den Strahl der Taschenlampe auf den Boden und gab das Signal.

Zuerst kam Jill und dann Buddy. Ich hörte ein scharrendes Geräusch. Es waren die Papiertüten. Warum hatte ich ihnen nur erlaubt, diese Tüten mitzunehmen? Warum hatte ich nicht daran gedacht? Ich richtete mich auf. Plötzlich öffnete sich die Tür des Häuschens, und ein Wächter stürzte heraus. »Wer zum Teufel ...?« rief er und starrte orientierungslos in die Dunkelheit. Mit einer Hand zog er eine Waffe aus dem Halfter, mit der anderen griff er hinter sich nach einer Lampe. Mit beiden Händen deckte ich die Taschenlampe ab und trat zwei Schritte vor. Langsam hinter ihm hergehend, hob ich die Arme. Genau in dem Moment, als die Kinder in den Lichtkegel seiner Lampe gerieten, ließ ich die Arme nach unten sausen und schmetterte ihm die Taschenlampe auf den Kopf. Er stolperte rückwärts gegen die Wand des Häuschens, und ich versetzte ihm noch einen Schlag. Dann brach er zusammen; sein Kopf knallte auf den Betonfußboden.

Die Kinder standen auf und rannten zu mir her. »Glaubst du, daß er tot ist, Mom?« fragte Jill und kauerte sich neben ihn hin.

»Kommt schon und helft mir, ihn da hineinzuschleppen.« Die Kinder packten die Beine des Wächters, und ich nahm ihn bei den Schultern; gemeinsam zogen wir ihn in das Häuschen.

»Die Lichter sind hier auch aus«, sagte Buddy.

»Der Strom muß im ganzen Ort ausgefallen sein. Schnell, beeilen wir uns, bevor sie es wieder in Ordnung gebracht haben.« Ich verließ das Häuschen und rannte aus dem Tunnel heraus. Dann blieb ich stehen und drehte mich um. Jill kam hinter mir hergelaufen, aber Buddy fehlte. »Warte hier«, sagte ich zu Jill; dann rannte ich zu Buddy zurück. Ich fand ihn vor dem Häuschen, wie er auf allen vieren herumkroch.

»Was treibst du denn noch hier?« fragte ich. »Steh sofort auf.«

»Ich hab' sie, Mom.« Er stand auf und legte mir dann vorsichtig etwas Kaltes in dic Hand. Ich hielt es dicht vor mein Gesicht, um zu erkennen, was es war. Eine Waffe – die Waffe des Wächters. »Vielleicht brauchen wir sie ja«, sagte Buddy.

Die Zentrale der Sicherheitsabteilung lag rechts von uns, und dort waren auch die Stromgeneratoren. Man konnte nichts sehen, aber es waren Stimmen zu hören. »Da lang«, flüsterte Buddy und führte uns in der entgegengesetzten Richtung weiter. Langsam und geräuschlos folgten wir ihm und kamen dabei an dem Gebäude, das ich für das Postgebäude hielt, dann an den Müllverbrennungsanlagen vorbei. Schließlich kamen wir zu einer Nische. Ich konnte ein lautes, brausendes Geräusch hören und spürte plötzlich einen starken Luftzug. Buddy blieb stehen.

»Wir sind da«, sagte er.

Ich trat in die Nische, machte die Taschenlampe an und ließ den Strahl wandern. Zunächst erblickte ich den Steuerungscomputer der Belüftungsanlage, der ungefähr so groß wie ein Koffer war. Dann richtete ich den Lichtschein dorthin, woher das Geräusch kam, und sah den Lüftungsschacht, von dem Buddy gesprochen hatte. Plötzlich bekam ich ganz weiche Knie. Die Röhre hatte nur ungefähr einen knappen Meter Durchmesser. Ja, Buddy hatte schon recht. Sie war weit genug, daß man hindurchkriechen konnte – aber auch nur gerade eben. Nach ungefähr drei Metern verschwand die Röhre in der Betonmauer. Ich wußte nicht, wo sie hinführte. Wie lang sie wohl war? O mein Gott, würde ich den Mumm haben, hier hineinzukriechen? Ich fühlte mein Herz heftig schlagen, und mein Atem wurde schneller. »Was ist denn los, Mom?« flüsterte Jill.

»Eine Tüte«, keuchte ich, »gib mir deine Tüte.«

Sie schob mir ihre Papiertüte zu. Ich leerte den Inhalt auf den Boden, hielt sie mir vor den Mund und bemühte mich, tief und gleichmäßig zu atmen. *Ich kann das nicht ... ich kann nicht.* Ich atmete weiter ein und aus. Nach einigen Minuten ging mein Atem endlich wieder langsamer, und ich setzte die Tüte ab.

Buddy war schon eifrig am Computer beschäftigt. Mit einer Hand hielt er die Taschenlampe, mit der anderen gab er Zahlen und Buchstaben ein. Jill kniete sich neben mich.

»Geht's dir jetzt wieder besser?« fragte sie. Sie war drauf und dran loszuheulen.

Ich legte meinen Arm um sie und zog sie an mich. »Jetzt geht's mir wieder gut. Zum Glück hatten wir ja die Tüte dabei.« Ich tastete mit der Hand über den Betonfußboden; ich suchte nach dem Inhalt ihrer Tüte.
Zuerst fühlte ich nur einzelne Wollfäden. Ich griff danach und zog daran. Dann hob ich das Ding an mein Gesicht, um zu sehen, was es war. Es hatte einen Schmollmund und ein häßliches, kleines Gesicht. Die Augen dieses Gesichts starrten mich an. Es war Jills Stoffpuppe.

26

Jetzt leuchtete ich Buddy schon seit fast zwanzig Minuten. Ich sah, wie Zahlen und Buchstaben über den Bildschirm flimmerten, und hatte nicht die geringste Ahnung, was sie bedeuten sollten. »Wie sieht's denn aus?« fragte ich ihn schließlich.

»Ich weiß es noch nicht. Schau mal, ich habe herausgefunden, daß fünf Rohrsysteme den ganzen Ort versorgen.« Er deutete auf den Schacht neben uns. »Es gibt vier weitere Röhren, die genauso groß sind wie diese. Nehmen wir mal an, daß das die sogenannten Hauptröhren sind. Nun, jede dieser Hauptröhren ist mit einer Anzahl kleinerer Rohre verbunden, die jeweils einen bestimmten Teil des Ortes versorgen. Jedes Rohr wird von diesem Computer aus gesteuert. Wenn ich also diese Rohrleitung hier abstellen will, muß ich auch den Code für alle anderen herausbekommen.«

»Wie viele hast du denn bis jetzt geknackt?«

»Erst einen. Avenue G. Der Code lautet ›Studies‹.«

»Vielleicht, wenn ...«

»Mom, sprich jetzt bitte nicht mit mir. Ich kann mich sonst nicht konzentrieren.«

Ich nickte, stellte die Taschenlampe vorsichtig auf den Computer und ging zu Jill. Ich horchte, ob von irgendwoher Stimmen zu hören waren, aber der Lärm, den die Belüftungsanlage machte, hätte sowieso jedes Geräusch übertönt.

»Ich hab' solche Angst, Mom«, sagte Jill. »Wann kommt denn Daddy?«

»Später.«

»Das müßte es sein«, sagte Buddy.

Ich drehte mich rasch zu ihm um. »Was ist los?«

»Ich glaub', ich hab' den Code gefunden. Mir ist wieder eingefallen, was Max über das Kurzschließen von Computerprogrammen gesagt hat. Hör dir das mal an: *G*enius *R*esearch *A*nd *D*evelopmental *S*tudies (Projekt zur Erforschung und Entwicklung von Genies). Verstehst du, Mom?«

Ich dachte kurz nach. GRADS. »Grads Village.«

Er antwortete mir nicht, denn er war viel zu sehr damit beschäftigt, diese Worte einzugeben. Schließlich betätigte er zwei Tasten ganz oben auf der Schalttafel, und auf dem Bildschirm erschien auf der einen Seite ein »Ja« und auf der anderen Seite ein »Nein«. Er ging mit dem Curser auf das »Ja« und betätigte die Return-Taste. Plötzlich war das Geräusch des Luftstroms verschwunden. Buddy schaute ungläubig zu der Röhre hin. »Ich hab's geschafft! Ich hab's wirklich geschafft! Mensch, Max wäre ganz schön stolz auf mich!«

Ich rannte zu ihm hin und umarmte ihn. Genau in dem Moment gingen die Sirenen los. Ein durchdringender Heulton durchbrach die Stille, schien von allen Seiten auf uns einzustürzen.

Buddy hielt den Atem an.

Ich packte Jill und zog sie zu mir her. »Kommt, laßt uns verschwinden.« Beide blieben jedoch wie angewurzelt stehen, ihre Augen waren weit aufgerissen, sie wirkten wie gelähmt durch den brüllenden Lärm, der den ganzen Ort erfüllte.

»Kommt jetzt! Auf der Stelle!« Ich schrie, so laut ich konnte, um den Lärm zu übertönen.

Jill hob ihre Tüte vom Boden auf und rannte zur Röhre. Buddy folgte ihr. »Soll ich zuerst hineingehen?« fragte er.

»Okay, du kletterst als erster hinein, dann geht Jill und zum Schluß ich.«
Er hielt sich am Rohr fest, stemmte sich hoch, zog den Kopf ein und kletterte dann ganz hinein. Ich langte in das Rohr hinein und gab ihm die Taschenlampe. »Mensch, das ist hier vielleicht unheimlich«, rief Buddy.
Ich half Jill hoch; sie kletterte auf dieselbe Weise wie Buddy hinein. Schließlich war ich an der Reihe. Ich hob ein Bein – es fühlte sich so an, als ob es hundert Kilo wiegen würde –, stützte mich mit dem Knie auf der Rohrkante ab und stemmte mich hoch. Dann versuchte ich meinen Kopf in die Röhre zu stecken. Bei Buddy hatte es funktioniert, doch bei mir ... Ich sprang wieder herunter.
Ich nahm einen zweiten Anlauf. Diesmal legte ich meine Hände in die Röhre und versuchte mich langsam, mit dem Kopf voran, hineinzuziehen. Ich schob mich Millimeter für Millimeter über den Rand der Röhre hinweg. Schließlich steckte ich bis zur Taille darin. »Jill, ich komm' allein nicht mehr weiter«, sagte ich. »Kannst du mir nicht helfen?«
»Einen Moment. Ich muß mich erst wieder umdrehen.«
Das dauerte etwas, aber dann griff sie nach mir, und während ich mich weiter nach vorne schob, zog sie am Kragen meiner Jacke. Schließlich hatte ich es geschafft und war drin. Jill drehte sich wieder um. In der Röhre war es ausgesprochen eng. Mit meinen Hüften stieß ich an die Wände.
»Nummer eins ist bereit«, rief Buddy von ganz vorne.
»Nummer zwei ist auch bereit«, sagte Jill.
Ich lag ganz still da und hatte das Gefühl, von einem riesigen Ungeheuer verschlungen zu werden. Mein Kopf war ganz schwer und dumpf, so als ob man ihn mir zugenagelt hätte. Um mich herum war es stockfinster.

»Mom!« schrie Jill und riß mich damit aus meinen Gedanken.
»Ja«, sagte ich schließlich. Ich mußte so stark schlucken, daß ich an den folgenden Worten fast erstickt wäre. »Ja, Nummer drei ist bereit.«
Wir krochen langsam vorwärts, setzten ein Knie vor das andere. Die Sirenen hinter uns wurden schwächer und schwächer. Ihr Lärm wurde von dem Rascheln der Papiertüten, die über den Metallboden streiften, übertönt. Dieses Geräusch! Ich würde mich auf dieses Geräusch konzentrieren. Mit jedem Rascheln kamen wir dem Ziel näher ...
»Jessie, Jessie!« Wir hielten alle an.
»Antworte mir, Jessie!«
»Das ist Daddy!« sagte Jill.
»Kriecht weiter«, flüsterte ich. »Antwortet ihm bloß nicht.«
»Aber ...«
»Tut, was ich euch sage.«
»Ich weiß, daß ihr da drin seid!« rief er. »Ihr braucht mir nicht zu antworten. Hört mir nur zu. Geht nicht bis zum Ende des Rohrs. Kurz davor gibt es eine Abzweigung. Sie ist mit einem schwarzen X gekennzeichnet. Nehmt diesen Weg bis zum Ausgang und wartet dort. Wenn ihr statt dessen geradeaus geht, landet ihr in einem Reinigungstank. Habt ihr mich verstanden?«
Seine Stimme hallte durch den Tunnel, doch seine Worte prallten an mir ab.
»Sollen wir tun, was er sagt?« fragte Buddy.
»Nein. Kriech weiter, bis zum Ende.«
»Jessie?«
Wir antworteten ihm nicht.
Schließlich verstummte Rich. Wir krochen weiter und weiter, bis ich jegliches Zeitgefühl verloren hatte. Ich konzentrierte mich nur auf das rhythmische Rascheln der

Tüten – so, als ob es auf der Welt nichts anderes mehr als dieses Geräusch gäbe.
»Kinder!« rief ich einmal, einfach nur, um meine eigene Stimme und die eines anderen Menschen zu hören.
»Was ist los?« fragte Buddy.
»Nichts. Kriech weiter«, sagte ich.
Als nächster durchbrach Buddy die Stille. »Wir kommen jetzt zu der Abzweigung, Mom. Die, von der Daddy geredet hat.«
»Nein. Geh einfach weiter.«
»Aber vielleicht ...«
»Nein, kriech weiter!« Ich durfte Rich nicht trauen. Ich durfte mich nicht auf das verlassen, was er gesagt hatte.
»Wir sind fast da. Ich kann schon die Öffnung erkennen.«
Buddy und Jill halfen mir heraus. Ich war ganz steif. Ich nahm die Taschenlampe von Buddy und leuchtete um mich herum: nur Wände. Rich hatte die Wahrheit gesagt: Wir waren in einer Art Tank. Ich biß mir fest auf die Lippe und strich mir dann das Haar aus dem Gesicht.
»Was wollen wir jetzt machen?« fragte Jill.
Ich sah mich noch einmal um. Buddy hatte vorhin doch mal gesagt, daß die Abzweigungen zu den verschiedenen Teilen von Grads Village führten. Hatte er sich vielleicht getäuscht? Hatte Rich doch die Wahrheit gesagt? Ich stand einen Augenblick lang da, dann drehte ich mich um und kletterte wieder in die Röhre zurück. »Ich gehe jetzt voran, und ihr folgt mir«, sagte ich. »Wir werden zu dieser Abzweigung zurückkriechen.«
Innerhalb weniger Minuten waren wir wieder bei dem mit einem X markierten Rohr angelangt. Es kostete mich einige Mühe, mich nach links zu drehen. Als ich es geschafft hatte, leuchtete ich mit der Taschenlampe in den Tunnel. Ungefähr zwanzig Meter von mir sah ich eine rote

Verschlußklappe mit einem Griff ... Sie sah wie die Abdeckung vor einem Bullauge aus.
Nur noch ein kleines Stück, nur noch ein paar Meter ... Plötzlich spürten wir einen starken Luftstrom, der genauso plötzlich wieder aufhörte. Sie versuchten wahrscheinlich, die Anlage wieder in Gang zu bringen. »Kommt, geht schneller«, sagte ich. »Anscheinend bleibt uns nicht mehr viel Zeit.«
Wir rutschten weiter. Meine aufgerissenen Hände brannten jedesmal, wenn ich den eisigen Boden der Röhre berührte. Aber das war mir jetzt egal – wir hatten es ja schon fast geschafft. Nur noch ein kleines Stück ... und dann waren wir *wirklich* am Ende angekommen.
Ich hielt an und starrte auf die Verschlußklappe. Ich wußte ja nicht einmal, was uns dahinter erwarten würde. Ich streckte eine Hand aus und packte den Griff. Ich umklammerte ihn und drehte an ihm. Nichts passierte. Ich umklammerte den Griff dann mit beiden Händen und drehte ihn mit aller Kraft herum.
Der Verschluß öffnete sich. Und dann strich mir ein wundervoll kalter und frischer Luftzug über mein Gesicht.

Ich fiel kopfüber in den Schnee, dann sprang ich auf, griff nach Jill und zog sie heraus. Dann half ich Buddy. »Wir haben es geschafft!« sagte ich. »Jetzt müssen wir nur noch über die Mauer klettern. Macht schnell, setzt euch die Mützen auf und zieht die Handschuhe an.«
Ich zog eine Wollmütze aus meiner Tasche und stülpte sie mir über, dann drehte ich mich mit der Taschenlampe in der Hand um. Ich erschrak. Ungefähr sieben Meter von uns entfernt stand ein Wächter. Er richtete eine Pistole auf uns.
»Na, wo wollt ihr denn hin?« fragte er.
Wir standen dicht nebeneinander, keiner sagte ein Wort.

Der Wächter winkte uns mit der Hand. »Kommt hierher. Wir können das sicher alles wieder in Ordnung bringen. Das ist vielleicht eine Nacht! Es scheint so, als ob alle wegen des Stromausfalls ein bißchen durchdrehen.«
Ich stopfte meine Hände in die Taschen. »Können wir nicht reingehen, um weiterzureden?« fragte ich. »Ich friere.«
»Selbstverständlich, Ma'am.« Er kam auf mich zu, steckte seine Waffe in den Halfter und lächelte. »Dort ist das Verwaltungsgebäude. Kommen Sie. Na, was ist?«
Ich zog beide Hände aus den Taschen. In der einen hielt ich die Pistole. »Kommen Sie ja nicht näher!« Ich gab Buddy die Taschenlampe. »Richte das Licht auf ihn«, sagte ich.
Der Wächter blieb stehen. »Also, was soll denn das?« sagte er und grinste. »Was wollt ihr denn mit dem Ding? Ich hab' euch doch schon gesagt, daß wir jetzt reingehen und die ganze Angelegenheit in Ordnung bringen werden.« Während er sprach, bewegte er sich langsam näher.
»Ich habe Sie gewarnt! Bleiben Sie, wo Sie sind!« Ich war überrascht, wie energisch meine Stimme klang. Aber meine Hände verrieten mich. Sie zitterten so stark, daß ich kaum die Pistole auf ihn richten konnte.
»Können Sie mit so was überhaupt umgehen, Ma'am? Die Dinger haben 'n ziemlichen Rückstoß. Wirklich. Der würde Sie glatt in den Belüftungsschacht zurückbefördern. So 'ne zarte Person wie Sie würde sich dabei ganz schön weh tun.«
»Wenn Sie mich dazu zwingen, werde ich abdrücken.«
Aber das war nicht notwendig. Im gleichen Moment ertönte eine Stimme aus dem Hintergrund. »Gehen Sie zurück, und lassen Sie die Waffe fallen!« Es war Richs Stimme! Der Wächter wirbelte herum und schoß. Dann fielen noch zwei weitere Schüsse. Der Wächter ließ die Waffe fallen, griff sich an die Brust und fiel mit dem Gesicht voran in den Schnee.

Vor Schreck erstarrt, standen wir wie angewurzelt da, dann rannten wir alle zu Rich.
Ich war als erste bei ihm. Er lag auf dem Rücken im Schnee.
»Gib mir die Taschenlampe, Buddy!«
Ich griff nach der Lampe und leuchtete Rich ins Gesicht, dann ließ ich mich neben ihm auf den Boden fallen und schüttelte ihn. »Rich, Rich! Antworte mir! Oh, um Gottes willen, so antworte mir doch.«
»Hab' wohl mal wieder Scheiß gebaut, mh?« sagte er und atmete schwer. »Du hattest recht. Die ganze Zeit über. Ich schwöre dir, daß ich ... daß ich es wirklich nicht gewußt habe. Ich wußte nicht, was da vor sich ging. Ich schwöre es dir.«
»Ich glaube dir. Das ist doch jetzt nicht so wichtig. Das Reden strengt dich zu sehr an. Wichtig ist, daß wir dich irgendwie von hier wegbringen.«
Er griff an seine Jackentasche. »Nimm es heraus«, sagte er.
»Was?«
»Den Umschlag. Nimm ihn.«
Ich steckte meine Hand in seine Tasche und zog einen dicken, braunen Umschlag heraus. »Geht damit zur Polizei«, sagte er. Buddy und Jill standen um uns herum. Rich schaute zu Buddy hinauf. »Gute Arbeit. Du hast sie ausgetrickst.«
»Aber ich hab' vergessen, das Alarmsystem zu überprüfen.«
Rich lächelte verkrampft. »Wetten, daß dir das nie wieder passiert?« Buddy nickte. »Du mußt jetzt noch etwas schaffen. Bring Jill und Mom von hier weg. Geht zum Haupttor. Die Kameras sind ausgeschaltet, und das Tor ist nicht verriegelt. Hab' ich von der Zentrale aus gemacht. Geht jetzt, bevor die Lichter ...« Er stockte, holte tief Luft und sagte dann: »Bevor die Lichter wieder angehen. Hast du gehört?«

Buddy nickte. Dicke Tränen liefen ihm über die Wangen. Der Stromausfall. Rich hatte also auch dafür gesorgt. Ich beugte mich über ihn. »Wir lassen dich hier nicht allein. Wir werden alle zusammen herauskommen, hast du verstanden? Wir werden dich tragen.«

»Nein, das werdet ihr nicht. Sei wenigstens einmal nicht so dickköpfig. Hör auf mich. Mir wird nichts passieren. Geh jetzt und hol die Polizei.«

»Ich kann dich hier nicht allein liegen lassen. Du wirst erfrieren.«

»Nein.« Er griff in seine Hosentaschen und zog einen Piepser heraus. »Ich geb' euch eine halbe Stunde Vorsprung, um von hier wegzukommen. Dann werde ich den Piepser betätigen, und sie werden mich hier finden.«

Ich spürte den salzigen Geschmack von Tränen auf meinen Lippen. »Verdammt noch mal, warum hast du mir nichts gesagt? Es hätte alles nicht so kommen müssen.«

»Ich hab' ihnen was vorgespielt, während du im Krankenhaus lagst, damit sie keinen Verdacht schöpften und dich wieder entließen. Es mußte doch alles echt wirken.« Er lächelte wieder verkrampft. »Ich war wohl zu gut, mh?«

»Das also steckte hinter deinem Anruf von heute abend!« rief ich. »Du wolltest mir damit zu verstehen geben, daß ich auf dich warten soll.«

»Bitte, Jessie. Nimm jetzt endlich die Kinder und verschwinde, bevor es zu spät ist. Tu es für mich.«

Ich küßte ihn, dann stand ich auf und fuhr mir mit dem Ärmel über das Gesicht, um die Tränen wegzuwischen. Dann schaute ich auf die Kinder. »Ihr habt gehört, was Daddy gesagt hat?« Sie nickten. Ich griff nach den Handschuhen in meiner Tasche, zog sie an und nahm Buddy und Jill an der Hand. »Kommt, laßt uns gehen«, sagte ich.

27

Glücklicherweise lag der Schnee nur zehn Zentimeter hoch, aber da es gefroren hatte, waren die Hügel, die zum Tor hinaufführten, total vereist. Wir fingen an zu klettern, rutschten ab, fielen hin, rappelten uns wieder auf und versuchten es abermals. Irgendwie schafften wir es schließlich. Aber bis wir oben angekommen waren, waren schon fünfundzwanzig Minuten vergangen.

Rich hatte wirklich an alles gedacht. Wir mußten nur noch das schwarze, mit Eisengittern verstärkte Tor in die Höhe drücken. Zuerst krochen die Kinder hindurch, dann ich. Wir waren draußen! Endlich! Ich blieb noch einen Augenblick stehen und warf einen letzten Blick durch die Gitter zurück. Dann machten wir uns auf unseren zehn Meilen langen Weg in Richtung Bundesstraße 15. Wir hielten uns dabei abseits der schmalen, gewundenen Straße und suchten Deckung unter den Bäumen. Wir marschierten Stunden um Stunden – so kam es mir jedenfalls vor. Zweimal sahen wir Scheinwerfer die Straße auf- und abhuschen, aber jedesmal zogen wir uns nur noch weiter in den Wald zurück. Die Bäume hatten zwar kein Laub mehr, aber die dicken Stämme boten Schutz genug. Beide Male verschwanden die Scheinwerfer schließlich wieder. »Wie spät ist es?« fragte ich Buddy einmal.

Er seufzte, schob den Mantelärmel zurück und schaute auf seine Ronald-Mac-Donald-Uhr. »Viertel vor drei«, sagte er.

In ein paar Stunden würde es hell werden. Ich warf einen Blick auf Buddy und Jill. Ihre Lippen waren blau angelaufen, und sie zitterten; sie sahen so aus, als ob sie jeden

Moment umfallen würden. Wenn doch wenigstens ein Haus in der Nähe wäre ... aber die wenigen Male, die ich hier entlanggekommen war, hatte ich keine menschliche Behausung bemerkt. Plötzlich erinnerte ich mich undeutlich daran, daß mir einmal eine Hütte aufgefallen war; ich wußte zwar nicht mehr genau, wo, aber früher oder später mußten wir an ihr vorbeikommen.
Zwanzig Minuten später hatte ich sie entdeckt. »Kommt«, sagte ich, »wir wollen uns etwas aufwärmen.«
Die Fenster waren mit Brettern vernagelt, aber die Tür war unverschlossen. Ich öffnete sie vorsichtig und leuchtete mit der Taschenlampe hinein. Die Hütte war schmutzig und leer bis auf einige Holzkisten – und eine Feuerstelle. Ein himmlischer Anblick.
Wir zerkleinerten die Holzkisten und zündeten sie an. Zehn Minuten später saßen wir vor einem lodernden Feuer. Nein, eigentlich saßen wir nicht. Ich schaute auf die Kinder, die beide auf dem nackten Boden lagen und tief und fest schliefen. Ich zündete mir eine Zigarette an, nahm dann den braunen Umschlag, den Rich mir gegeben hatte, aus meiner Tasche, öffnete ihn und zog einige Blätter heraus:

> VORSCHLAG AN DEN PRÄSIDENTEN DER VEREINIGTEN STAATEN. VORGELEGT VON DER FORSCHUNGSGRUPPE GRADS (GENIUS RESEARCH AND DEVELOPMENTAL STUDIES – PROJEKT ZUR ERFORSCHUNG UND ENTWICKLUNG VON GENIES):
>
> Seit Platons Theorie einer biologischen Determinierung, derzufolge jedem Menschen bestimmte Unterscheidungsmerkmale vererbt werden, haben Wissenschaftler Schädel gemessen und raffinierte Testmethoden ausgearbeitet, um damit Intelligenz messen zu

können. Und nach all unseren Überlegungen, ob menschliche Intelligenz nun mehr von der Vererbung oder vom Milieu oder von der Schädelgröße abhängt, wissen wir nur eines mit Sicherheit: Wir sind seit Platons Zeiten nicht sehr viel weiter gekommen.

1980 wandte sich Grads an einen Nobelpreisträger von ungewöhnlich hoher Intelligenz und bat ihn, der Forschungsgruppe Samen zu spenden. Dieser Samen sollte tiefgefroren und später für mögliche Befruchtungen verwendet werden. Er gab folgende Antwort: »Warum ausgerechnet ich? Ich mag meine Kinder so, wie sie sind, aber sie sind keine Genies. Sie sollten besser meinen Vater um seinen Samen bitten. Schließlich hat er mich gezeugt, obwohl er nur ein einfacher Arbeiter war.«

Mit dieser Bemerkung hat unser potentieller Spender genau den Punkt getroffen. Es gibt keine klar definierte Verbindung zwischen Vererbung und Intelligenz. Das Milieu kann zwar in gewisser Weise fördernd bzw. anregend wirken, aber mehr auch nicht. Die Kinder unseres potentiellen Spenders wuchsen sicher in einem besonderen Milieu auf, und ihr genetisches Erbgut war bestimmt außergewöhnlich. Aber keiner dieser beiden Faktoren hat eine solche Intelligenz hervorgebracht, wie es bei dem Vater des Nobelpreisträgers, einem einfachen Arbeiter, der Fall gewesen war.

Statistisch gesehen kommt es nur selten vor, daß mehr als *ein* überdurchschnittlich intelligentes Kind in einer Familie geboren wird. Aus dieser Tatsache, daß Männer und Frauen aus der Unterschicht in der Lage sind, ein solches Kind zu zeugen, kann man schließen, daß deren genetische Struktur einen inaktiven genialitätserzeugenden Faktor enthalten muß, einen Faktor, der absolut nichts mit dem Erbgut zu tun hat, das andere angeborene Merkmale bestimmt.

Rückgang der Intelligenz

Seit 1940 ist das Intelligenzniveau der amerikanischen Bevölkerung drastisch gesunken. Neuesten Statistiken zufolge rangieren die mathematischen Fähigkeiten amerikanischer Kinder an vorletzter Stelle; nur noch Kinder aus Ländern der Dritten Welt schneiden schlechter ab. Berücksichtigt man in diesem Zusammenhang noch die gestiegenen Bevölkerungszahlen, so kommt man zu dem Ergebnis, daß es in den USA 1986 nur noch halb so viele Genies wie 1940 gibt.

Wenn wir weiterhin den wertvollsten »Rohstoff«, über den unsere Gesellschaft verfügt, d. h. unseren hochentwickelten Intellekt, vernachlässigen, wird dies weitreichende Folgen haben: Wir werden Krankheiten und Hungersnöten schutzlos ausgeliefert sein. Andere Gesellschaftssysteme und Regime werden uns auf dem Gebiet der Intelligenz überrunden und dann möglicherweise versuchen, ihren Machtbereich auszudehnen. In letzter Konsequenz droht uns dann also die Vernichtung der menschlichen Rasse.

Wir schlagen deshalb folgendes Projekt vor:

A. Wir benötigen Kinder überdurchschnittlicher Intelligenz, die im folgenden als Primäre Einwohner (P. E.) bezeichnet werden. Sie sollen unserer Obhut anvertraut und von uns aufgezogen werden, um so die Möglichkeit zu erhalten, ihre Lernfähigkeit voll auszuschöpfen. Diese Kinder müssen über einen Intelligenzquotienten von mindestens 150 verfügen; ihre

Eltern sollen aus der Unterschicht stammen und dürfen nur einen Intelligenzquotienten von 130 haben.

B. Die GeSchwister dieser Kinder sollen uns ebenfalls überstellt werden. Obwohl diese sogenannten S-Objekte bei dem laufenden Projekt nur eine untergeordnete Rolle spielen werden, sollen sie ebenfalls getestet und beobachtet werden, da solche Untersuchungen möglicherweise einen Beitrag zur Erforschung der Leistungsgrenze der Primären Einwohner leisten können.

C. Die aus der Unterschicht stammenden Eltern sollen ebenfalls Gegenstand unserer Untersuchungen sein. In ihrer genetischen Struktur soll der einmalige Faktor isoliert werden, der für die Zeugung von Primären Einwohnern verantwortlich ist. Weiterhin soll dieser Faktor aus seinem derzeitigen Latenzzustand durch Manipulation aktiviert und zur Zucht zukünftiger, superintelligenter Menschen verwendet werden.

D. Die durch Aktivierung des »genialitätserzeugenden« Faktors geborenen superintelligenten Kinder sollen als »GRADS-Kinder« bezeichnet werden. Das GRADS-Institut wird ihre Erziehung an einem völlig von der Öffentlichkeit abgeschirmten Ort übernehmen. Zu einem späteren Zeitpunkt sollen sie in die Gesellschaft eingegliedert werden.

1. Die Zusammensetzung der Bevölkerung dieses Ortes unterliegt den strengsten Auswahlkriterien. Die zukünftigen Bewohner dieser Gemeinde werden an einem völlig autarken und unter der Erde gelegenen Ort namens Grads Village untergebracht, versorgt und verpflegt werden.

2. Die Aufgabe der wissenschaftlichen Überwachung von GRADS Village wird von seiten des oben schon erwähnten GRADS-Instituts übernommen. Dabei handelt es sich um eine Gemeinschaft von Ärzten, Wissenschaftlern und anderem Personal, das eigens zu diesem Zweck ausgebildet wurde. Dieses wissenschaftliche Überwachungspersonal wird am Rande des Ortes untergebracht und mit der Aufgabe betraut, sich um alle Belange und Bedürfnisse der Bewohner zu kümmern. Es wird weiterhin Aufgabe dieses Überwachungspersonals sein, die Einhaltung strikter Gesundheitsbestimmungen, die dem Wohle aller Bewohner dienen, zu kontrollieren.
3. Die Bewegungsfreiheit der Bewohner soll auf den Ort selbst beschränkt bleiben, um so eine ungestörte Durchführung des Forschungsprojektes zu gewährleisten. Die Bewohner werden rund um die Uhr unauffällig mit Hilfe von Kameras überwacht werden.
4. Ein neuentwickeltes Bildungssystem soll allen Kindern, d. h. sowohl den Primären Einwohnern als auch den S-Objekten und den zukünftigen Primären Einwohnern von Grads Village zugute kommen.
5. Erwachsenen männlichen Bewohnern werden Arbeitsplätze innerhalb der Gemeinde zur Verfügung gestellt, um ihnen ein Gefühl von Nützlichkeit zu vermitteln und sie von finanziellem Druck zu befreien. Ihre Familien und sie selbst kommen in den Genuß aller von der Gemeinde angebotenen Vorzüge, als da wären: ein Country-Club, eine breite Palette an sportlichen und sonstigen Erholungsmöglichkeiten, Theater, ausgedehnte Einkaufsmöglichkeiten, gesunde Umwelt und saubere Luft, kostenlose medizinische Betreuung usw.

6. Männliche Bewohner werden bei ihrer Ankunft und weiterhin viermal im Jahr der Samenbank von Grads Village Samen spenden. Dieser Samen soll mit dem Ziel untersucht werden, den jeweiligen genialitätserzeugenden Faktor zu isolieren.
7. Erwachsenen weiblichen Bewohnern wird ein neuentwickeltes Verhütungsmittel implantiert werden. Weiterhin soll ihnen einmal im Monat ein unbefruchtetes Ei entnommen werden, das ebenfalls zur Bestimmung des genieerzeugenden Faktors verwendet werden soll.
8. Für die eigentlichen Zuchtzwecke wird das Ei *in vitro* befruchtet werden, wobei sowohl der männliche Samen als auch das jeweilige Ei den obengenannten Faktor aufweisen müssen. Weibliche Bewohner, die über gesunde Fortpflanzungsorgane verfügen, sollen dem Projekt zusätzlich als »Leihmütter« für die sogenannten GRADS-Babys zur Verfügung stehen.
9. Da es nicht im Interesse des Forschungsprojektes liegen kann, daß Informationen über den Inhalt des Projektes an die Öffentlichkeit gelangen, sind strengste Sicherheitsmaßnahmen zur Gewährleistung der Geheimhaltung notwendig.
10. Wenn ein Bewohner sich und seine Familie dem Institut und der Gemeinde vertraglich verpflichtet hat, ist ein Ausscheiden seiner Familie vor Beendigung der Untersuchungen nicht möglich. Außerdem werden alle Kinder, die im Laufe der Versuche durch unseren direkten Eingriff gezeugt und geboren werden, in der Obhut des GRADS-Instituts bleiben.

Siegel und Stempel des Weißen Hauses

GENEHMIGT

Ich mußte an die Säuglingsstation denken – an die vielen leeren Kinderbettchen, die auf die »GRADS-Babys« warteten ... an Maggies Neugeborenes ... und natürlich auch an all die anderen Schwangeren, die ich im Ort gesehen hatte. Und nun war Carla schwanger. Ich schleuderte die Unterlagen auf den Boden, stand auf, lehnte meinen Kopf gegen den Kamin und heulte los.

Es war schon fast fünf Uhr morgens, als ich draußen ein Geräusch hörte. Ich hielt den Atem an und lauschte. Nichts war zu hören. Dann war das Geräusch wieder da. Ich holte die Pistole aus meiner Tasche, stellte mich hinter die Tür und wartete. Plötzlich wurde die Tür so heftig aufgestoßen, daß sie fast aus den Angeln sprang. Im gleichen Moment, in dem ich den Mann erblickte, erkannte ich, daß es ein Sicherheitsbeamter war. Er kam mit gezogener Waffe herein.

»Hände hoch, und lassen Sie die Waffe fallen«, sagte ich.

»Aber beruhigen Sie sich doch. Ich bin ...«

»Tun Sie, was ich Ihnen sage.«

Er ließ seine Pistole fallen und drehte sich langsam um. Er hatte schwarze Augen und einen dichten Bart. »Regen Sie sich um Gottes willen nicht so auf, Ma'am. Ich werde Ihnen nichts tun. Ihr Mann hat mich zu Ihnen geschickt.« Er deutete nach draußen. »Er ist draußen im Wagen. Sie haben doch einen weinroten Honda, oder?«

Während er sprach, kam er langsam näher. Ich wich zurück.

»Keinen Schritt weiter. Ich warne Sie!«

»Mom!« schrie Jill.

Ich drehte mich zu Jill um, und genau in diesem Moment kam der Wächter mit ausgestreckten Händen auf mich zu. Aber noch bevor er mich erreichen konnte, schoß ich. Ich sah, wie er sich drehte und stolperte und schließlich zu

Boden fiel. Das nächste, woran ich mich erinnern konnte, war, daß ich am Boden kniete und die Kinder auf mich einredeten. »Sag doch was, Mom. Bitte, sag doch was!« riefen sie.

Ich streckte die Hand aus und berührte zuerst Jills, dann Buddys Gesicht. Sie starrten mich angstvoll an. »Mom, sag doch was, bitte!« wiederholte Jill. Ich umarmte sie beide. Schließlich stand ich auf und zog sie dabei mit hoch.

»Gehen wir«, sagte ich. Dann stopfte ich die Papiere in den braunen Umschlag zurück und steckte sie in meine Tasche. Die Waffe nahm ich sicherheitshalber auch wieder mit. Während wir alles zusammensuchten, vermied ich es, auf den Körper des Toten zu schauen. Die Kinder nahmen ihre Tüten, ich schaltete die Taschenlampe ein, und so gingen wir wieder hinaus in den Schnee.

In der Hoffnung, sein Auto zu entdecken, leuchtete ich mit der Lampe die Straße entlang. Wenn der Beamte mit dem Wagen gekommen war, dann hatte er ihn wahrscheinlich weiter unten stehen lassen. Ich konnte es aber nicht wagen, deswegen zurückzugehen. »Kommt schon«, flüsterte ich den Kindern zu, »es wird bald hell werden, und vielleicht sind noch mehr Sicherheitsbeamte hier unterwegs. Wir müssen so schnell wie möglich in die Stadt kommen.«

»Ich bin aber so müde«, sagte Jill.

»Nur noch ein kurzes Stück. Sobald wir Hilfe für Daddy gefunden haben, suchen wir uns ein hübsches, warmes Hotelzimmer, und dann kannst du so lange schlafen, wie du willst. Das verspreche ich dir.«

Als es hell wurde, hatten wir schon mindestens eine Meile hinter uns gebracht. Um neun Uhr erreichten wir endlich die Bundesstraße 15. »Wenn hier nur irgendwo ein Telefon wäre«, sagte ich, »dann könnten wir uns ein Taxi rufen.« Aber es war nun mal keines in der Nähe, und so marschierten wir weiter.

Kurze Zeit später hielt hinter uns ein Wagen. In dem Moment, als ich bemerkte, daß er langsamer fuhr, packte ich die Kinder und zog sie von der Straße weg.

»Kann ich Ihnen irgendwie helfen, Ma'am?« rief eine Stimme. Im gleichen Moment fiel mir auf, daß der Wagen weiß war und ein rotes Martinshorn auf dem Dach hatte.

»Polizei?« murmelte ich verwundert.

»Bundespolizei. Ich bin Officer Reed.«

Reed war ungefähr fünfunddreißig und hatte blaue Augen und hellblondes Haar. Ich zögerte einen Augenblick, fragte dann aber doch: »Könnten Sie uns zu einer Zeitungsredaktion mitnehmen?«

»Haben Sie irgendwelche Schwierigkeiten?«

»Ich möchte zuerst mit dem Chefredakteur der Zeitung hier am Ort sprechen.«

»Okay, ich nehm' Sie mit. Kommen Sie, steigen Sie ein.«

Buddy und Jill stürmten zu dem riesigen Wagen und ließen sich auf den Rücksitz fallen. Ich folgte ihnen.

»Ist Ihnen die *Bangor News* recht?«

»Ist das eine große Zeitung?«

»Ziemlich groß, würde ich sagen. Klingt ja ganz so, als ob Sie eine Wahnsinnsgeschichte auf Lager hätten.«

»Ich werde Ihnen alles erzählen, ich verspreche es Ihnen. Aber zuerst sollen *sie* es erfahren.«

Er startete seinen Straßenkreuzer und bog wieder auf die Bundesstraße ein.

»Noch etwas«, sagte ich.

»Was gibt's denn noch?«

»Können Sie vielleicht etwas schneller fahren? Das hier ist wirklich ein Notfall.«

»Das können Sie haben.« Er schaltete das Martinshorn ein, und wir rasten nach Bangor.
Der Officer hatte sich schon über Funk mit Bangor in Verbindung gesetzt, und als wir ankamen, erwartete uns schon ein Lieutenant von der örtlichen Polizei vor der Zeitungsredaktion. Wir wurden sofort hineingebeten, um mit dem Chefredakteur zu sprechen, der offensichtlich auch schon informiert worden war. »Setzen Sie sich doch bitte«, sagte der kleine, untersetzte Mann. Er schob noch zwei weitere Stühle für Buddy und Jill heran. »Mein Name ist Harry Gorman.« Aus seiner Schreibtischschublade holte er einen Kassettenrecorder und drückte auf die Starttaste. »Wenn Sie soweit sind, Mrs. Platt, dann werde ich Ihre Geschichte jetzt auf Band aufnehmen.«
Ich nickte und setzte mich dann endlich hin. »Ich weiß eigentlich nicht genau, wo ich nun anfangen soll«, sagte ich.
»Gehen Sie es ganz langsam an«, sagte Gorman. »Erzählen Sie uns einfach alles der Reihe nach.«
Wie sollte man eine so verrückte Geschichte auf verständliche Art und Weise erzählen? Ich wußte es nicht. Versuch's doch einfach, dachte ich. Aber werde bloß nicht zu emotional, sonst schleppen sie dich noch hier weg und sperren dich ein.
Ich fing also an, ganz langsam zuerst, um nur ja nichts zu vergessen. Ich erzählte von Buddys Krankenhausaufenthalt, von seiner Empfehlung an das Institut, davon, wie Richs Geschäft ruiniert worden war ... Ich erzählte und erzählte und erzählte. Buddy und Jill zeigten dazu noch ihre I.D.-Armbänder her.
Während ich erzählte, spiegelte sich in den Gesichtern der Zuhörer eine ganze Skala an Gefühlen wider: erst Interesse, dann unglaubliches Staunen und schließlich blankes Ent-

setzen. »Das kann doch wohl nicht wahr sein«, sagte Reed an einer Stelle. »Auch noch unter der Erde!«
Schließlich zog ich den Umschlag heraus. »Meinem Mann ist es gelungen, das hier beiseite zu schaffen«, sagte ich, »ich möchte, daß Sie es lesen.«
Schweigend wurden die Papiere weitergereicht.
Schließlich stand der Lieutenant aus Bangor auf und kratzte sich am Kinn. »Das ist ja eine ganz vertrackte Angelegenheit. Wollen die anderen Bewohner denn eigentlich auch weg?«
»Bei den meisten weiß ich das gar nicht, aber ich bin sicher, wenn sie wüßten, was da vor sich geht, dann würden sie bestimmt wegwollen. Aber ich weiß es von meinem Mann, von Rueben und von meiner Freundin Carla Farrin und ihrer Familie.«
Plötzlich war alles in Bewegung. »Ich brauche eine Verbindung mit dem Weißen Haus«, rief der Chefredakteur in sein Sprechgerät auf dem Schreibtisch, »haben Sie mich verstanden, mit dem Weißen Haus!«
Ich stand auf. »Vielleicht sollten Sie damit lieber noch etwas warten, zumindest so lange, bis wir alle aus Grads Village herausbekommen haben.«
»Machen Sie sich keine Sorgen, das wird uns nicht daran hindern. Aber wir müssen unbedingt eine offizielle Stellungnahme bekommen oder ihnen wenigstens die Chance geben, eine Erklärung abzugeben, bevor wir etwas veröffentlichen.«
Dann griff der Lieutenant aus Bangor nach dem Telefon und wählte eine vierstellige Nummer. »Hier spricht Hendricks. Ich brauche dringend fünfzehn Männer. Richten Sie ihnen aus, daß sie jetzt endlich diesen seltsamen Ort am Ende der Possum Road zu sehen bekommen werden. Ich erwarte sie an der Abzweigung der Bundesstraße 15 ...

in ...«, er schaute auf seine Uhr, »... in dreißig Minuten. Ich gehe inzwischen noch am Gericht vorbei und versuche, eine vorläufige Beschlagnahmeverfügung, einen Durchsuchungsbefehl und mehrere Habeas-Corpus-Akten zu erwirken, falls die Kerle sich nicht kooperativ verhalten sollten. Schicken Sie auch einen Krankenwagen mit.« Er legte auf und meinte zu Reed: »Wie viele Beamte können Sie mir besorgen?«

»Das muß ich erst mal mit meinem Vorgesetzten besprechen. Wie viele Mann bräuchten Sie denn noch?«

»Versuchen Sie, noch mal fünfzehn zu bekommen. Sie sollen in einer halben Stunde an der Bundesstraße 15, Ecke Possum Road sein. Wir werden dann dort alles Weitere besprechen.«

»Kann ich mitkommen, Lieutenant?« fragte ich.

»Nein, Ihre Flucht war schon gefährlich genug, Sie bleiben lieber hier bei Ihren Kindern.« Er schaute zu dem Chefredakteur hinüber und sagte: »Harry, besorg doch für Mrs. Platt und ihre Kinder was zu essen und ein Zimmer.«

»Aber mein Mann ...«

»Machen Sie sich keine Sorgen, wir werden ihn schon finden.«

»Soll ich Ihnen denn keine Beschreibung von ihm geben?«

»Das brauchst du nicht«, sagte Buddy. Er öffnete seine braune Papiertüte, zog ein Porträtfoto von Rich heraus und gab es dem Lieutenant. »Könnten Sie es mir wieder zurückgeben, wenn alles vorbei ist?«

Der Lieutenant nahm das Foto und strich dabei Buddy übers Haar. »Du bist ja ein ganz schlaues Kerlchen, weißt du das?«

Harry Gorman besorgte uns ein Zimmer in einem kleinen Gasthof, der genau gegenüber lag. »Man kann dort auch

sehr gut essen«, sagte er. »Und sie machen einen wunderbaren Kaffee. Warum legen Sie und die Kinder sich nicht erst mal eine Weile hin und ruhen sich aus?«
Buddy und Jill waren schon fast auf ihren Stühlen eingeschlafen. »Ich werde jetzt erst mal die Kinder ins Bett bringen und dann eine Kleinigkeit essen. Könnten Sie dafür sorgen, daß mich jemand informiert, sobald ...«
»Aber natürlich, Mrs. Platt, ich werde mich darum kümmern, daß der Lieutenant als erstes sofort zu Ihnen kommt. Zufrieden?«
»Ja, vielen Dank. Sie waren alle so nett zu mir. Ich hatte ja solche Angst, daß Sie mir nicht glauben würden.«
»Darüber hätten Sie sich keine Sorgen zu machen brauchen. Solche verrückten Geschichten kann sich normalerweise kein Mensch selbst ausdenken. Und wenn doch, dann kommt man damit bestimmt nicht zu mir, sondern schreibt lieber gleich ein Buch darüber!«
Ich lächelte. »Nun, dann danke ich Ihnen nochmals.«
Ich ging mit Buddy und Jill ins Hotel und brachte sie ins Bett. Bevor ich noch das Zimmer verlassen hatte, schliefen sie schon. Dann bestellte ich mir etwas zu essen, kaufte eine Schachtel Zigaretten und trank eine Tasse Kaffee. Und wartete.

Ich war schon bei meiner dritten Tasse Kaffee und bei meiner fünften Zigarette angelangt, und es hatte sich immer noch nichts getan. Endlich tauchte der Straßenkreuzer auf, und Hendricks stieg aus. Ich versuchte, aus seinem Gesichtsausdruck zu schließen, was passiert war, aber es gelang mir nicht.
Ich ging ihm entgegen.
Er hielt das Foto von Rich in der Hand. »Geben Sie das doch wieder Ihrem kleinen Jungen zurück.«

Ich schaute ihn an, blickte dann auf das Foto und sah ihn wieder an. »Soll das heißen ...?«

»Ich habe gerade eben mit dem Krankenhaus telefoniert. Sie meinen, daß Ihr Mann durchkommen wird.«

Ich wußte nicht, was ich sagen sollte, und so schlang ich beide Arme um Hendricks und drückte ihn fest an mich.

»Hey, was soll das?« fragte der Lieutenant und versuchte dabei ein abweisendes Gesicht zu machen. »Heben Sie sich das lieber für Ihren Mann auf. Er wird's nötig haben.«

Ich ließ ihn los. »Kann ich ihn denn besuchen? Ich meine, könnten Sie mich zu ihm bringen? Ich könnte schnell die Kinder aufwecken. Oder ich könnte ...«

Er hob die Hand und machte eine beruhigende Geste. »Hoppla, nicht so stürmisch.« Er hob die Hand noch ein Stück höher und gab jemandem hinter ihm ein Zeichen.

Eine magere Dame mit roten, hoch aufgetürmten Locken kam auf uns zu. »Nun, was kann ich für Sie tun, Hendricks?« fragte sie.

»Wir brauchen für ein paar Stunden einen Babysitter. Ich werde diese Dame hier ins Kreiskrankenhaus chauffieren, damit sie ihren Gatten besuchen kann. Seien Sie doch so nett und schauen Sie ungefähr jede Viertelstunde nach den Kindern. Falls sie aufwachen sollten, bringen Sie sie einfach herunter und bestellen ihnen etwas zu essen.« Er schaute mich fragend an. »Welche Zimmernummer haben Sie denn?«

»Zwölf.«

»Seien Sie ganz unbesorgt«, sagte die Frau und tätschelte dabei meinen Arm.

»Ich danke Ihnen vielmals«, sagte ich. Und zu Hendricks gewandt meinte ich: »Wenn Sie noch eine Sekunde warten könnten, nur eine Sekunde.«

»Ich rühr' mich nicht von der Stelle.«

Ich rannte aus dem Speisesaal, durch die Eingangshalle hinauf in unser Zimmer. Leise öffnete ich die Tür und schlich mich auf Zehenspitzen hinein. Ich ging zu Jills Bett, beugte mich über sie und küßte ihre weiche, rosige Wange. Dann ging ich zu Buddy. Ich streifte ihnen ihre I.D.-Armbänder ab und warf sie in den Abfalleimer.

Dann stellte ich Richs Bild auf das Nachttischchen, das zwischen den beiden Betten stand, so daß sie es gleich erblicken würden, wenn sie aufwachten.

Buddy würde dann schon wissen, daß es seinem Daddy gut ging.

Epilog

Ich schaute auf die Uhr. Jetzt war sie schon seit zwanzig Minuten überfällig. Ich lächelte. Das war mal wieder typisch Carla. Rich und ich hatten beschlossen, nach Massachusetts zu gehen – offensichtlich war mein Bedarf an Schnee noch nicht ganz gedeckt. Mittlerweile hatten wir jedoch schon Juni, der Schnee war schon seit langem verschwunden und auch die Erinnerungen an Grads Village waren ein wenig in den Hintergrund getreten.

Ich sah auf. Carla betrat das Restaurant. Sie hatte noch immer die gleiche punkige Frisur, nur daß ihre Haare jetzt ein oder zwei Nuancen dunkler getönt waren. Sie hastete an den Tisch, schmiß ihre Jacke auf einen Stuhl und setzte sich. »Tut mir leid, Jessie. Wartest du schon lange?«

Ich zeigte auf meine Kaffeetasse. »Das ist schon die zweite.«

Sie streckte ihre Hände aus und schloß die Augen. »Schlag mich. Komm schon, schlag mich.«

Ich mußte lachen und drückte ihre Hände nach unten. »Komm, hör schon auf damit!«

Sie öffnete wieder die Augen. »Wie geht es Rich und den Kindern?«

»Den Kindern geht es großartig. Buddys Alpträume kommen immer seltener. Rich hat zwar noch Probleme mit seinem Bein, aber es ist jetzt schon besser geworden.« Ich seufzte. »Oh, Carla, wir haben eine verdammt harte Zeit hinter uns. Ich würde lügen, wenn ich etwas anderes behaupten würde. Rich bemüht sich wirklich, aber manchmal, aus heiterem Himmel, fahre ich ihn wegen irgendeiner Kleinigkeit an. Es fällt mir schwer, ihm wieder zu vertrauen.«

»Da geht's mir besser. Lou ist nicht der Typ, der einem lange böse sein kann. Er hat zwar einen Monat lang fast nicht mit mir gesprochen, aber dann ...« Sie zuckte mit den Achseln. »Du kennst ihn ja, er ist nun mal 'n Softie. Übrigens, wie gefällt Rich sein Schreibtischjob?«

»Allmählich findet er ihn ganz interessant. Er gefällt ihm natürlich nicht so gut wie seine Arbeit im Sicherheitsbereich, aber ... nun ja, da er immer noch Probleme mit seinem Bein hat, glaube ich nicht, daß er noch mal in diesem Bereich arbeiten wird.«

»Du, ich hab' Post von Marilyn Krasner bekommen.«

»Oh? Was schreibt sie denn?«

»Rueben ist vor ein paar Wochen gestorben, Jessie.«

Ein paar Minuten lang konnte ich kein Wort herausbringen. »Vielleicht war es besser so, wenn man bedenkt, in was für einem Zustand sie ihn gefunden haben. Die Ärzte sagten doch, daß sich daran nichts mehr ändern würde ... Ich weiß, wie glücklich er gewesen wäre, wenn er noch erfahren hätte, daß Max von dort weggekommen ist. Weißt du, Carla, es macht mich immer noch total wütend, wenn ich daran denke, wie billig sie davongekommen sind.«

»Die Behörden haben den Ort doch schließen lassen.«

»Sicher, sie hatten ja auch keine andere Wahl. Aber Tatsache ist doch, daß die Ärzte Rueben auf dem Gewissen haben, und sie haben auch Roger Clements und seine Familie vernichtet. Wenn man ihnen nicht das Handwerk gelegt hätte, was meinst du, wie viele Opfer es dann schon gäbe. Und sie sind einfach so davongekommen!«

»Du hast doch nicht im Ernst geglaubt, daß sie sich nicht aus der Affäre ziehen und am Ende mit weißer Weste dastehen würden, oder? Diese hohen Tiere drehen doch jeden Tag irgendwelche Dinger. Nur die kleinen Leute kriegen immer eins auf den Deckel.«

»Ich hab' gedacht, daß wenigstens die Zeitungen die Story wahrheitsgetreu bringen würden und nicht so, wie es für die Regierung am vorteilhaftesten ist. Es hörte sich ja hinterher so an, als wenn das Ganze nur ein verrücktes Projekt gewesen wäre, für das die Regierung dummerweise Steuergelder verschwendet hätte, um es dann letztendlich wieder in der Versenkung verschwinden zu lassen.«

»Wahrscheinlich hatten sie Angst, daß die Leute dann auf die Barrikaden gehen würden. Die Leute brauchen schließlich etwas, an das sie glauben können. Wenn sie nur einen Augenblick lang auf die Idee kämen, daß ihre eigene Regierung so etwas tun könnte ... Ich versuche wirklich, nicht mehr daran zu denken, Jessie. Und erst recht nicht seit meiner Fehlgeburt ...« Sie stockte.

Ich sagte einen Moment lang nichts. »Hab' ich dir schon erzählt, daß Buddy von dieser Schule in Melrose, die besonders begabte Kinder fördert, angenommen wurde? Sie meinten, sie hätten noch nie ein Kind in seinem Alter gesehen, das schon so viel über Computer und ihre Anwendungsmöglichkeiten weiß. Das Schulgeld richtet sich nach dem Einkommen der Eltern. Das wäre doch auch eine Schule für Rebecca. Du solltest sie dort anmelden.«

»Mal sehen, sie hat sich gerade so gut in der staatlichen Schule eingewöhnt. Sie lernt natürlich jetzt nicht mehr annähernd so viel, aber dafür macht es ihr jetzt Spaß, Kontakte zu anderen Kindern zu knüpfen. Du glaubst es nicht – sie ist zwar erst sechs Jahre alt, aber sie interessiert sich schon für Jungen! Na ja, vielleicht wird sie ja mal die erste US-Präsidentin.«

Wir aßen zusammen zu Mittag und unterhielten uns danach noch eine Stunde lang. Als wir auseinandergingen, nahmen wir uns fest vor, uns bald wiederzusehen. Vielleicht konnten wir uns mal alle an einem Samstagabend treffen.

Ich ging zum Auto, öffnete die Tür und klemmte mich etwas schwerfällig hinter das Lenkrad. Carla hatte es vermieden, Maggie Simpsons Baby zu erwähnen. Dieses wunderschöne, blauäugige, blonde Baby, das weder Ähnlichkeit mit Maggie noch mit Jim hatte, war nämlich von Geburt an behindert. Und Carla hatte dann diese Fehlgeburt gehabt. Ihr Gynäkologe hatte ihr gesagt, daß es nicht ohne Grund dazu gekommen war. Der Fötus hätte eine Mißbildung aufgewiesen.
Ich steckte den Schlüssel ins Zündschloß, ließ den Wagen an und drehte mich um, weil ich zurücksetzen wollte. Plötzlich fühlte ich einen Stoß. Ich fuhr herum und preßte die Hände auf meinen Bauch. Gleich darauf spürte ich abermals einen Stoß; diesmal war er noch heftiger. Das Kind wurde immer kräftiger.
Vor kurzem hatte mein Gynäkologe eine Fruchtwasseruntersuchung vorgenommen. »Es sieht alles ganz normal aus«, hatte er mir hinterher versichert. Aber, was hieß schon normal? Dies war ein Thema, über das Rich und ich noch immer nicht sprechen konnten. Aber bald müßten wir das wohl.
Tja, im August würde es dann soweit sein. Neun Monate nach Thanksgiving ...